庫

奇跡の脳

—脳科学者の脳が壊れたとき—

ジル・ボルト・テイラー
竹内　薫訳

新潮社版

9421

はじめに　心と心、脳と脳

どんな脳にもそれぞれの物語があります。そして、これはわたしの脳の物語。一〇年前、わたしはハーバード医学校で研究を行ないながら、若い専門家たちに人間の脳について教えていました。ですがある日、わたしのほうが痛い教えを受けるはめになったのです。

一九九六年の一二月一〇日の朝、わたしの脳の左半球は、きわめて稀《まれ》な脳卒中を起こしました。脳の血管の、まだ見つかっていなかった先天性の奇形のせいで、突然大きな出血が起きたのです。好奇心の強い脳解剖学者（神経解剖学者）であるわたしの目は、たった四時間のうちに、自分の脳の情報処理能力が完全に衰えてゆくのを見つめていました。

その朝の終わり頃には、歩いたり、話したり、読んだり、書いたり、そして、これまでの人生を思い出したりすることが全くできなくなっていました。胎児のように丸くなり、精神が死に屈するのを感じました。そのときは、自分の物語をふたたび誰かと共有できるなんて、思いもしなかったのです。

『奇跡の脳』は、心の沈黙という形のない奈落《ならく》へ旅したときの、わたし自身による年代順の記録です。この旅の間じゅう、わたしという存在のいちばん大切な部分は、深い安らぎに包まれていました。

この本は、激しい脳出血から完全に立ち直った神経解剖学者による――わたしが知るかぎり――世界で初めての記録です。ここにはわたしの学問的な訓練と個人的な体験、そして新たな発見を織り上げたものが収められています。自分の道のりの記録が、ついに世に出て人々の役に立つと思うと、ぞくぞくするような興奮さえ憶《おぼ》えます。

そして今何よりも、わたしは生きていること、ここにいることをありがたく思っています。無条件に愛の手を差し伸べてくれた、多くの心美しい人たちがいてくれたからこそ、苦しい治療に耐え続けることができたのです。

長い間、わたしは、このプロジェクトをやりとげなくてはならないと思い続けてきました。その理由のひとつは、絶望に打ちひしがれた若い女性からの電話です。脳卒中で死んだ母親が、なぜ受話器を取って救急車を呼ばなかったのか、彼女にはどうしても理解できなかった。また、奥さんを亡《な》くした年老いた紳士もいました。彼は、奥さんが死ぬ前に、昏睡《こんすい》状態に陥りながら苦しみ抜いたことへの責め苦を、一身に背負い続けているのです。また、いざというときにどうすればいいかわからず、一縷《いちる》の望みにすがって電話をくれる、看護に携わる大勢の人々のためにも、(忠実な愛犬ナイアを膝《ひざ》の上に乗せながら)パソコンの画面に食らいついて書き続けました。

わたしは、今年一年のうちに脳卒中に見舞われると予想される、七〇万人の患者さんとそのご家族のために執筆を続けてきました。一人でも多くの人が「脳卒中の朝」の章を読んでこの病気の兆候に気づき、遅きに失することなく、すぐに助けを呼んでくれれば、一〇年近くにわたるわたしの努力も報われることでしょう。

『奇跡の脳』は、大きく四つの部分に分かれています。まず、「脳卒中になる前の人生」では、脳がダメになる前の、別人であったわたしをご紹介します。なぜ脳科学者になろうと思ったか、何を勉強してきたか、どんなことを人々に伝えてきたか、そして、わたしの個人的な探求について述べるつもりです。わたしはのびのびと生きてきました。ハーバードの脳科学者としてＮＡＭＩ（全米精神疾患同盟）の委員をつとめ、「歌う科学者」として全国を講演して回っていたのが、かつてのわたし。この非常に短い個人的な経歴の後に、よろしければ、巻末の「脳についての解説」に目を通してみてください。そのほうが、脳卒中の朝に何がわたしの脳の中で生物学的に起きたかを、よく理解していただけるかもしれません。

もし、脳卒中とはどんなものかを感じたいなら、まずは「脳卒中の朝」の章をお読みください。ここでは、一人の科学者の目を通して見た、認知能力が徐々に衰えてゆくという、類《たぐ》い稀なる旅へ、あなたをお連れします。脳の出血がだんだん酷《ひど》くなるにつれて、わたしは、自分が体験している認知障害を、その根元にある生物学と関連づけて考えるようになりました。その結果、脳卒中のあいだに、脳解剖学者として学んできた年月で得たのと同じくらい、脳とその機能について多くを学ぶことになりました。

あの朝が終わるころ、わたしの意識は、自分が宇宙と一体だと感じるようになりました。あのとき以来、脳の解剖学の見地から、「神秘的」あるいは「形而上学《けいじじょうがく》的」な体験とはどういうことか、理解できるようになったのです。

もしあなたが、脳卒中や他の種類の脳障害にかかった人をご存じなら、回復について述べた各章は、測り知れない価値のある情報源になることでしょう。ここでは、年代順の回復の旅をみなさんと分かち合いたいと思います。ここには、完全に回復するためにわたしが必要としたこと（そして必要じゃなかったこと）について、五〇以上の助言が含まれています。「回復のためのオススメ」を、参考のために附録にまとめました。みなさんが、この情報を必要としている人に伝えてくださると嬉《うれ》しいのですが。

最後に、本書では、脳卒中が脳について教えてくれたことを、明確に述べています。この時点であなたは、この本がただ脳卒中についてだけ書かれた本ではないことに気づかれるはず。もっと正確に言えば、脳卒中は、わたしに「新たな発見」（insight）（原書のタイトルはMy Stroke of Insightであり、そのinsightを指すものと思われる）の機会を与えてくれたのです。

この本は、人間の脳の美しさと回復力のたくましさを物語っています。それは、常に変化に適応し、機能を回復する、脳本来の能力に由来するものなのです。つまりこの本は、右脳の意識への旅でもあり、そこでわたしは、深い安らぎに包まれました。みなさんが脳卒中を体験することなく、わたしと同じ深い安らぎを得る手助けをしたい。そんな思いで、わたしは左脳の機能を復活させました。どうか愉《たの》しい旅路を！

奇跡の脳——目次

はじめに　心と心、脳と脳―― 3
1章　脳卒中になる前の人生―― 17
2章　脳卒中の朝―― 29
3章　助けを求めて―― 49
4章　静寂への回帰―― 69
5章　骨まで晒して―― 86
6章　神経科の集中治療室―― 105
7章　二日目　あの朝の後で―― 118
8章　GGが街にやってくる―― 128
9章　治療と手術の準備―― 140
10章　いよいよ手術へ―― 170
11章　最も必要だったこと―― 174
12章　回復への道しるべ―― 197

13章　脳卒中になって、ひらめいたこと　213
14章　わたしの右脳と左脳　222
15章　自分で手綱を握る　237
16章　細胞とさまざまな拡がりをもった回路　243
17章　深い心の安らぎを見つける　260
18章　心の庭をたがやす　287

回復のためのオススメ
附録A：病状評価のための一〇の質問　291
附録B：最も必要だった四〇のこと　293
脳についての解説　299
注釈　334
訳者あとがき　ことばを失った科学者の本　337
解説　養老孟司　340
解説　茂木健一郎　343

図版　山中泰平

この本をGG《ジジ》に捧《ささ》げます。
ありがとう、ママ、わたしの心を癒《いや》すのを助けてくれて。
あなたの娘になれたことは、
わたしにとって最初で最高の祝福です。
そして、ナイアの想《おも》い出《で》に。
仔犬《こいぬ》の愛にまさるものは、ほかのどこにもない。

訳者より　本書の原題は「My Stroke of Insight」であり、その元の意味は、「脳卒中」（stroke）と「一撃で生じた」（stroke of ～）の掛け詞《ことば》になっている。insight（洞察）は、これまでになかった新たな発見、ひらめき、見抜く力のこと。つまり、脳卒中によってテイラー博士は、劇的に、あることに気づいたのである。

奇跡の脳

——脳科学者の脳が壊れたとき——

1章　脳卒中になる前の人生

わたしの名はジル。きびしい訓練を受け、広く世に認められた神経解剖学者でした。生まれ育ったのはインディアナ州テレホート（高地を意味するフランス語から）。わたしより一歳半年上の兄は、三一歳のとき、精神疾患の一つである統合失調症と診断されました。でも、兄は、その何年も前から、あきらかに精神病の兆《きざ》しを見せていました。

幼かったころ、兄はわたしと全然違った方法で現実をとらえ、風変わりな行動をとりました。その影響もあり、わたしは若い頃から人間の脳に惹《ひ》かれるようになりました。たった今、全く同じ体験をしたはずなのに、どうして兄とわたしで完全に解釈が違ってしまうのか、不思議でなりませんでした。そういった知覚や情報処理や行動の差がどこからくるのか知りたくて、わたしは脳科学者になろうと決心したのです。

わたしの学問的な遍歴は一九七〇年代の終わりに、インディアナ州ブルーミントンにあるインディアナ州立大学で始まりました。兄の影響から、神経学のレベルでは何が「正常」なのかを貪《むさぼ》るように理解しようとしました。

その当時、神経科学はまだ生まれたばかりの学問でしたから、インディアナ大学のキャンパスでは正式な専門分野とみなされていませんでした。でも、生理心理学と人間生物学を勉強しながら、人間の脳についてできるだけ多くのことを学ぼうとがんばっていましたっけ。

医学の世界で最初に就いた仕事は、人生の中でも滅多にない幸運となりました。研究所の技官として、テレホート医学教育センターに採用されたのです。そこはインディアナ大学のキャンパス内にあり、インディアナ医科大学の一部門でした。勤務時間は、一般人体解剖学研究室と神経解剖学研究室とに均等に振り分けられました。二年の間、医学教育に没頭し、ロバート・C・マーフィー博士からすぐれた指導を受け、人間の身体《からだ》を切り裂くことに惚《ほ》れ込んでしまったのです。

修士課程をスキップしたわたしは、次の六年間、インディアナ州立大学・生命科学部門の博士課程に在籍し、まずは医学校の一年生向けのカリキュラムを習得しました。そしてウィリアム・J・アンダーソン博士の指導のもと、神経解剖学を専攻し、一九九一年に博士号を取得。これで名実ともに、人体解剖学（正確には肉眼的人体解剖学。顕微鏡レベルではなく肉眼で見えるレベルでの解剖学のこと）、神経解剖学、そして、組織学を医学校レベルで教える資格が自分にはあるんだと思えるようになりました。

わたしがテレホート医学教育センターとインディアナ州立大学にいた一九八八年、わたしの兄は、公式に統合失調症と診断されました。兄はわたしにとって、この宇宙の中で生物学的に最も近い存在です。なのにどうしてわたしだけが夢を抱くことができ、それを現実と結びつけ、夢を実現することができたのでしょう？　夢をありふれた現実に結びつけられず、妄想を抱いてしまう兄の脳と、いったいどこが違うのでしょう？　わたしは懸命に統合失調症の研究を続けました。

インディアナ州立大学からの博士号授与に続いて、わたしはハーバード医学校の神経科学部門で、博士課程修了後の研究員の仕事をみつけることができました。そこで二年間、ロジャー・トゥーテル博士と、ＭＴ野の局在性についての研究にたずさわりました。ＭＴ野は脳の視覚野にあり、動きを追う役割を担《にな》っています。

このプロジェクトには興味を惹かれました。なぜなら、統合失調症と診断された人の多くが、動く物体を見るときに異常な眼の反応を示すからです。ロジャーが人間の脳の中のMT野の位置を解剖学的に確かめるのを手伝ってから、[*1]わたしは心の導くまま、ハーバード医学校の精神医学部門に移りました。

わたしの目標は、マックリーン病院（ボストン郊外にあるアメリカで随一の精神病院）のフランシーヌ・M・ベネス博士の研究所で働くこと。ベネス博士は、統合失調症患者の脳の検死解剖の世界的な権威です。わたしはこれこそが、兄と同じ精神疾患を持つ人たちを助ける、いちばんの貢献だと信じていました。

マックリーン病院で新しい職につく前の週、わたしとパパのハルは、NAMI[*2]（全米精神疾患患者同盟）の一九九三年度総会に出席するため、マイアミに飛びました。ハルは米国聖公会の牧師でしたが、すでに引退しています。ハルは臨床心理学の博士でもあるのですが、常に社会正義を目指す人です。わたしもハルも、この年次総会が待ち遠しくてしかたありませんでした。NAMIの活動についてもっと知りたかったし、NAMIに尽力するためには、何をすればよいか知りたかったから。

NAMIは、重い精神病を患《わずら》いながら生きている人々の人生を改善することに貢献する、草の根的な組織の中では、最大規模を誇ります。NAMIはその当時、愛する家族に精神医学的な患者を抱えている、約四万世帯の会員を擁していました。今では、NAMIの会員数はおよそ二二万世帯に達しています。NAMIの組織は全米レベルと州レベルで盛んに活動しています。そのほかにも一一〇〇を超すNAMIの地方外郭団体があり、その活動は全米におよび、地域社会に根付いた形で、患者や家族のために支援や教育や発言の機会を提供しているのです。

このマイアミへの旅が、わたしの人生を大きく変えました。

重篤《じゅうとく》な精神病と診断された患者さんや両親、兄弟や子供を含む一五〇〇名ものの人々が、支援、教育、発言機会、そして研究にかかわる問題のために、一堂に会していました。精神病で苦しむ人たちの家族に会うまで、兄の病気が、自分の人生にどれほど深い衝撃を与えていたのか、気づいていませんでした。この数日のうちに、兄を統合失調症に奪われて感じていた苦悩を理解してくれる人たちに出会ったのです。NAMIの会員は、なんとか質の良い治療を兄に受けさせてやりたいという、わたしの家族のもがきを理解してくれました。

NAMIは、精神病に対する社会の不当なあつかいや偏見に対して、声を一つにして闘っています。彼らは、自分たちのために、そして社会のために、精神疾患の生物学的な側面を学ぶ教育プログラムで武装していました。治療法を見つける手助けをしようと、NAMIが脳科学者たちを支援していたことも見逃せません。自分がまさにうってつけの場所にいると感じました。わたしは妹でありながら科学者でもあり、だからこそ、兄のような人たちを助けたいという情熱に燃えていたのです。努力をする価値を見出《みいだ》したと同時に家族同然の人たちと出会えたと、心の底から感じました。

マイアミでの年次総会の次の週、マックリーン病院に到着したわたしは、待ってましたとばかり、フランシーヌ・ベネス博士の指導のもと、構造神経科学研究所での新しい仕事に取りかかりました。わたしは元気一杯で、統合失調症の生物学的な基礎を探る仕事に心を躍らせていました。わたしが「統合失調症の女王」と呼んでいるフランシーヌは、驚くべき科学者です。フランシーヌがどう考えているか、どのように探求しているか、そして、どのようにデータから判明した事実を継ぎ合わせるかを見ているだけで、大きな歓《よろこ》びを感じます。実験計画をたてる際の彼女の創造性、そして、実際に研究所を指揮する際の粘り強さ、きちょうめんさ、そして効率の良さを見られるだけで役得といえました。この仕事は、まさに夢がかなったようなものだったのです。統合失調症と診断された人たちの脳を研究することに、わたしは目標を見出していました。

でも、仕事始めの日、フランシーヌは、わたしをギョッとさせる発言をしました。なんと、精神病患者の家族からの脳の提供はまれにしかなく、検死解剖による研究のための脳組織が、慢性的に不足しているというのです。自分の耳が信じられませんでした。だってわたしは、前の週のほとんどを、NAMIの全国総会で、重い精神病と診断された家族をもつ人々と過ごしたばかりだったからです。

全米精神健康協会の前会長ルー・ジャッド博士は、研究総会の司会をしていました。そして何人もの著名な科学者が、研究成果を披露していました。NAMIの家族たちは喜んで脳の研究を分かち合い、そして学ぼうとしていました。

ですから、提供される脳の組織が不足しているなんて、仰天以外のなにものでもありません。単に、周知徹底が足りないだけではないか、と思いました。ひとたび、NAMIの家族たちが研究のための脳組織が不足していると知ったなら、彼らはきっと、ＮＡＭＩ全体に脳の提供を呼びかけ、問題を解決してくれるはずです。わたしはそう信じていました。

その翌年（一九九四年）、わたしは全米ＮＡＭＩの理事に選ばれました。この素晴らしい組織の役に立てることにわたしは心を躍らせ、名誉と責任の大きさを痛感しました。当然のことながら、わたしがまずやるべきことは、脳の献体がいかに大切かを知らしめ、科学者たちが研究するために不可欠な、精神病と診断された脳組織が足りない現実を周知徹底することです。わたしはそれを「ティシュー・イシュー」（Tissue Issue ＝組織問題）と呼ぶことにしました。その頃、ＮＡＭＩのメンバーの平均年齢は六七歳でしたが、わたしはまだ三五歳。史上最年少の理事に選ばれたことに誇りを感じ、エネルギーに満ちあふれ、何かやりたくてうずうずしていたのです。

全米ＮＡＭＩ組織の中での新しい立場を利用して、わたしはすぐに、各州ごとのＮＡＭＩの年次総会でティシュー・イシューについて熱く語り始めました。この行動を起こす前、ベネス研究室のすぐ隣にある、ハーバード脳組織リソースセンター[*3]（略して「脳バンク」）が受けた、精神病と診断された人々からの脳の献体は、年に三つ以下でした。これは、フランシーヌの研究室が研究をこなすのにぎりぎりの数で、脳バンクが他の名高い研究室の要求に応じて脳を供給するには、まったく数が足りない状態でした。

でも、講演を始めて数ヶ月もたつと、「ティシュー・イシュー」についてのNAMIの家族たちへの呼びかけが功を奏したのか、脳の献体数が増え始めました。現在、精神病と診断された人たちからの提供件数は、一年当たり二五から三五件にまで増えました。科学界全体では、一年につき一〇〇件は必要だというのが実状なのですが。

「ティシュー・イシュー」の宣伝を始めたばかりのころ、脳の献体の話題になると、聴衆の一部が居心地悪そうにそわそわし始めることに気づきました。予想できたことかもしれませんが、聴衆が「えっ、大変だよ、この女はわたしの脳を欲しがってるんだ！」と気づく瞬間が到来するわけです。そこで、こう付け加えることにしました。「そう、その通りです。でも、心配しないで。今すぐ捕って食おうってわけじゃありませんから！」彼らの明らかな懸念《けねん》を払拭《ふっしょく》するために、「１―８００―脳バンク」という電話のフリーダイヤルを題名にした脳バンクの歌を作り（336ページ参照）、ギターを抱え、歌う科学者として[*4]「流し」を始めました。脳の献体の話題に近づいて、聴衆の緊張が高まり始めると、わたしはギターを引っ張り出して、いつも彼らのために歌いました。脳バンクの歌は、ちょっと滑稽《こっけい》かもしれませんが、効果的に緊張を緩和させ、心を開かせ、メッセージを伝えるにはもってこいだったのです。

ＮＡＭＩでの努力は、わたしの人生に深い意義をもたらし、研究所での仕事も、つぼみから花へと開いていきました。ベネスの研究室での主な研究プロジェクトには、フランシーヌと一緒に、ある実験の実施要綱（プロトコル）を作ることも含まれていました。それは、組織の一片の中で、同時に三つの神経伝達物質系を目に見えるようにすること。神経伝達物質は化学物質の一種で、脳細胞がコミュニケーションを行なうのに必要です。

これは重要な研究でした。なぜなら、最新の抗精神病薬は、一つだけでなく、複数の神経伝達物質に同時に影響を及ぼすように設計されているからです。同じ一片の組織の中で三つの異なる系を目に見えるようにすることができれば、これらの系の間の微妙な相互作用が理解できるようになるのです。

脳の微小な回路をより細かく理解することが、わたしたちの目標でした。脳のどの領域のどの細胞が、どんな化学物質とコミュニケーションをとるのか、そして、そうした化学物質の量はどれくらいなのか。重い精神病の人たちの脳と正常な脳の間にどんな差があるかを、細胞レベルで理解すればするほど、医学界は、適切な薬を必要とする人たちに助けの手を伸ばすことができるようになるのです。この研究は、一九九五年の春に、『バイオテクニック（BioTechniques Journal）』誌の表紙を飾りました。そして一九九六年に、わたしはハーバード医学校の精神医学科より、権威あるマイセル賞（Mysell Award）を受賞しました。わたしは研究所で働くことを愛し、この研究をＮＡＭＩの家族と分かち合う歓びに浸っていました。

そんなとき、思いもよらないことが起きたのです。

わたしは三〇代の半ばにあり、仕事も私生活も順風満帆でした。ところが一瞬にして、バラ色の人生と約束された未来は、泡のように消えてしまったのです。

一九九六年の一二月一〇日の朝、目が覚めたとき、わたしは自分自身が脳障害になったことを発見しました。

脳卒中を起こしていたのです。

四時間という短い間に、自分の心が、感覚を通して入ってくるあらゆる刺激を処理する能力を完全に失ってしまうのを見つめていました。珍しいタイプの出血が、わたしを完全に無力にし、歩いたり、話したり、読んだり、書いたり、そして、人生のどんな局面をも思い出すことができなくなってしまったのです。

みなさんはおそらく、脳卒中の朝にいったい何が起きたのか、早く読み始めたいですよね？ わたしの脳の中で何が起きていたかをより深く理解していただくために、巻末に「脳についての解説」と題して、簡単な脳科学の解説をつけました。どうか、お願いだから身構えないで！ 脳のわかりやすい絵をたくさん入れて、できるだけ難しくならないよう努力してみました。あなたが、知覚的な、肉体的な、そして精神的な体験の裏に隠れている、解剖学的な事実を理解できるように。できれば、この附録をまずお読みになることをオススメします。だってそうすれば、頭が整理されて、すごく簡単に脳のことが理解できるようになるはずだから。（「脳についての解説」は、原書では2章と3章だったが、邦訳では原著者の承諾を得て附録にした）

2章　脳卒中の朝

一九九六年一二月一〇日の朝七時でした。

わたしは、ＣＤプレーヤーの演奏が始まる前の、聞き慣れたチックーチックーチックという音で目覚めましたが、眠たくて眠たくて、夢の国へ戻れる次の心のうねりを逃すまいと、もう一度うたた寝ボタンを押しました。わたしが「おねむのシータ村」と呼ぶ魔法の国で――つまり、夢と現《うつつ》の間の、精神が変容した超現実的な場所で――心はきれいに輝いて、流れるようで、ありきたりの現実の足かせから逃れ、自由を謳歌《おうか》していました。

六分後、ＣＤのチックーチックーチックが、自分が地上の生きものであることに注意を促し始めたとき、左目の裏から脳を突き刺すような激しい痛みを感じ、のろのろと起き上がりました。早朝の光に目をしばたきながら、今にも鳴りそうなアラームのスイッチを右手で切り、本能的に左の手のひらを顔の横に強く押しつけました。めったに病気をしないので、こんな激しい痛みで目を覚ますなんてすごく変。左目がのろのろしたリズムでピクついたとき、わたしは困惑し、苛々《いらいら》しました。目の後ろのズキズキする痛みは鋭くて、ちょうどかき氷を食べたときにキーンとくる、あの感じ。

　暖かいウォーターベッドから転がり出たとき、わたしは、傷ついた兵士が夢と現のあいだをさ迷うかのような精神状態で、外の世界へよろめき出ていきました。目を突き刺す光の流れを防ごうと寝室の窓のブラインドを閉じ、運動で血行をよくしたらこの痛みが少しは楽になるのではないかと思い、すばやく「カーディオグライダー」（ボート漕《こ》ぎのような動きをする全身運動マシン）に乗りました。そして、シャナイア・トゥエイン（カナダ生まれの人気カントリー歌手。グラミー賞受賞）が歌っている「フーズ・ベッド・ハヴ・ユア・ブーツ・ビーン・アンダー？」（あなたのブーツは誰のベッドの下にあったの？）に合わせて運動を始めたのです。

　でも、すぐに、何かから切り離されていくような激しい感覚が拡《ひろ》がるのを感じは

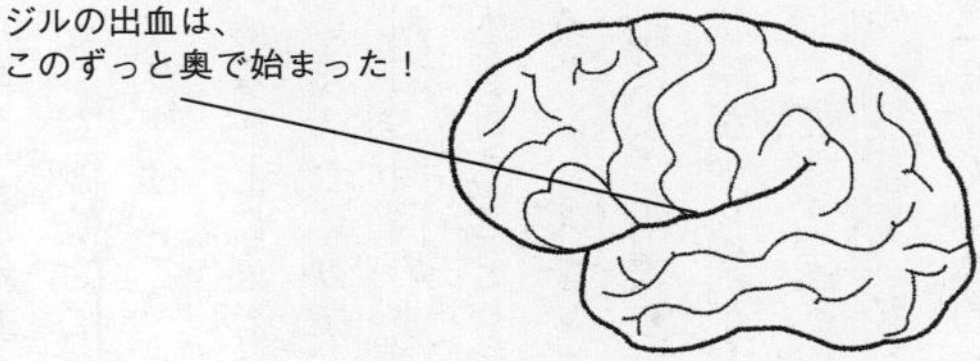

注：この本の図版は、すべて脳の前面を左側に描いてあります

じめました。ものすごく変な感じだったので、体のどこかが悪いのではないかと思いました。思考は明晰《めいせき》なのに、からだはぎこちない感じ。手と腕が、胴の動きと反対のリズムで前後に揺れ動くのを見ながら、わたしは正常な認知機能から、奇妙に切り離されるのを感じました。それはあたかも、心とからだのしっかりとした結びつきが、どんどん脆《もろ》くなっていくような感じだったのです。

いつもの現実から切り離されたように感じながら、自分の行動を、実際に行動している本人の視点ではなく、外から目撃しているようでした。行動している自分を、記憶の録画再生を見るように観察しているような気分。手すりをつかんだ指が、原始的なかぎ爪《づめ》のように見えます。数秒のあいだ、驚きで釘《くぎ》づけとなり、からだがリズミカルに、そして機械的に振動するのをひたすら眺めていました。胴体は、音楽のリズムにピッタリ合って、上下に動く。でも、頭痛は続いています。

ひどく奇妙な感じに襲われました。それはあたかも、意識が、正常な現実と魔法の空間のあいだのどこかで、宙吊《ちゅうづ》りになっているような。この感覚は、どことなく、朝のシータ村での時間のようでしたが、今はたしかに目覚めています。それなのに、止めることも逃げることもできない、瞑想《めいそう》の感覚に捕らわれた感じがするのです。呆然《ぼうぜん》自失のうちに、ズキンズキンする激痛が脳の中でエスカレートし、ようやくわたしは、運動による治療法は適切ではなかったことに気づいたのでした。

からだの状態が少し気がかりでしたが、わたしは運動器具から降り、よろめきながら居間を通って、浴室へと進みました。歩いてみると、からだの動きは流れるどころか、動作が緩慢で、ぎくしゃくしています。正常な筋肉の協調がなくなって、歩き方はぎこちなく、体のバランスも崩れ、まっすぐ立っているのが精一杯の状態。浴槽に入ろうと脚を持ち上げたとき、からだを支えようとして壁に手をつきました。脳は体重を支えて動く下肢の筋肉の塊りの全《すべ》てを調整し、倒れないようにまた調整をする。自分の脳の内部的な活動をハッキリ感じるのが奇妙に思えました。こういった自動的なからだの反応を感じるのも、もはや知的な概念化によるものではありません。それどころか、脳とからだの五〇兆個の細胞が完全に協調し、肉体的な形態の柔軟さと全体のまとまりを維持すべく、どんなに力を尽くしているかを一瞬にして悟ったのです。人間の設計《デザイン》って、なんて壮大なの！　畏敬《いけい》の念をもって、神経系が、あらゆる関節の角度を計算し続ける自律機能に目を瞠《みは》りました。

どれほどからだが危険にさらされているかもわからないまま、わたしはシャワーの近くの壁に寄りかかりました。そして、前かがみになって蛇口をひねったとき、浴槽に水が入る音が急に耳をつんざく騒音のように聞こえたので、ビックリしてしまいました。急に音が大きくなったせいで、わたしには、あることがわかり、非常に焦《あせ》りました。わたしのからだは協調とバランスの問題だけでなく、入ってくる音（聴覚情報）を処理する能力までもが異常であることに気づかされたのです。

神経解剖学の面から、協調、バランス、聴覚、そして息を吸う行動が、脳幹の橋《きょう》を通って処理されるのを知っていましたから、ようやく、命にかかわるような重い

脳幹の橋を通る線維

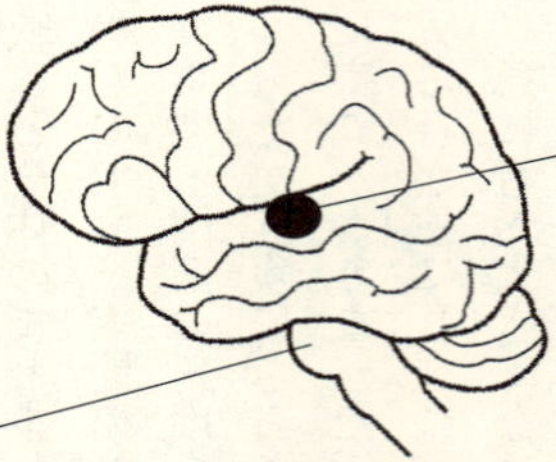

神経の機能不全に陥った可能性があることに気づいたのです。

左脳の言語中枢《ちゅうすう》を経由して、心はいつも、自分自身に話しかけています。これはわたしが「脳のおしゃべり」と呼んでいる現象です。家へ帰る途中、バナナを買うのを思い出させてくれるのも、この声なのです。洗濯をいつやればいいのかを教えてくれるのも、この計算高い知力のたまもの。

脳の中で、解剖学的に何が起きているかという説明をわたしの「考える心」が探し求めていたとき、わたしは水のさらなる轟《ごう》音《おん》に反応して、後ろへよろめきました。予想外の騒音が、鋭敏になって痛む頭を直撃

言語中枢

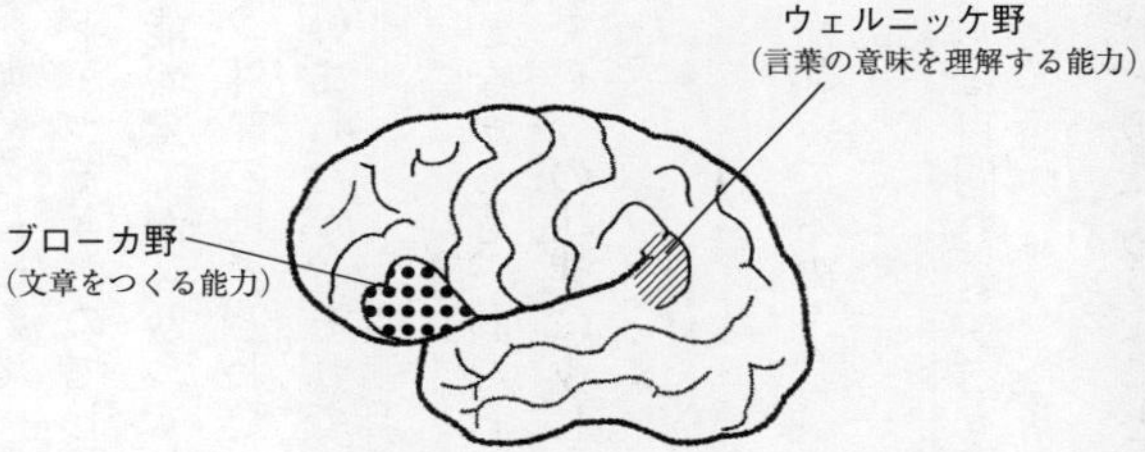

したからです。その瞬間、突然、自分が無防備だと感じました。そして、いつもなら自分をまわりの環境に馴染《なじ》ませてくれたあの脳のおしゃべりが、もはや、予測できる一定の会話の流れになっていないことに気づいたのです。それどころか、言葉の上での思考は今や、つじつまが合わなくなって、バラバラになり、途切れ途切れになっていました。

アパートの窓の向こうの遠い街の騒音が遠ざかり、外側の知覚が次第に薄れるのに気づいたとき、これまであたりまえのように広く観察することのできた範囲が縮まってしまったのを感じました。脳のおしゃべりが壊れ始めるにつれて、奇妙な孤独感を覚えはじめます。脳内の出血によって、血圧が下がってきたのでしょう。運動をつかさどる脳の能力を始めとする、人間らしい機能の全てが「ゆっくりモード」に入ってきたと感じました。もはやわたしの思考は、外部の世界とわたしを結びつけていた、流れるようなおしゃべりではなくなっていましたが、それでも意識を保っていましたし、常に自分の心の中にいました。

混乱しながらも、わたしはからだと脳の両方についての全記録をたどって、過去の体験で、今の状態に少しでも近いことはなかったかと疑問を投げかけ、分析してみました。

(何が起きてるの?)

わたしは自問します。

(これと似たようなことを体験したことって、あった? こんなふうにかんじた

ことって、今までにあった？　これって偏頭痛みたいな感じ。あたまのなかで、
　何が起きているの？）

　集中しようとすればするほど、どんどん考えが逃げて行くかのようです。答えと情報を見つける代わりに、わたしは込み上げる平和の感覚に満たされていきました。わたしを人生の細部に結びつけていた、いつものおしゃべりの代わりに、あたり一面の平穏な幸福感に包まれているような感じ。恐怖をつかさどる脳の部位である扁《へん》桃体《とうたい》が、こうした異常な環境への懸念《けねん》にも反応することなく、パニック状態を引き起こさなかったなんて、なんて運がよかったのでしょう。左脳の言語中枢が徐々に静かになるにつれて、わたしは人生の思い出から切り離され、神の恵みのような感覚に浸り、心がなごんでいきました。高度な認知能力と過去の人生から切り離されたことによって、意識は悟りの感覚、あるいは宇宙と融合して「ひとつになる」ところまで高まっていきました。むりやりとはいえ、家路をたどるような感じで、心地よいのです。
　この時点で、わたしは自分を囲んでいる三次元の現実感覚を失っていました。か

方向定位連合野
（からだの境界、空間と時間）

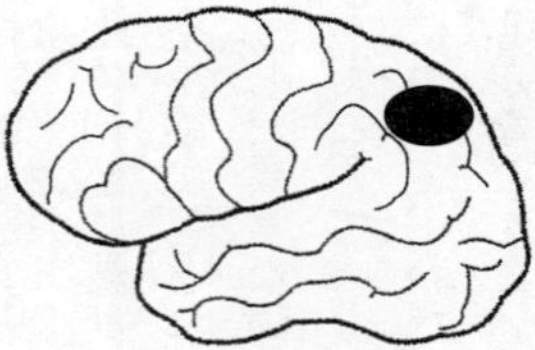

らだは浴室の壁で支えられていましたが、どこで自分が始まって終わっているのか、というからだの境界すらはっきりわからない。なんとも奇妙な感覚。からだが、固体ではなくて流体であるかのような感じ。まわりの空間や空気の流れに溶け込んでしまい、もう、からだと他のものの区別がつかない。認識しようとする頭と、指を思うように動かす力との関係がずれていくのを感じつつ、からだの塊はずっしりと重くなり、まるでエネルギーが切れたかのようでした。

シャワーの水滴が弾丸のように激しく胸に当たって、無情にも現実に引き戻されました。手を顔の前に上げて、くねくねと指を動かしながら、わたしは、戸惑うと同時に好奇心をそそられてしまいました。

（うわ、わたしって、すごく変でびっくりしちゃう生きもの。生きてる！　これって生きてるってことよね！　海水がふくろにいっぱいに詰まってるのよ。ここで、こんなかたちで、意識のある心があって、このからだは生きるための乗り物。ひとつの心を分け合う、数兆の細胞のカタマリ。それが今ここで、命として栄えてるってこと。スゴイ、これってスゴイよね！　わたしはさいぼうでできた命、ううん、器用な手先と認識の心をもった、分子でできた命なんだわ！）

この変容状態では、わたしの心はもはや、いつも脳が外の世界で人生というものを定義し、導いてくれていたことなんて、どうでもよくなってしまいました。外の世界との折り合いをつけてくれていた、脳の中の小さなささやきも聞こえません。脳のおしゃべりの声がないまま、過去の記憶と未来の夢は霧散していきました。ひとりぼっちです。その瞬間は、リズムを刻む心臓の鼓動を除いては何もない、孤独な状態でした。

でも、傷ついた脳の中で広がる虚空《こくう》に、うっとり魅せられてしまいました。脳の中に静寂が訪れ、絶え間ないおしゃべりからひととき解放されたことがうれしかった。あのおしゃべりは、今となっては騒がしい外界の些細《ささい》なことでしかない。わたしはひたすら焦点を内に向け、何兆もの輝く細胞の変わらぬ努力のくりかえしに気持ちを向けました。細胞たちは仕事熱心に、互いに同期して、からだの恒常性（ホメオスタシス）を維持しようと努力しているのです。血液が脳に流れ込むにつれて、意識のレベルはだんだんと下がり、広大で不思議な世界を内部に抱いた心が満ち足りていくのを感じるようになってきました。小さい細胞たちが、生きものとしての存在であるわたしを維持するだけのために、一瞬ごとに素晴らしい働きをしてくれている。そのことに魅惑されると同時に、謙虚な気持ちになってゆきました。

わたしは生まれて初めて、生を謳歌《おうか》する、複雑な有機体の構築物である自分のからだと、本当に一体になった気がしました。自分が、たった一個の「分子の天才」と形容できる知性から始まり、細胞が群がる生命の集合体になったことを、誇りに思いました。頭の中で容赦なく脈打つ根強い痛みから、知覚が遠ざかっていくのがうれしい。意識が次第に平穏な状態へと向かうにつれ、わたしは、ふわふわと浮かんでいるような気分になりました。脳の中のズキンズキンする痛みからは逃れられませんが、それは、からだを衰弱させるような類《たぐ》いのものではありません。

水が胸を打つままに立ち尽くしていると、うずくような痛みの感じが胸に押し寄せ、それは喉《のど》までぐんぐん上がってきました。ハッと我にかえり、すぐに、自分が容易ならぬ危険な状態にあることに気づきました。現実の世界に引き戻されたショックで、すぐさま、肉体に起きている異状をふたたび確かめました。何が起きているかを理解しようと、自己診断に必要な、これまでの教育で蓄積された知識を必死に掘り起こしてみました。

(わたしのからだに何が起きているの？　脳のどこが悪いの？)

正常な認識能力は途切れがちで、無能力状態になっていましたが、どうにかからだを動かしてみました。浴室から出ても、脳は酩酊《めいてい》状態のような感じ。からだは不安定で重く、動きも非常に緩慢です。

（わたし、なにをしようとしてるの？　服、出かけるふく。しごとにいくから、きがえるのよ）

わたしは苦心しながらも、機械的に着るものを選び、そして八時一五分には、勤めに出かける用意がととのいました。

アパートの中をゆっくり歩きながら考えます。

（そう、仕事にいく。しごとをしにいくの。しごとばへのいきかた、おぼえてる？　運転できる？）

職場であるマックリーン病院への道を思い描いたとき、わたしは文字通りバランスを崩しました。右腕が完全に麻痺《まひ》してからだの横に垂れ下がってしまったからです。

その瞬間、わかったのです。

(ああ、なんてこと、のうそっちゅうになっちゃったんだわ！ のうそっちゅうがおきてる！)

そして次の瞬間、わたしの心に閃《ひらめ》いたのは……

(あぁ、なんてスゴイことなの！)

奇妙ですが、幸福な恍惚《こうこつ》状態に宙吊《ちゅうづ》りになっているように感じました。そして突然訪れた、脳の複雑な機能への巡礼の旅に、生理学的な裏づけと説明があるとわかったとき、小躍りしたくなるような気持ちになりました。わたしは考え続けました。

(そうよ、これまでなんにんのかがくしゃが、脳の機能とそれがうしなわれていくさまを、内がわから研究したことがあるっていうの？)

運動と触覚

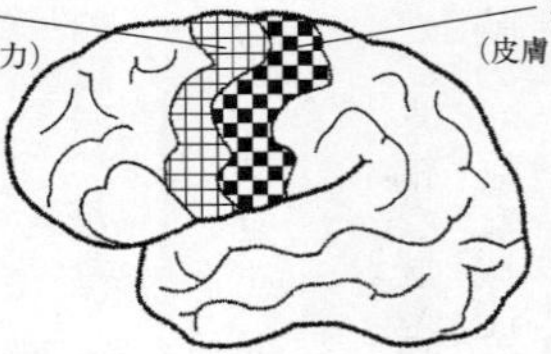

わたしのこれまでの人生は、人間の脳が現実に対する知覚をつくり出す仕組みを理解することに費やされてきました。でも今、目を瞠《みは》るような新しい発見につながる一撃（脳卒中）を体験してる！

右腕が麻痺したときには、手足の内部の生命力が一気に消滅したように感じました。その右腕がまともにからだに当たったとき、胴を直撃しましたが、なんだか、ものすごく変な感じ。まるで、腕がギロチンで切断されたように感じたんです！

神経解剖学を学んでいたから、わたしは自分の運動野が侵されているのがよくわかります。ラッキーなことに、数分もたつと、死んでいた右手がちょっと回復しました。手足が生命をわずかに取り戻すにつれ、ヒリヒリ、ズキズキと、恐ろしくうずき始めます。傷を負って、すっかり弱ってしまったように感じました。腕は本来の力をほとんど失っていましたが、それでも少しは動かせました。でも、はたして元通りになるのか、大いに疑問です。

暖かく、揺りかごのようなウォーターベッドが眼に入ると、ニューイングランドの寒い冬の朝には、まるでベッドが「おいでおいで」をしているかのように見えます。

（あぁ、とっても疲れてる。すごくつかれをかんじる。ちょっとやすみたい。よこになって、ほんのちょっとでいいからリラックスしたい）

でも、わたしの中の深淵《しんえん》から、雷のような指令の声がはっきりと話しかけてきました。

（もし今、よこになったら、きっと、二度とおきあがれない）

この不吉な呼びかけに驚いて、自分の現在の危険な状況を理解しました。助けを呼びたいという焦《あせ》りを感じましたが、別の自分が、説明のつかない幸福感を喜んで受け入れていました。寝室の戸口をまたいで、鏡に映った自分の目を見つめながら、何かが語りかけてきはしないか、ひらめきはやって来ないか、一瞬考え込みました。そして痴呆《ちほう》状態の知恵により、自分のからだの生物学的な設計のすばらしさから して、それが貴重で壊れやすい贈り物であることを悟ったのです。このからだは、わたしという名のエネルギーが三次元の外部の空間に広がってゆく扉なのです。

このからだの細胞群が、素敵な仮の宿を与えてくれていたのです。この驚くべき脳は、まさに数十億、数兆のデータの断片をいかなる瞬間もまとめ上げ、わたしのために、この環境の三次元の知覚をつくり出していたのです。それは継ぎ目のない現実であるだけでなく、安心できるもの。この幻想の中で、生物学的な細胞組織が効率よく、わたしという形をつくりだしたことに、うっとりしてしまいました。そして、その設計の簡潔さに畏敬《いけい》の念を抱きました。わたしは、たくさんの機能がからみあったひとつの複雑な合成物。外部の世界から流入する、さまざまな感覚のメドレーを統合できる、からみあう細胞の一集団。そしてシステムがきちんと機能しさえすれば、現実を知覚できるひとつの意識を自然に生みだしてくれるのです。不思議でなりません。このからだの中で、つまりこの生命形態の中で、多くの歳月を過ごしてきたのに、からだを借りていただけだったことに気づかなかったなんて。

こんなに、劇的に精神が無力になっていくのを味わっても、左脳の自己中心的な心は、生命は不死身だという信念を尊大にも持ち続けていました。この朝の出来事から、完全に回復できるだろうと楽観的に信じていました。研究のスケジュールに突然の邪魔が入ったことに若干の苛立《いらだ》ちを覚えながら、わたしは、こんなことを考えていたのです。

（そうね、いいわよ、のうそっちゅうをおこしてる。そのとおりよ、脳卒中なの……でも、わたしは忙しいの！　いいわよ、のうそっちゅうがおきるのを止められないならそれでいいけど、一週間だけね！　ついでに、どんなふうに脳がげんじつの知覚をつくり出すのか、知りたいことを学べばいいんだから。そしてつぎ

ジルの出血した領域
（グレーの楕円の部分）

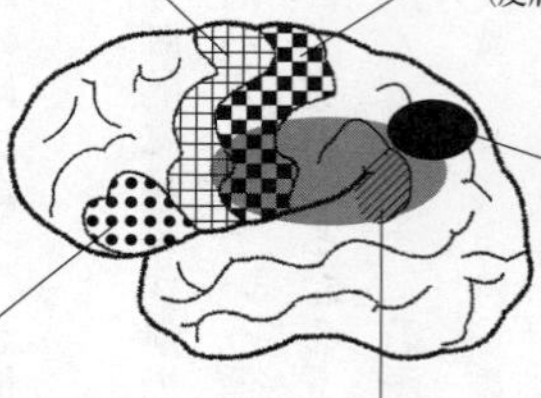

の週には、おくれを取り戻すの。ところで、なにをするんだっけ？　助けをよぶの。きもちをしゅうちゅうしなきゃ。たすけをよばないと）

鏡の中に見える反転した自分の姿に向かって、わたしは嘆願しました。

（おぼえていてね、あなたが体験していることをぜんぶ、どうか、おぼえていてね！　こののうそっちゅうで、認知力がこわれていくことで、まったくあたらしい発見ができるように——）

3章　助けを求めて

どんな種類の脳卒中を体験していたのかは、正確にはわかりませんでした。実のところ、まったく気づいていなかった先天性の脳動静脈《どうじょうみゃく》奇形（AVM）によって、大量の血液が大脳の左半球にどっと吐き出されたのです。左脳にある高度な思考中枢《ちゅうすう》に血液が降り注いだために、認知能力の高い機能は失われつつありました。貴重な能力が、ひとつずつダメになっていったのです。

脳卒中を起こしたときの最善の方策は、その人をできるだけ早く病院に連れて行くこと。それはわかっていました。でも、助けを求めること自体が挑戦だったのです。なぜなら、集中力を保ったり、なにかに専念するのが、ほとんど不可能な状態だったからです。わたしは、脳に出入りする思考を手当り次第に追い求めている自分に気づきました。悲しいけれど、今のわたしには思いついた計画を実行に移せるほど長く憶《おぼ》えていることすら難しい。そのことが充分すぎるほどわかっていました。右脳と左脳は、今までの人生で、わたしがこの世界で困らないように細心の注意を払って二人三脚でふんばってくれていました。しかし今や、大脳半球が左右に分かれているせいで、わたしは左脳の言語と計算の技術を失いつつあります。

（すうじはどこへいったの？　ことばはどこ？　のうのおしゃべりはどうなっちゃったの？）

それは今や、内部を覆《おお》いつくした心地よい安らぎにとってかわられています。できごとを順序立てて並べるため、絶え間なく指示を出してくれていた左脳の司令塔が沈黙してしまったので、外部の現実との結びつきを維持すべく、わたしは知覚を総動員しようと懸命になっていました。過去、現在、未来に分かれるはずの時系列の体験は、順序よく並ばずに、全部が孤立してしまっています。言葉による手がかりも得られないので、日常の様々なことまで分からなくなってしまったかのよう。瞬間、瞬間のあいだの知覚的な結びつきを保つことすら、おぼつかない。幾度も幾度も、脳に残されたメッセージをくりかえしました。

(なにをしようとしてるの？　助けをよぶの。ちゃんとじゅんじょだてて、たすけをもとめようとしてるのよ。なにをしてるんだっけ？　てじゅんをふんで、たすけてもらわなきゃ。そうよ、助けをよばなくちゃ)

この朝のできごと以前のわたしは、こんなふうに脳にアクセスして情報処理を行なっていました。

まず、自分が脳の真ん中に座っている情景を心に思い描く。そこにはファイル用のキャビネットがびっしり並んでいます。思いつきや概念、記憶を探すときは、キャビネットをスキャンして、正しい抽斗《ひきだし》を探す。いったん、お目当てのファイルを見つけたら、そのファイルの中の情報のすべてにアクセスする。もし、検索しているものがすぐに見つからなかったら、ふたたび脳にスキャンさせて、最終的に正しいデータにアクセスする。

脳卒中の朝の、ジルの脳のCT画像

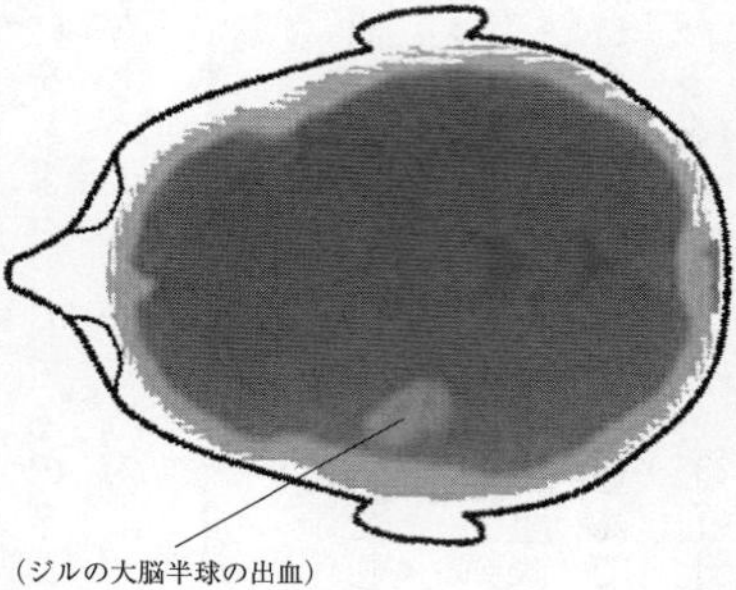

ですがこの朝のわたしの情報処理の方法は、異常としか言いようのないものでした。脳の中の壁に沿って、ファイル用のキャビネットは並んだままでしたが、あらゆる抽斗はぴしゃりと閉じられ、キャビネットも手の届かないところに押しやられています。

ここにあるすべての資料を知っていたこと、脳が豊富な情報を保持していることは思い出せます。でも、それはどこへ行ったの？　たとえ情報があったとしても、わたしはもう、それを取り出せない。

はたして言語による思考力と再会できるのか、心象風景を取り戻すことができるのか、わかりませんでした。もしかしたら、そういった脳の力を永遠に失ってしまったかもしれないと思うと、悲しくなりました。

言語と記憶を並べる機能が全くなくなり、これまでの人生から切り離されてしまった感じ。そして、認知像や概念の拡《ひろ》がりがないので、時間の感覚もありません。過去の記憶も、すでに呼び戻せなくなっていました。そして自分が何者で、生命体としてここで何をしていたかという全体像からも覆い隠されて、記憶からも置き去りにされました。

現在の瞬間にだけしか焦点が合わず、ズキズキと脈打つ脳は、まるで万力《まんりき》にでもしめられたかのよう。地上の時が止まった奈落《ならく》の底で、地上の肉体も失われ、宇宙の中に溶け込んでいきました。

出血中の血液が左脳の正常な機能を妨げたので、知覚は分類されず、細かいことにこだわることもなくなりました。左脳がこれまで支配していた神経線維の機能が停止したので、右脳は左脳の支配から解放されています。知覚は自由になり、意識は、右脳の静けさを表現できるように変わっていきました。解放感と変容する感じに包まれて、意識の中心はシータ村にいるかのようです。仏教徒なら、涅槃《ねはん》（ニルヴァーナ）の境地に入ったと言うのでしょう。

左脳の分析的な判断力がなくなっていますから、わたしは穏やかで、守られている感じで、祝福されて、幸せで、そして全知であるかのような感覚の虜《とりこ》になっていました。わたしの一部は、痛みでズキズキしている肉体の束縛から完全に解放されたがっています。ですが、そんな絶え間のない誘惑のさなかでも、自分自身を救うための方法を探し続けていました。右脳の誘惑に屈しなかったことが、最終的にわたしの命を救ったのでした。

わたしはよろよろと書斎へ歩いていき、照明を落としました。光の刺激で、脳が燃えるようだったからです。焦点を合わせたままでいようとすればするほど、そして、ここで今、自分がしていることに集中しようとすればするほど、頭の疼《うず》きはひどくなり、ズキンズキンと響きわたります。注意力を保つだけでも、かなりの努力が必要でした。そして心は、思い出そうと必死でした。

(わたしがしているのは、どんなこと？　なにをしてるの？　たすけをよぶ。そう、たすけをよぼうとしてるんだってば！)

わたしは、はっきり考えられる瞬間（わたしはそれを「明晰《めいせき》な波」と名づけました）と全く考える能力のない瞬間のあいだを、ゆらゆらと漂っていました。

これまでの人生どおりに歩むことができなくなり、認知力がシステムごと崩れていくさまを目撃したわたしは、困惑すると同時に心を奪われました。時間は静止したまま。左脳の後ろにあった時を刻む時計、筋の通った思考を助けてくれたあの時計が、今は止まっていたから。

心の中の関係性の概念、つまり、自分自身の位置を決めて、前に進むのを助けてくれた脳の働きがなくなってしまったので、まるで、とびとびの瞬間のあいだを漂っているような感じです。「A」は、もはや「B」と何のつながりもなく、「1」も「2」と全く関係ない。（アルファベットや数字のような）順序だった配列を理解するには、知的なつながりをみつけることが必要ですが、もうわたしの頭には荷が重すぎるのです。最も簡単な計算でさえ、数字のあいだの関係をきちんと読み取ることが必要です。わたしの頭はすでに、組み合わせを作れません。

だからわたしは、ふたたびまごつきながら座り、ただひたすら、考えられる瞬間である次の「明晰な波」が来るのを待っていました。わたしを客観的な現実に結びつけてくれるような考えが浮かんでくれるのを期待して、心はずっとくりかえします。

（わたしはいったい、なにをしようとしているの？）

なぜわたしは、緊急ダイヤルの９１１（日本の１１９番はアメリカでは９１１番）にかけなかったのでしょう？　頭蓋《ずがい》の中で大きくなっていく出血は、番号が何だったか知っている左脳の部分の、ちょうど真上で起こりました。そのとき、９１１を登録しているニューロンは血のプールの中で溺《おぼ》れていましたから、そうした考えはわたしにとってはもう存在しなかったのです。

なぜ、下に降りて家主の女性に助けを求めなかったのでしょう？　彼女は出産休暇で家にいましたから、すぐに車で病院に連れていってくれたはず。ですが彼女についてのファイル、つまり、身の回りの生活にかかわるファイルの一部は、もう存在しなかったのです。

なぜ、通りに出て見知らぬ人に助けを頼まなかったのでしょう？ そんな考えは、わたしの心をよぎりもしませんでした。こうした無力な状態で、わたしに残された唯一《ゆいいつ》の選択肢は、死に物狂いで記憶をたどること——どうやって、助けを呼ぶのか！ だけ。

わたしにできたのは、座って待つことだけ。電話をそばに置いて座り、辛抱強く、静かに待つことでした。家の中に独り座り、わたしをはぐらかし、引いては押し寄せてわたしをじらす考えに囚《とら》われながら。心が、二つの考えを結んで、ひとつの概念をつくり、計画を実行するチャンスを与えてくれそうな「明晰な波」がやって来るのを待ちながら、ただ座っていました。黙りこくって、心の中で単調にくりかえすのです。

（わたしはなにをしているの？ 助けをよぼう。たすけをよぼう。助けをよぼうとしているの）

意識的に「明晰な波」をもう一度呼び起こせるかもしれないと期待して、目の前の机に電話を置いて、そのプッシュボタンをじっと見つめました。かける番号の記憶の断片をたぐりながら、さまよえる脳に集中と注意を強いると、そこは空っぽなのにキリキリと痛みます。ズキズキズキと脈をうちます。ああ、なんて頭が痛いの。

一瞬、ある番号が脳裏をよぎりました。それは、わたしの母親の番号です。憶えていたんだ。わたしは、本当にぞくぞくしました。番号を思い出せただけでなく、それが誰の番号か知っていたなんて、なんてスゴイことなの。そして、この不安定な状況の中でさえ、ママは二五〇〇キロ以上も遠くに住んでいて、今電話をかけるにはどれだけ不適当な相手かに気づいたことは、不運ではあるけれど驚異的です。わたしは心の中で独り言を呟《つぶや》いていました。

(だめだめ、ママにでんわして、わたし、のうそっちゅうになっちゃったなんていえない! ママはパニックになるだけよ! なんとかけいかくをたてなくち

や）

意識が明瞭《めいりょう》になる一瞬、職場に電話したら、ハーバード脳バンクの同僚たちが助けてくれるかもしれない、そう考えました。もし、わたしが勤め先の番号を憶えていればの話ですが。そして皮肉にも、わたしはこれまでの二年間、国じゅうの観衆の前で「今すぐフリーダイヤル1―800―脳バンク」という歌詞を含んだ脳バンクの歌を歌って過ごしていたのです。しかしこの朝、そうした記憶はことごとく手の届かない所にありましたから、自分が誰で、何かをやろうとしていた、という漠然とした概念だけがわたしの中にありました。奇妙な精神的な混迷の中で、わたしは机に向かって座り、取り憑《つ》かれたかのように心に訊《たず》ね続けます。

（つとめさきのばんごうは？　どこではたらいていたっけ？　のうバンク！　わたしは、のうバンクではたらいてた。じゃあ、のうバンクのでんわばんごうは？　わたし、なにしてるの？　助けをよぼうとしてるのよ。しょくばに電話しようとしてるの。そう、しょくばのでんわはなんばん？）

外部の世界を知るための知覚は、左右の大脳半球のあいだの絶え間ない情報交換によってみごとに安定していました。皮質の左右差によって、脳のそれぞれ半分は少しずつ違う機能に特化し、左右が一緒になったときに、脳は外部の世界の現実的な知覚を精密に作ることができるのです。

わたしは、学習意欲旺盛《おうせい》で利口な子供でしたが、右脳と左脳がもっている能力は、決してバランスのよいものではありませんでした。大脳の右半球は考えることと概念の全体像を理解するのに長《た》けていましたが、左半球は、ランダムに飛び込んでくる事実と詳細を記憶するために、特にがんばる必要があったのです。わたしは電話番号をランダムな数の連なりとして丸憶《まるおぼ》えできないタイプの人間でした。その代わり、自動的にある種のパターーン、特に視覚的なパターンをつくって番号を憶えます。プッシュボタン式電話のボタン上でボタンを押すパターンを記憶していたのです。余談ですが、このパターン式記憶法が使えない、昔のダイヤル式電話だったら、はたして生き残れたのかしら。

わたしは若い頃から、物事が分類や区分けの面でどのように異なるか（＝左脳）ということよりも、物事がどのように直観的に関連しているのか（＝右脳）ということのほうに興味を抱いていました。わたしの心は、言葉で考える（＝左脳）よりも絵で考える（＝右脳）ほうが好きなのです。

自分の心が詳細な記憶と検索を優先するようになったのは、大学院に進んで解剖学に魅了されてからでした。感覚、視覚、そしてパターンの連想という方法を通じて情報処理を行なっていた幼少期以来、わたしの知識は織物（タペストリー）のように、すべて緊密につながっているのです。

この種の学習体系は、あたりまえですが、あらゆるネットワークの断片が適切に機能し、相互に作用しているときしかうまく働きません。この朝、座って職場の電話番号について悩み抜いていたとき、電話番号に特別なパターンがあったのを、ふと思い起こしました。それは、こんなふうなものでした。わたしの番号は１０で終わっていた。それは０１で終わる上司の番号の逆だった。そして同僚の番号は、ちょうどそれの真ん中。

しかしわたしの左脳は、血溜《ちだ》まりの中で混乱していたので、頭の中で求めているお目当ての数字にアクセスできません。そして順序だった数字は、わたしを惑わします。考え続けました。

（01と10のまんなかってなにかしら？）

電話のボタンの並びを見れば思い出せるかもしれない、そう思いつきました。机の前に腰かけて電話を目の前に置き、次の「明晰な波」を待ちながら、ちょっとの間じっと座っていました。ふたたび唱えはじめます。

（しょくばのばんごうなんだっけ？　しょくばのばんごうなんだっけ？）

何も思い出せないままに電話を抱え込んでいた数分後、四桁《けた》の数字のリストが突然、脳裏をよぎりました……２４０５！　２４０５！　それを、何度も何度も、独りでくりかえしました……２４０５！　それを忘れないために、ペンを取り上げて、心に浮かんだそのイメージを利《き》き手でないほうの左手で急いで書き留めました。

「2」はもう数字の「2」ではなく、むしろ、恰好《かっこう》が「2」に似た模様になっていました。電話のボタンの「2」が運良く、心の眼でみた「2」によく似ているように思えます。自分が見たもの……2405をなぐり書きしました。これは電話番号の一部なんだということが、なんとなくわかります。残りは何だった？　局番があったはず。最初に廻す番号。そこで、ふたたび唱え始めました。

（しょくばのきょくばん、なんだっけ？　しょくばのきょくばん、なんだっけ？）

このジレンマに直面して、通常働いているときは内線番号を押せばいいだけ、ということが、必ずしもいいことばかりではなかったことに突然気づきました。日常的に局番を含めた電話番号を使っていなかったわけですから、局番の認識パターンが脳の中のファイルに暗号化されていなかったのです。そこでわたしは、情報を取り戻す作業に戻りました。そして尋ね続けるのです。

（きょくばんはなんだろう。しょくばのきょくばんはなんばん？）

これまでの人生では、小さな数字の局番しか目にしませんでした。232、234、332、335といった具合に。ですがとにかく、心をよぎるものは、可能性のあるものは何でも、藁《わら》をもつかむ気持ちで取りすがっていると、855という番号が、ひとつの映像としてパッと心に浮かんできました。最初、これは今まで聞いた中では一番不適当だと思いました。なぜなら、数字が大きすぎるように感じたからです。でもその時は、何でもやってみる価値がありました。次の「明晰《めいせき》な波」がやってくるのを期待しながら、目の前の机の上を片付けました。まだ午前九時一五分。一五分しか遅刻していないので、誰もわたしのことを心配してはいないでしょう。ひとつの計画を心に抱き、のろのろと事を進めました。

疲れを感じていました。座って待ちながら、自分がひ弱く、バラバラになったように感じていました。宇宙と融合してひとつになった感じがわたしを包み込み、気が散ってしかたがありませんでしたが、助けを呼ぶ計画を実行するのに必死です。心の中で、やる必要のある事とセリフを、くりかえしくりかえし、リハーサルしました。ですが、やろうとすることに精神を集中し続けることは、ヌルヌルした「うなぎ」をつかもうと悪戦苦闘しているようなものでした。
課題1、考えを心の中に保つ。課題2、頭の中で考えていることを、外部の世界で実行する。集中して。うなぎをつかみ続けよう。これが電話であることを理解し続けよう。ふんばろう。次に頭が明晰になる瞬間を待つのよ！　わたしは心の中でリハーサルを続けました。

(もしもしジルです。助けて！　もしもしジルです。たすけをよんで！)

誰に、どうやって、助けてもらう電話をかけるかを考えるのに、すでに四五分もかかっています。次の「明晰な波」の間に、紙の上のなぐり書きと電話のボタンの上の記号を一致させ、その番号にダイヤルしました。
運よく、わたしの同僚で友人でもあるスティーブン・ヴィンセント博士が、席についていました。彼が受話器を取り上げ、しゃべるのを聞き取ることはできました。しかしわたしの頭は、その言葉の意味を解読できなかったのです。わたしは心の中でつぶやきました。

（まあ、なんてこと、まるでいぬのゴールデンレトリーバーのなきごえみたい！）

わたしは、左脳がもはや、言葉を理解できないほど混乱していることに気づきました。それでも、他の人に連絡が取れたので、本当に安心していたのです。その人に向かってわたしは、

「もしもしジルです、たすけて」

と、だしぬけに言いました。そう、少なくとも、わたしはそう言おうとしました。実際に口から出たのは、うめき声に近かったのですが。しかし幸いにも、スティーブにはわたしの声がわかったのです。彼には、わたしが何らかのトラブルに巻き込まれたのがハッキリわかったのでした（どうやら、仕事場で大声で喚《わめ》きながら歩き回っていたここ数年の実績のせいで、職場の誰もがわたしの金切り声を判別できるようになっていたようです！）。

ジルの出血した領域
（グレーの楕円が広がっている）

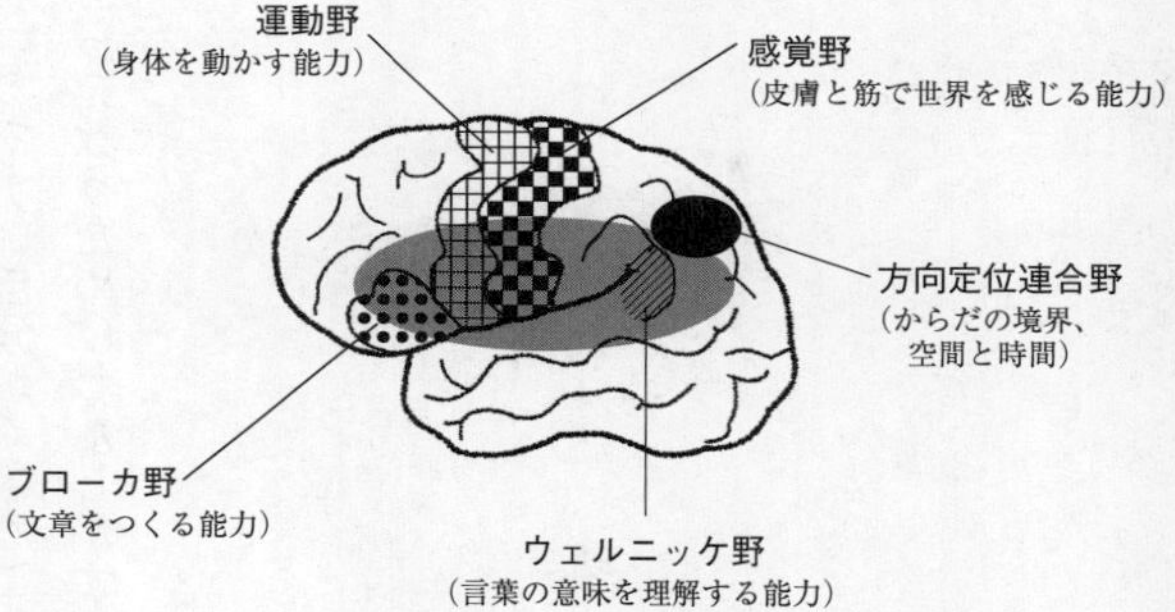

それでも、自分がハッキリとしゃべれないことに気づいたとき、わたしは大きなショックを受けました。心では「もしもしジルです、たすけて！」と、ハッキリ話すのを聞くことができましたが、喉《のど》から出た音は、脳の中の言葉と同じにはなりません。脳の左半球が想像していたよりも力を失っていたことがわかり、困惑してしまいました。

左脳はスティーブが話した言葉を解読できなかったのですが、右脳は、わたしを助けてくれることを意味する、優しい声の調子を解釈することができました。

その瞬間、心の底からホッとしました。スティーブがしてくれることの細部を知る必要はないのです。自分ができることはすべてやったと思いました。誰の目から見ても、自らを救うためにわたしがすべきだったはずのことを。

4章　静寂への回帰

救助のお膳立《ぜんだ》てがうまくととのったので、わたしは心おだやかになり、ソファに沈み込んでしまいました。きっとスティーブが助けに来てくれる。もう安心だわ。麻痺《まひ》した腕も部分的に回復してきています。腕の痛みは残っていましたが、いずれは完全に回復する気がしました。けれど、こんなあたふたした混乱状態の中でも、主治医に連絡を取らなくちゃいけない、という気がしてなりませんでした。緊急治療が必要なことは明らかです。となると、大変なお金がかかるでしょう。

なんともまあ、情けない話ではありますが、こうした支離滅裂な精神状態にあってさえ、わたしが入っている健康保険の指定外の医療センターに搬送されてしまったら、治療費が払えないだろうな、と心配になったのです（日本と違って、アメリカでは個人が健康保険の種類を選んで加入する。患者負担額が小さいタイプの保険では、かかりつけ医を決め、その紹介がないと専門医を受診できない）。

机の前に座りっぱなしで、わたしは、ここ数年のあいだに集めた、一〇センチ近くの高さになる名刺の山に、動く方の左手を伸ばしました。およそ半年前に一度だけ、現在のかかりつけ医を訪れたきりです。でも、彼女の名前が「セント何々」といったアイルランド系の人のものだったのを憶《おぼ》えていたので、連想を巡らせて探し始めました。心の眼で、ハーバードのシンボルマークが彼女の名刺の上の真ん中にあったのをはっきりと思い出します。

その名刺の様子を正確に憶えている能力に満足しながら、心の中で自分自身に語りかけました。

（スゴイ、ホントにスゴイじゃない。やらなきゃいけないのは、そのめいしをみつけて、でんわすること）

ですが驚いたのは、いちばん上の名刺を見たとき、心の中では、何を探しているかというはっきりしたイメージを持っていたのに、目の前にある名刺に書いてある文字がひとつも判別できなかったこと。

わたしの脳はもはや、文字を文字として、シンボルをシンボルとして、地《じ》を地として判別することができませんでした。それどころか、名刺は小さな画素を寄せ集めた、抽象的な織物（タペストリー）のように見えたのです。全体的に、名刺というものを形作る断片をごちゃ混ぜにしたような感じ。言語の記号を作っている小さい点々が、名刺の地の色の点々と混ざり合っていました。

名刺の色や縁の区別も、もはやわたしの脳には登録されていなかったのです。

うろたえながら、外部の世界と相互作用する能力が、想像していたよりずっと衰えていたことを実感しました。正常に現実を把握する力は、すべてもぎ取られていたのです。視覚的に対象物を区別するのに頼っていた頭の中の手がかりも、すでに認知できません。肉体の境界を感じることができず、過去・現在・未来を振り分けてくれる体内時計も働かず、わたしは、自分が「流れている」ように感じました。短期記憶と長期記憶を失ったせいで、外の世界は、地に足がつかず、もはや安全地帯ではありません。

ぽっかりと空いた心を抱いてただそこに座り、名刺の山を手にして、

（わたしはだれなの？　わたしはなにをしているの？）

と記憶を呼び起こそうとするのは、気がくじけそうになるような課題でした。外の現実と結びつく何かを求めていたはずなのに、緊急事態だという感覚を完全に失っていました。

ですが驚いたことに、前頭葉は課題をこなそうと辛抱強く奮闘していたのです。からだの苦痛が、わたしをこの世の現実に引き戻してくれ、相も変わらずたまにしか巡ってこない「明晰《めいせき》な波」をとらえていました。一時的に頭がはっきりするそんな瞬間に、わたしは見たり確かめたり、していたことを思い出したり、入ってくるさまざまな刺激をまた区別できるようになったりしていたのです。ですから、着実にこつこつと先へ進んでいました。

（この名刺は違う、このめいしは違う、このめいしはちがう……）

ほんの数センチ、名刺の山を調べるのに、三五分もかかってしまいました。そしてついに、ハーバードの紋章を見つけたのです。

しかしこの時点では、わたしにとって電話は、非常に面白くて変わった種類の何か、という感じでした。奇妙な話ですが、それを何に使うのかが理解できません。目の前にあるこの「物体」が、ケーブルを通して全然別の場所につながるのだということを、どうにか理解しました。きっとケーブルの向こう側にわたしと話してくれる人がいて、その人はわたしをわかってくれるはず。すごい！　ちょっと想像してみて！

注意が逸《そ》れてしまったり、主治医の名刺が他の名刺と混ざってしまわないか心配だったので、目の前の机に空いた場所をつくって、名刺をすぐ正面に置きました。そして電話機を取り上げ、プッシュボタンを名刺のすぐ横に並べました。わたしの脳は着実に壊れつつあるらしく、かなりぼんやりしてきて、電話のプッシュボタンの外見は奇妙な見慣れぬものに変容していました。机の前に座り、言うことを聞かない左の脳がオン・オフをくりかえしながらも、気持ちは落ち着いていました。周期的に、名刺の上で踊っている数字と、電話のプッシュボタンの上で身をよじっている数字が一致します。ダイヤルした数字を二度押ししないよう、ずんぐりした右の人差し指で電話番号をひとつ押すとすぐ、名刺の上に書いてあるその数字を左の人差し指でおおい隠します。

こうせざるを得なかったのです。なぜなら、どの数字を自分が押したのか、憶えていられなかったから。すべての数字をダイヤルし終わるまで、この方法をくりかえしました。そして電話を耳に押しつけ、聞き耳を立てました。

へとへとに疲れ、右も左もわからないような状態でしたから、自分がしていたことを忘れるのではないかと心配になりました。そこで心の中でくりかえしました。

(もしもしジル・テイラーです。わたし、のうそっちゅうになったみたいなんです。ジル・テイラーです。わたし、のうそっちゅうになっちゃったんです)

しかし電話がつながり、話そうとしたとき、心の中では自分自身が言っていることがハッキリ聞こえるのに、喉《のど》から音が全く出ないことに気づいて愕然《がくぜん》としました。さっきは出せた、唸《うな》り声さえ出せないのです。わたしは面食らいました。

（ああ、なんてこと！　話せない、こえがでないわ！）

声を出してしゃべろうとしたこの瞬間まで、自分が話せないと感じたことはなかったのです。声帯は機能せず、なんの音も出てきませんでした。ポンプのように、空気を無理やり胸から押し出し、くりかえしくりかえし空気を深く吸い込んで、どんな音でもいいから出そうとしました。

ふと自分がしていることに気づいて考えました。

（でんわに出た人は、ひわいないたずらでんわだとおもうかも！　でんわを切らないで、おねがいだからきらないで！）

しかし、ちょうどポンプのように、くりかえし空気を出し入れして、強制的に胸と喉を震わせようとしていると、

「あああ、あああああ、まあああ、もおおお、もおおしいいいいもおおおしいいい」

と、ついに音が出てきました。

電話はすぐに、受付からわたしの主治医に回されました。先生はオフィスにいる時間が決まっているのですが、そのとき奇跡的にそこに座っていたのです。優しい忍耐心をもって、先生はわたしが、

「ジジジルテエエラアアー、のううそっちゅうう」

とハッキリと発音しようともがくのを、じっと聞いてくれていました。

最終的に主治医は、わたしが誰で、何が必要かというメッセージを充分に理解してくれました。彼女はわたしに指示しました。

「マウント・オーバン病院へ行くのよ」

先生の言葉を聞くことはできたものの、意味がわかりません。落胆しながら、独

りで考えました。

(もしせんせいがもっとゆっくり話して、もっとはっきり発音してくれたら、たぶん、わかるはず。きっと、わかる)

心の中で希望を抱きながら、半分も言葉になっていない声で頼んでみました。

「えっ？　もういちど？」

先生は、気遣いながら、ゆっくりと指示をくりかえしました。

「すぐ、マウント・オーバン病院へ行きなさい」

でもやっぱり、理解できません。わたしが明らかに、神経にダメージを受けていることを案じてくれたのでしょう、彼女は辛抱強く、くりかえし指示をしてくれました。でも、何度聞いても、わたしはその音に意味を結び付けられませんでしたし、彼女が何を言っているのか理解できませんでした。彼女の簡単な言葉さえ理解できない自分の無能ぶりにいらいらしながら、わたしはふたたび、声のポンプを押してみました。そしてどうにか、助けがくる途中なので、後で折り返し電話することを伝えたのでした。

この時点で、わたしの脳の中で何が起きていたかは、脳科学者でなくても明らかでした。出血による血液が、皮質に流れ込んでいく時間が長びくほど、組織の損傷はひどくなり、失われる認知力の度合いも大きくなるでしょう。

わたしのＡＶＭ（脳動静脈奇形）は最初、脳の左半球の真ん中から後ろにかけての部分が破れたと思われますが、この時点までに、左の前頭葉の言語能力を司《つかさど》る細胞もまた、損傷を受けたと思われます。血液が二つの言語中枢《ちゅうすう》（ブローカ野からウェルニッケ野まで、67ページの図を参照）のあいだの情報伝達の流れを妨げたので、わたしは言語を作ったり発したりすることができなかっただけでなく、言葉を理解できなかったのだと推測できます。

ですがこの時点で最も心配だったのは、声帯が脳の中の信号に対して反応しなかったことでした。

そしてさらに、脳幹の橋《きょう》の中の、呼気のコントロールを司る中枢が損傷を受ける可能性を恐れていたのです。

打ちひしがれ、へとへとになりながら、わたしは受話器を置きました。席から立ち上がり、流れ込む光から目を守るために、頭のまわりにぐるぐるとスカーフを巻き付けました。

玄関の扉の閂《かんぬき》を思い出して、これはまずいと思い、からだを一歩一歩ゆっくりと動かして、階段を一階分、お尻《しり》で滑りながら、下へ降りて行きました。助けにくる救急隊を迎える準備をした後はもう、なすべきことに追い立てられることもなく、腹這《はらば》いでゆっくり階段を上がり、居間に戻りました。そこで疲れた心を静めるため、ソファの上にうずくまっていました。

憔悴《しょうすい》しきって、独りぼっちで、わたしは脈打つ頭の痛みに喘《あえ》いでいました。人生とのつながりが弱まっていくのを感じながら、からだと苦痛を共にして。過ぎゆく瞬間ごとに、自分のからだとの結びつきがだんだん弱くなるのを感じます。エネルギーが、この脆弱《ぜいじゃく》な現世の「容器《いれもの》」から漏れ出していきます。手足の指先が、無感覚になってきました。細胞たちが系統立って生命をつくり出すのに応じて、からだの機構がフル回転し、諸器官を働かせているのを感じます。心配なのは、認知する能力を失っていき、正常な能力から切り離され、そして永遠に無力になってしまうかもしれないことでした。

人生で初めて、自分が無敵でないことを思い知らされたのです。終了と再起動ができるコンピューターと違って、わたしの人生の豊かさはすべて、健康な細胞構造だけでなく、電気的に指令を発する脳が無傷で機能することに依存しているのですから。

悲惨な状況に落ち込みながら、細胞系の死と崩壊を予想したとき、自分の命が失われることに深い悲しみを覚えました。右脳がもたらすこの上もない幸福感は、わたしを圧倒するように包み込んでいましたが、それでも、まだ残っている意識的な結びつきを持続させるために、左脳は孤軍奮闘していました。

もはや自分が正常な人間でないことがハッキリ理解できます。

意識はもう、分析に優れた左脳の選別機能を失っていました。抑制する思考がないので、わたしは自分がひとつの独立した人間であるという感覚を超えたところへ歩み始めているのです。自分を、互いに助け合う多くの器官からつくられたひとつの複雑な有機体であると、つまり、断片的な機能をまとまった集まりとして定義する左脳がなければ、意識は制限されることなく、神が宿る右脳の、安らかな幸福感へと向かってしまうのです。

静かに座り、右の脳が生み出す新しい感覚についてあれこれ考えながら、被害が決定的になるまでにどの程度能力を失うんだろう、と思いを巡らせました。いったい、どれほどの神経回路を失い、高度な知覚能力からどれくらい切り離されても、ふたたび正常な機能を回復する希望が残るのだろうかと、しばし考え込みました。わたしはこれまで、死んだり、植物状態になってしまう事態なんて考えもしなかったのです！

痛む頭を手で支えながら、泣きました。涙を流しながら、こぶしを硬く握り締めて祈りました。心の平穏のために、何度も何度も。こう祈りを捧《ささ》げたのです。

（かみさま、どうか、わたしのいのちをおわらせないで）

そして静寂の中で、わたしの心は乞《こ》い願うのでした。

（そのまま、じっとして、しずかに、じっとしていて）

わたしは居間の真ん中に、永遠に続くかと思われるほどのあいだ座っていました。スティーブが戸口に現れたとき、わたしたちは、言葉を交わしませんでした。主治医の名刺を渡すと、彼はすぐに電話をかけ、指示を仰ぎました。彼は階段の下までわたしに付き添い、急いで外へ出ました。わたしを自分の車に案内し、シートベルトを着けて席を傾けます。彼はわたしの目に入る光を遮るために、スカーフを頭に巻いてくれました。わたしに優しく話しかけ、勇気づけるために軽く膝《ひざ》を叩《たた》きます。そしてわたしたちは、マウント・オーバン病院へと向かったのでした。

到着した頃は、まだ意識がありましたが、明らかに錯乱状態でした。病院の職員はわたしを車いすに乗せ、待合室に案内しました。スティーブは、彼らがわたしの危機的状況に気づかず、ふつうの外来患者と同じように扱うのを見て、かなり苛立《いらだ》っていました。しかし彼は素直に手続きの書類に書き込み、わたしが名前をサインするのを手伝ってくれました。順番を待っているうちに、からだの中のエネルギーが抜けていくように感じ、空気を抜かれた風船のように膝の上に突っ伏し、意識は半ば遠ざかっていきました。緊急治療を頼む、とスティーブが怒鳴っています！

脳のCTスキャン（コンピューター断層撮影）を受けるために連れて行かれました。彼らはわたしを車いすから持ち上げて、CT装置の台の上に寝かせます。装置のモーターのうるさい音に呼応するかのような、激しい脳の痛みにもかかわらず、自己診断が正しかったことがわかり、奇妙な満足感に浸っていました。

わたしは、珍しいタイプの脳卒中を体験していたのです。脳の左半球に、大量の出血がありました。記憶にはないのですが、医療記録によれば、わたしは、まず炎症を抑えるためにステロイド剤を投与されたようです。

検査の結果、決まった治療方針は、わたしをただちにマサチューセッツ総合病院に搬送することでした。わたしは担架に載せられたまま持ち上げられ、ボストンを横断する救急車の中に固定されました。

とても親切な救急医療士がずっと付き添ってくれていたのを、今でも憶《おぼ》えています。思いやりをこめて、彼はわたしを毛布でくるみ、目を守るためにジャケットをかぶせてくれました。そしてわたしの背中に手をあて、元気づけてくれたのです。彼の優しい思いやりこそ、お金で買えないものの筆頭でしょう。

ようやく、心配ごとから解放されました。わたしは胎児のように丸まり、横になって待っていました。この朝、複雑に入り組んだ神経回路が徐々に劣化するさまを自分自身が実際に見守っていたことを、思い出しています。いつだってわたしは、生命というものは、DNAが肉体へと花開いた結果だとして讃《たた》えていました。わたしが生まれてきた遺伝子のプールは、何とカラフルだったことでしょう！

三七年のあいだ、驚異的な生化学の活《い》き活《い》きとしたモザイクとして、わたしは祝福されてきたのです。そして他の多くの人たちと同じように、死ぬときにも目を覚ましていたいと思ってきました。なぜなら、その驚くべき最終的な転移をこの目で見たかったからです。

一九九六年一二月一〇日のちょうど昼まえ、わたしの分子群の活力は低下していきました。そしてエネルギーが底をついたと感じたときに、意識は身体機能との結びつきも指令を出すことも放棄したのでした。静かな心と平穏な気持ちで、聖なる繭《まゆ》の内部に深く囚《とら》われて、切り離されてゆくエネルギーの大きさを実感しました。からだは弱り果て、意識のうねりも小さくなってゆきます。わたしはもはや、自分の人生の振付師ではありません。視覚、聴覚、触覚、嗅覚《きゅうかく》、味覚、そして恐怖感もなくなり、心はこのからだに対する愛着を捨てたんだ、そんなふうに感じました。

そして、苦痛から解放されたのです。

5章　骨まで晒《さら》して

マサチューセッツ総合病院の救急病棟に着くと、蜂《はち》の巣を突ついたような騒がしさ、としか形容できないような、目の眩《くら》むような凄《すさ》まじいエネルギーの渦に巻き込まれてしまいました。からだは生気をなくし、重苦しく、恐ろしいほど弱々しくなっています。わたしのからだは全《すべ》てのエネルギーを使い尽くしていたのです。まるでじわじわと最後まで空気を抜かれた風船のよう。医療関係者がわたしのガーニー（車輪つき担架）の傍へ群がってきました。鋭い光と強烈な音が、暴徒のように頭を襲います。そして、彼らを満足させるために限界を超えた集中力を要求されました。

「これに答えて、そこを握って、ここにサインして」。彼らは、意識が朦朧《もうろう》としているわたしに要求しまくります。わたしは、心のなかで考えていました。

（なんてヒジョーシキなの！　こっちのぐあいが悪いのがわからないの？　このひとたち、いったいなんなのよ。もっとゆっくり！　あんたたちのことばがわからないんだってば！　せかさないでよ！　じっとしてて！　そんなことしたら痛い！　なんてむちゃくちゃなの？）

彼らがしつこくわたしから情報を引き出そうとすればするほど、その情報源に届く痛みは、より大きくなります。わたしは彼らにいじくり回され、探られ、刺され、痛めつけられていました。塩をかけられたナメクジのように、いたたまれない思いで、それに反応して身悶《みもだ》えしていました。

（ほうっておいて！）

そう叫びたいけれど、わたしの声は音になりません。彼らはわたしの心を読めるわけではないので、わたしが言いたいことが何なのかわからない。わたしは死に物狂いで、彼らの手から逃れようとしました。そして、まるで傷ついた動物のように気を失ったのです。

その日の午後遅く目が覚めたとき、自分がまだ生きていることにショックを憶《おぼ》えました（容態を安定させて、もう一度生きる機会を与えてくれた、医療の専門家たちに心から感謝しています。たとえ、わたしがいつ、どの程度まで回復するか、誰にもわからなかったとはいえ）。

わたしは患者服を着せられ、小さな個室に寝かされています。ベッドは、痛む頭が枕《まくら》の上で高い位置にくるように、ちょっと傾斜がついていました。いつものエネルギーの源泉は枯れ果てて、ちょっとやそっとでは動かせない重い鉄の塊となって、ベッドのなかに深く沈み込んでいます。自分のからだがどんな位置関係になっているのか、どこで始まり、どこで終わっているのかがわかりません。

これまでの「からだの境界」という感覚がなくなって、自分が宇宙の広大さと一体になった気がしていました。

まぶたの内側では白い稲光の嵐《あらし》が荒れ狂い、頭では雷に打たれたかのような堪えがたい痛みが脈動しています。からだの向きを変えようとしても、限界以上のエネルギーを必要としました。空気を吸うだけで肋骨《ろっこつ》が痛むのです。目を通して入ってくる光が火炎のように脳を焼きます。しゃべることができないので、顔をシーツに埋《うず》めて、明かりを暗くしてくれるように訴えました。

心臓が打つリズム以外には何も聞こえませんでしたが、そのリズムは、骨が痛みに震え、筋肉が苦悶《くもん》に引きつるほど激しく脈動しています。鋭敏なはずの科学的な心も、もう、外部の三次元空間についての情報を記録したり、関係づけたり、詳細に見たり、分類（カテゴリー化）してはくれません。

わたしは、突然混乱した刺激のさなかに放り出されて、むずかる新生児のように、泣き叫びたかった。わたしの心は、これまでの人生の記憶、その細部を思い出す能力を剝《は》ぎ取られていたのですから、まさにわたしは、大人の女性のからだをした赤ちゃんのよう。そして当然、脳は機能していませんでした。

この救急病室のなか、左の肩越しに、二人の親しい同僚が現れたのを感じました。二人とも、診察用蛍光板に貼《は》られていたCTスキャンの結果をじっと見ています。

そこには、脳の輪切りのスキャン画像がありました。同僚たちのひそひそ声の内容は理解できなかったけれど、彼らの身振りは事の重大さを伝えていました。脳のスキャン画像の中央に、あるべきではない大きな白い穴が開いているのを見《み》出《いだ》すのに、神経解剖学の博士号を持っている必要はありません。わたしの左脳は血のプールのなかで溺《おぼ》れていたし、脳全体が腫《は》れ上がっていました。

静かに祈りを捧《ささ》げて、こんなことを考えていました。

（わたしはもう、ここにいないはずなの。もういかなくちゃ！　エネルギーも、わたしもどこかにいっちゃったの。まちがってるのよ。わたし、もう、ここにいるべきじゃない。神さま、いまわたし、宇宙とひとつなの。ずーっとつづく流れのなかにとけちゃった。これまでの人生と、さよなら。なのにまだ、ここにしばられてる。このゆうきてきないれものに入ってるよわい心は死んじゃって、ちせいのある生きものにはふさわしくないのに。わたしはもう、ここにいるべきじゃないのよ！　わたしのまわりの親しいひとやものへの、かんじょうてきな思いに邪魔されなくなったから、わたしの魂は自由に、しゅくふくのかわのながれにのるはずなの。ここから出して！）

心のなかで叫びました。

（いかなくちゃ！　いかなくちゃ！）

混乱と苦痛をもたらすこの肉体という名の容器から、逃げ出したかったのです。この瞬間、わたしは、自分が生き延びたことに激しい失望を感じていたのでした。からだは寒く、重苦しい感じがして、苦痛に苛《さいな》まれています。脳とからだのあいだの信号は途切れがちで、からだの感覚が摑《つか》めないほどでした。まるで、自分が電気人間のようです。器官の塊のまわりでくすぶっている、エネルギーの亡霊。わたしは廃物のかたまりで、抜け殻でしたが、まだ意識はありました。でもその意識は、以前とは異なるものです。というのも、これまでは左脳に、外部の世界を理解するための細かい情報が詰め込まれていたから。この細かい情報は脳のなかの神経回路としてまとまって根付いていました。今ここではその回路がないので、わたしは生気もなく、ぎこちないのです。意識は変わってしまいました。わたしはまだここにいて、わたしはまだわたし。でも、これまでの人生で知っていた感情の豊かさや、認知面での結びつきが欠けているのです。

わたしは本当に、まだわたしなの？

もはや、これまでのわたしの生活体験、思考、そして感情的な愛着を共有していないというのに、どうしてまだジル・ボルト・テイラー博士でいられるというのでしょう？


脳卒中の最初の日を、ほろ苦さとともに憶えています。左の方向定位連合野が正常に働かないために、肉体の境界の知覚はもう、皮膚が空気に触れるところで終わらなくなっていました。魔法の壺《つぼ》から解放された、アラビアの精霊になったような感じ。大きな鯨が静かな幸福感で一杯の海を泳いでいくかのように、魂のエネルギーが流れているように思えたのです。肉体の境界がなくなってしまったことで、肉体的な存在として経験できる最高の喜びよりなお快く、素晴らしい至福の時がおとずれました。意識は爽《さわ》やかな静寂の流れにあり、もう決して、この巨大な魂をこの小さい細胞のかたまりのなかに戻すことなどできはしないのだと、わたしにはハッキリとわかっていました。

至福の時への逃避は、外側に広がる世界と交わるたびに感じる、悲嘆と荒廃の重苦しい感覚への、唯一《ゆいいつ》の対抗手段でした。わたしは、正常な情報処理からかけ離れた、遠い空間に存在しているのです。これまでの「わたし」は、神経が壊れた世界では生き残れなかったのです。以前の、ジル・ボルト・テイラー博士なる人物は、今朝死んだのだ、と感じていました。でもそうすると、残された（left）のは誰？　あるいは、大脳の左半球がだめになった今となれば、誰が正しい（right）の？　というべきでしょうか。

言語中枢《ちゅうすう》は、「わたしはジル・ボルト・テイラー博士。神経解剖学者です。この住所に住んでいて、この電話番号でつながります」と語ってくれません。だからわたしは、もう〝彼女〟でいる義務を感じないのです。それは本当に奇妙な知覚のズレで、彼女の好き嫌いを思い出させる感情回路もないし、重要な判断の傾向について思い出させてくれる自我の中枢もないので、わたしはもう、彼女のようには考えられないのです。

実際、生物学的な損傷の大きさを考えれば、ふたたび彼女に戻るなんて、ありえないことだったのです。頭のなかの新しい視点からは、ジル・ボルト・テイラー博士はあの日の朝に死んで、もはや存在しません。彼女の人生——人間関係、成功や失敗——を知らないのだから、わたしはもう、むかしに彼女が決めたことや、自ら招いた制約に縛られる必要はないのです。

わたしは左脳の死、そして、かつてわたしだった女性の死をとても悲しみはしましたが、同時に、大きく救われた気がしていました。

あのジル・ボルト・テイラーは、膨大なエネルギーを要するたくさんの怒りと、一生涯にわたる感情的な重荷を背負いながら育ってきました。彼女は、仕事と自己主張についてはあくまでも情熱的で、ダイナミックな人生を送ることにこだわり続ける女性です。

ですが、好ましく、そして賞賛にも値する個性であっても、今のわたしは彼女の心に根を張っていた敵対心を受け継いではいません。わたしは、兄と彼の病についても忘れ、両親と、両親の離婚についても忘れ、仕事と、ストレスの多い人生のすべてを忘れていました。そして、この記憶の喪失によって、安堵《あんど》と歓《よろこ》びを感じたのです。わたしは、せっせと多くの物事を「やる」ことに打ち込みながら、三七年の生涯を費やしてきました。でもこの特別な日に、単純にここに「いる」意味を学んだのです。

左脳とその言語中枢を失うとともに、瞬間を壊して、連続した短い時間につないでくれる脳内時計も失いました。瞬間、瞬間は泡のように消えるものではなくなり、端っこのないものになったのです。ですから、何事も、そんなに急いでする必要はないと感じるようになりました。波打ち際《ぎわ》を散歩するように、あるいは、ただ美しい自然のなかをぶらついているように、左の脳の「やる」意識から右の脳の「いる」意識へと変わっていったのです。小さく孤立した感じから、大きく拡《ひろ》がる感じのものへとわたしの意識は変身しました。言葉で考えるのをやめ、この瞬間に起きていることを映像として写し撮るのです。過去や未来に想像を巡らすことはできません。なぜならば、それに必要な細胞は能力を失っていたから。わたしが知覚できる全てのものは、今、ここにあるもの。それは、とっても美しい。

「自分であること」は変化しました。周囲と自分を隔てる境界を持つ固体のような存在としては、自己を認識できません。ようするに、もっとも基本的なレベルで、自分が流体のように感じるのです。もちろん、わたしは流れている！　わたしたちのまわりの、わたしたちの近くの、わたしたちのなかの、そしてわたしたちのあいだの全《すべ》てのものは、空間のなかで振動する原子と分子からできているわけですから。言語中枢のなかにある自我の中枢は、自己《セルフ》を個々の、そして固体のようなものとして定義したがりますが、自分が何兆個もの細胞や何十キロもの水でできていることは、からだが知っているのです。つまるところ、わたしたちの全ては、常に流動している存在なのです。

左脳は自分自身を、他から分離された固体として認知するように訓練されています。今ではその堅苦しい回路から解放され、わたしの右脳は永遠の流れへの結びつきを楽しんでいました。もう孤独ではなく、淋《さび》しくもない。魂は宇宙と同じように大きく、そして無限の海のなかで歓喜に心を躍らせていました。

自分を流れとして、あるいは、そこにある全てのエネルギーの流れに結ばれた、宇宙と同じ大きさの魂を持つものとして考えることは、わたしたちを不安にします。しかしわたしの場合、自分は固まりだという左脳の判断力がないため、自分についての認知は、本来の姿である「流れ」に戻ったのです。わたしたちは確かに、静かに振動する何十兆個という粒子なのです。わたしたちは、全てのものが動き続けて存在する、流れの世界のなかの、流体でいっぱいになった嚢《ふくろ》として存在していまず。異なる存在は、異なる密度の分子で構成されている。しかし結局のところ、全ての粒は、優雅なダンスを踊る電子や陽子や中性子といったものからつくられている。あなたとわたしの全ての微塵《イオタ》を含み、そして、あいだの空間にあるように見える粒は、原子的な物体とエネルギーでできている。

わたしの目はもはや、物を互いに離れた物としては認識できませんでした。それどころか、あらゆるエネルギーが一緒に混ざり合っているように見えたのです。視覚的な処理はもう、正常ではありませんでした（わたしはこの粒々になった光景が、まるで印象派の点描画のようだと感じました）。

わたしの意識は覚醒《かくせい》していました。そして、流れのなかにいるのを感じています。目に見える世界の全てが、混ざり合っていました。そしてエネルギーを放つ全ての粒々《ピクセル》と共に、わたしたちの全てが群れをなしてひとつになり、流れています。ものとものあいだの境界線はわかりません。なぜなら、あらゆるものが同じようなエネルギーを放射していたから。それはおそらく、眼鏡を外したり目薬をさしたとき、まわりの輪郭がぼやける感じに似ているのではないでしょうか。

この精神状態では、三次元を知覚できません。ものが近くにあるのか遠くにあるのかもわからない。もし、誰かが戸口に立っていても、その人が動くまで、その存在を判別できないのです。特定の粒々のかたまりが動くことに特別な注意を向けないとダメだったのです。そのうえ、色は色として脳に伝わりません。色が区別できないのです。

自分をひとつの固体として感じていた今朝までは、わたしは、死や傷害により肉体を失うことや、心痛による感情的な喪失を感じることができていました。しかし、変容してしまった認知力では、肉体的な喪失も感情的な喪失も、受け取められなくなってしまったのです。周囲から分離していること、固体であることを体験する能力が失われてしまったせいで。神経が傷を負っているのに、忘れ得ぬ平穏の感覚が、わたしという存在のすみずみにまで浸透しています。そして、静けさを感じました。存在する全てと結ばれている感覚は幸せなものでしたが、自分がもはや正常な人間でないということに、わたしは身震いしました。わたしたちはそれぞれ、全く同じ全体の一部であり、わたしたちの内にある生命エネルギーは宇宙の力を含んでいる。そんな高まった認知力を持ちながら、いったいどうやって、人類のひとりとして存在できるでしょう？　怖い物知らずにこの地球を歩くとき、どうして社会に適合できるでしょう？　わたしは誰の基準においても、もはや正常ではありませんでした。この特殊な状態で、重い精神の病に罹《かか》っていたのです。そして、外界の知覚と外界との関係が神経回路の産物であることがわかったとき、それは自由を意味すると同時に挑戦でもあったのです。わたしの人生の長い歳月のあいだ、わたしというものが自分の想像の産物にすぎなかったなんて！

左脳の時計係が店じまいしたことで、生活の時間的なリズムはゆっくりになり、カタツムリのペースに変わりました。時間の感覚が変わったので、周囲の蜂《はち》の巣のように騒がしい音と映像が、同期しなくなっています。意識はタイムワープのなかへ漂っていき、その結果、慣れ親しんだ、まともなペースでの社会とのコミュニケーションや、社会の中で自分の役割を果たすことも、不可能になりました。

わたしは今や、世界の「あいだ」の世界に存在しているのです。もう、自分の外界にいる人たちとかかわることはできません。しかしそれでも、生命が消えることはありませんでした。わたしはまわりの人たちにとって異邦人だっただけでなく、内側では、自分にとっても異邦人でした。

わたしは精力的にからだを動かす能力を失ってしまったと感じました。もう二度と、この細胞の集まりを操ることはないでしょう。歩くことも話すこともできず、言語を理解することも、読むことも書くこともできず、寝返りさえ打てなかったのに、わたしがそれで良しと考えていたのは奇妙だと思いませんか？　左脳にある、現在はオフライン状態の知的な心はもう、自分自身が、生命の驚くべき力に気づくのを邪魔しません。自分が変わってしまったことはわかりました。しかし右の頭では、一度たりとも、わたしがかつてのわたしより劣るなどと考えたりはしませんでした。わたしは単に、世界に光明を灯《とも》すひとつの生命にすぎないのです。自分を他の世界と結んでくれるからだや脳を持っていたかどうかなんて関係なく、自分自身を細胞の傑作だと見なしていました。左脳の否定的な判断がありませんから、自分なりに、自らを完全無欠な素晴らしい傑作だと感じるのです。

あなたは、起きたことすべてをわたしがまだ憶《おぼ》えているのはどうしてだろう、と不思議に思うでしょうか。

わたしは精神的には障害をかかえましたが、意識は失わなかったのです。人間の意識は、同時に進行する多数のプログラムによってつくられています。そして、それぞれのプログラムが、三次元の世界でものごとを知覚する能力に新しい拡がりを加えるのです。わたしは自我の中枢と、自分自身をあなたとは違う存在として見る左脳の意識を失いましたが、右脳の意識と、からだをつくり上げている細胞の意識は保っていたのです。

瞬間ごとに、自分が誰でどこに住んでいるか、といったことを思い出させるプログラムは、すでに機能していませんでしたが、他のプログラムが注意を保たせ、瞬時の情報を処理し続けていました。いつもは右脳より優勢なはずの左脳が働かないので、脳の他の部分が目覚めたのです。

これまで抑制されていたプログラムは今や自由に機能し、それによって、知覚についての自分のこれまでの解釈に、もはや束縛されなくなりました。左脳の意識と、自分の過去の性格から離れたことで、右脳の性格が新しく目覚め、表に現れてきたのです。

ですが、看病してくれていた人たちの話によれば、その日、わたしはメチャメチャだったそうです。まわりにある物理的な空間での、感覚的な刺激を理解できない新生児のように。わたしは明らかに、入ってくる刺激を苦痛として受け止めていました。耳から流れ込む轟音《ごうおん》のため、脳は無感覚となり、そのために、人々が話していても、彼らの声を背景の騒音から区別できないのです。わたしにしてみれば、全員が群れをなして叫びまわっているような感じ。それは、落ち着かない動物の耳障《みみざわ》りな鳴き声のように共鳴する。

頭の内部では、耳がもう、脳にしっかりつながっていないような気がしていました。そして、重要な情報が裂け目のあいだから漏れ出しているように感じていたのです。

わたしは、こう伝えたかった。

（そんなに大声でさけばれても、なにを言ってるかわかんないの！　こわがらないで。もっとそばにきて。やさしくして。もっとゆっくり話して。もっとハッキリはつおんして。もういっかい、おねがい、もういっかいはなして。もっと、ゆーっくり。やさしく。わたしをまもって。わかってる？　わたしはバカな生きものじゃなくて、傷ついたどうぶつなの。きずつきやすくて、こんらんしてるの。わたしが何歳だろうと、かたがきがなんだろうと、こっちにきて。バカにしないで。ここにいるから。さがしにきてほしいの）

この日の朝の、早い時間帯には、助けを呼ぶ手だてを考えるのに精一杯で、残りの一生を完全に無力な状態で生き延びる可能性なんて、全く頭に浮かびませんでした。ですがわたしという存在の奥底では、意識を司《つかさど》る心が肉体からあまりにも遠く切り離されていると感じ、もう二度と、かつてのエネルギーをこの皮膚の内側へ取り戻すことはできず、からだの細胞と分子の織物（タペストリー）という、複雑なネットワークをふたたび働かせることもできないと、心から信じていました。まるで、二つの世界のあいだに宙吊《ちゅうづ》りになっているような、つまり二つの全く反対の現実の局面のあいだに捕われているような感じ。惨《みじ》めにも、外界とつながろうとする試みにことごとく失敗したとき、この傷ついたからだの苦痛は地獄そのものでした。そして、永遠の幸福感に舞い上がった意識のなかに天国がありました。それでも、心の奥深くのどこかで、生き延びたことにスリルと喜びを感じていたのです!

6章　神経科の集中治療室

わたしが危篤《きとく》状態から脱したことに満足した医師たちは、神経科の集中治療室にわたしを移しました。わたしにわかっていたのは、右のほうに同室者がいたこと、自分の足がドアの方へ向いていたこと、そして左側が壁に近かったということだけ。その後は、頭と右腕がずっと痛かったことのほかは、あまり覚えていません。

人々はエネルギー満載のパッケージみたいに感じました。医師や看護師たちは、行ったり来たりして強力なエネルギー・ビームを発する大きな塊りのよう。そしてわたしは、外部の世界から切り離され、追い立てられているような気分でした。言葉を話すことも、理解することもできませんでしたから、人生の傍観者として黙って座っているだけ。

最初の四八時間のあいだ、神経の検査を受けるたびに、お金を徴収してやりたいと思いました。病院の人たちは、不意に入ってきては検査し、針を刺し、入れ替わり立ち替わり神経学的な情報を集めて行きました。こうして次から次に行なわれる検査のために、わたしのエネルギーはほとんど尽きかけていたのです。

彼らがきちんと情報を共有し、それぞれ行なっていた検査を一回で済ませてくれたら、どんなにありがたかったことでしょう。

脳の主な機能が右側へシフトしたことによって、わたしは、他人が感じることに感情移入するようになっていました。話す言葉は理解できませんが、話す人の顔の表情や身振りから多くのことを読み取ることができたのです。エネルギーの動きがわたしに与える影響については、特に注意を払いました。エネルギーを与えてくれる人がいるかと思えば、エネルギーを吸い取る人もいることに気づいたのです。

わたしが必要としていることに深く注意を払ってくれる看護師もいました。じゅうぶん暖かいですか？　水を飲みたいですか？　痛みはどうでしょう？　当然わたしは、彼女が看《み》てくれると安心できました。彼女は視線を合わせてくれます。憩《いこ》いの場所を与えてくれたと言ってもいいでしょう。

わたしと決して眼を合わせようとしなかった別の看護師は、痛そうに足を引きずって歩いていました。この女性はミルクとゼリーのお盆を運んできてくれましたが、わたしの手と指では容器が開けられないことを気にも留めなかったのです。わたしはお腹《なか》が空《す》いて死にそうなのに、彼女は一向に気づきません。そして、耳が悪いわけでもないのに、大声で話しかけるのです。患者と「つながろう」としない彼女が、とても怖かった。彼女の看護では安心できません。

デービッド・グリーア博士は親切で優しくて、若い男性でした。彼は心から同情してくれ、忙しい日常スケジュールの時間を割いては、顔の近くにかがんで優しく話しかけてくれました。わたしが大丈夫かどうかを確かめるため、腕にそっと触って看てくれるのです。彼の言葉は理解できませんでしたが、グリーア博士が注意深く看てくれているのがはっきりわかりました。彼は、わたしが馬鹿《ばか》ではなく、病気なんだということを充分承知していました。彼は敬意を払ってわたしを治療してくれました。いまでも感謝しています。

あの最初の日に状態はよくなり、ある部分は急速に改善したのですが、他の部分は全くだめでした。回復には数年を要するでしょうが、脳のかなりの部分はまだ無傷でしたし、現在の瞬間をつくり上げているデータの数十億の断片を、意欲的に解読しようとしていました。

　脳卒中の前後での最も注目すべき違いは、頭の内側に居座った、劇的な静けさです。もう考えることができない、というわけではありません。ただ、前と同じようには考えないのです。

　外部の世界とのコミュニケーションは途切れていました。言語の順序立った処理もダメ。でも、絵で考えることはできました。瞬間、瞬間に垣間見《かいまみ》た情報を集め、その体験について時間をかけて考えることもできました。

　医師の一人が尋ねました。

「合衆国の大統領は誰？」

　わたしがこの質問を処理して答えに行きつくには、まず最初に、質問が自分に向けられたものかどうかを知る必要があります。ひとたび、誰かがわたしの注意を引こうとしていることに気づけば、その誰かに質問をくりかえしてもらう必要があります。そこで、ようやく、話される音に焦点を絞ることができます。そして次に、彼らの唇の動きに、そりゃあもう徹底的に意識を集中しないといけません。

背景の騒音と人の声を聞き分けるのが非常に難しかったので、質問をゆっくりとくりかえし、はっきりと発音してもらうことが必要です。静かで、明瞭《めいりょう》なコミュニケーションが必要なのです。わたしの顔の表情は反応が鈍かったかもしれませんし、何もわからないように見えたかもしれません。しかし頭は、しゃかりきで新しい情報を得るのに集中していました。反応はゆっくり現れたのです。現実の世界に対しては、あまりにもゆっくりと。

かなり努力しないと人の言葉に意識を集中できないので、すごく疲れます。

まず第一に、目と耳で注意を払う必要がありましたが、両方とも正常には機能していません。わたしの脳は、音を捕らえたら、次にその音を特定の唇の動きにピッタリと合わせなくてはなりません。

第二に、傷ついた脳のどこかに蓄えられたいろいろな音の組み合わせの中から、なんらかの意味を探して、確かめる必要がありました。単語を一つ見つけたら、次は単語の組み合わせを調べる必要がありますが、損傷を受けた頭では何時間もかかるのです！

誰かの言葉に注意を払う努力は、つながりの悪い携帯電話で相手の話に注意を払う努力に似ています。我慢できずにイライラして電話を切りたくなるのに、その人が話していることを懸命に聞かなくてはならないのです。それが、まわりの騒がしさの中で誰かの声を聞くのに、わたしがかける努力と同じ種類のもの。わたしの側ではものすごく強い意志と決心を必要とし、話し手の側ではかぎりない忍耐を必要とするのです。

情報処理のために、わたしはキーワードの音を決めて、その音を頭の中で何度もくりかえして、それがどんな音だったか忘れないようにします。それから、その言葉の音に合った意味を判別するための探索の過程に移っていきます。

(だいとうりょう、だいとうりょう、だいとうりょうってなんだろう? それって、どんないみなんだろう?)

ひとたび、大統領とは何かという概念(心の中の絵)がわかると、次に、合衆国という音に移ります。

（がっしゅうこく、がっしゅうこく、がっしゅうこくってなんだろう？　それって、どんないみなんだろう？）

合衆国のファイルを見つけてみると、それはまた、心の中の絵。そこでわたしは二つのイメージ、つまり大統領の概念と合衆国の概念とをひとつに結びつけました。しかし医師は、実は、合衆国や大統領の意味を訊《き》いていたわけではないのです。彼が求めていたのは、一人の特定の人間の名前。そしてそれは、「だいとうりょう」や「がっしゅうこく」とは全く別のファイルなのです。わたしの脳は「だいとうりょう」と「がっしゅうこく」から「ビル・クリントン」にはたどりつかず、諦《あきら》めてしまいましたが、それは何時間も探して頭の体操に疲れ果てた後のことでした。

言葉のつながりを見つけ出すわたしの能力は、頭の中にあった情報を取り戻すための戦略をどのように練ったかによってではなく、いかに速く情報を思い出せたかによって、誤った評価を下されてしまいました。大統領や合衆国の意味を見つける、という課題にあらゆる努力を費やした末、連想の洪水となり、何も拾い上げることとができなくなる始末。

わたしは心の絵で考えていたので、一つの絵から始め、その上に連想を積み重ねて行くしかありませんでした。何十億という可能性を探らずには、一般的な概念から始めて、より細かい部分にたどりつくことができないのです。それって、とっても疲れてしまうんです。もし、はっきりとビル・クリントンについての質問をされていたら、わたしはビルのイメージを見つけていたでしょう。そしてそこから、次に探索範囲を拡大していけたでしょう。もし「ビル・クリントンは誰と結婚しているか？」と質問されていたら、ビル・クリントンのイメージ、夫婦関係のイメージ、そしておそらく、夫の傍に立っているヒラリーのイメージを見いだしていたでしょう。絵を使って、言語へ戻る道をたどる場合、全体のファイルから細かい項目に入って行くのは不可能でした。

わたしは正常な人のようには情報を処理できなくなっていましたから、そばで観察している人から見たら、わたしは以前のわたしではなかったはず。わたしのような状態の人間とのコミュニケーションの方法を、お医者さんたちが知らなかったのは悲しいことでした。

脳卒中はわたしたちの社会で、最も人を無力にする病です。そして右脳より左脳のほうで、四倍以上の確率で脳卒中が起きており、言語障害の原因になっています。脳卒中で一命をとりとめた人たちが、自分の脳が回復のための戦略をどのように練ったかについて、もっと他の人々に語り、コミュニケーションを図ることがきわめて重要だと、わたしは考えています。そうすることにより、医療の専門家たちの初期治療と病状の評価がもっと効果的に進められるでしょう。医師たちには、わたしの脳が彼らの基準や予定表に従って機能しているかどうかではなく、わたしの脳がどのように機能しているかに注意を向けて欲しいと思いました。わたしはまだ多くの情報を知っていましたし、ひたすら、ふたたびその情報にアクセスする方法を見出《みいだ》そうとしていましたから。

こうした回復の初期の段階を自ら観察し、体験するのは、この上なく魅惑的でした。学術的な面から、わたしは自分のからだをたくさんの神経学的なプログラムの一つの集合体としてとらえていました。しかし、プログラムを一つ失うごとに自分自身の一部が失われていくなんて、脳卒中になるまで、全く予期していなかったのです。左脳が働かなくなるとどうなるかなんて、まともに考えたことはなかったのです。

この状態をみんなに体験してもらうための、何か安全な方法があれば良いと願っています。それによって新しい発見があるかもしれませんから。

ここで、あなたの本来の能力が、(意識があるのに)系統的にむしり取られていくのがどんな感じがするものか、想像してみましょうよ。

まず第一に、耳を通って入ってくる音を理解する能力を失うと想像しましょう。耳が聞こえないわけではありません。あなたはただ、あらゆる音を無秩序な雑音として聞いてしまうのです。

第二に、目の前にあるなにかの物体の、もともとの形を見る能力がなくなると想像してみましょう。目が見えないわけではありません。単に、三次元的な拡《ひろ》がりを見ることができない、あるいは、色を識別できなくなるのです。動いている物体の軌跡をたどったり、物体の間のハッキリした境界を判別する能力を失ってしまいます。

さらに、これまでは何でもなかった匂《にお》いがとてもきつく感じられ、あなたは圧倒され、息をするのも辛《つら》くなります。

もはや、温度も振動も苦痛も、あるいはどこに手があって足があるのかすら知覚できなくなります。肉体の境目も知覚できなくなります。あなたのエネルギーの存在は広がって、まわりのエネルギーと混ざり合います。

そして自分自身を、宇宙と同じように大きいと感じるのです。自分が誰でどこに住んでいるかを思い出させる内側の小さい声も、聞こえなくなってゆきます。あなたは、感情的な自分との古い記憶のつながりを失います。そして、まさに今ここにある、豊かな瞬間に、心奪われてしまうのです。

あなたという生命力を含む全《すべ》てのものが、純粋なエネルギーを放ちます。子供のような好奇心で、あなたの心は舞い上がり、あなたの頭は、無上の幸福に充《み》ちた海を泳ぐ、新しい方法を模索するのです。

そこで、自分に問いかけてみてください。かっちりと決められた日常のくりかえしに戻ろうなんて、そんな気持ちになれると思う?

脳卒中の日の午後、わたしは長時間眠っていました。そう、病院で眠れる目一杯まで！

眠っているときには、感覚を爆撃していたエネルギーの間断ない流れを遮ることができました。眼を閉じることによって、心の大部分を閉じることができたのです。光は心地よくなかった。医師が瞳孔《どうこう》の反応を調べるためにまぶしいペンライトで目を照らしたときには、脳が悶《もだ》えて脈動しました。手の甲につながれた点滴は、傷口に塩をすり込むかのようです。治療のあいだは、無意識でいさせて欲しかった。だから、自らの静かな心の聖域に深く潜ることによって、現実から逃避したのです……でもそれも、次の検査までのことでした。

そんな中、スティーブがわたしのママのGG《ジジ》に電話して、その日の事の顚末《てんまつ》を話していました（GGは、Gladys Gillmanという旧姓からとった、母のニックネームです）。GGとスティーブは、全米NAMIの年次総会に参加して以来、長年の知り合いでした。気の合う二人です。これは二人にとって、とても面倒な電話のやりとりだったんじゃないか、そうわたしは思いました。スティーブは、ママに電話するとまず、落ち着いて座るように言ったそうです。スティーブは、わたしの脳の左側に大きな出血があったこと、そして現在、マサチューセッツ総合病院にいることを伝えました。ママを安心させながら、医師たちが容態を安定させたこと、そして可能なかぎりの最高の看護を受けていることを話してくれました。

その日の遅く、わたしの上司のフランシーヌがGGに電話し、数日かけて準備をした上で、少し長期的にボストンに滞在したらどうかと話してくれたそうです。わたしに手術が必要であろうことがフランシーヌには、はっきりわかっていたのです。彼女は、GGがボストンにやってきて、こちらで長期的にわたしを看病するのが一番だと思っていました。GGに迷いはありませんでした。

ママは一〇年ものあいだ、息子の心を癒《いや》そうとがんばってきましたが、その努力は報われませんでした。ですが、娘を神経障害から回復させる手助けはできると感じたのです。GGは、息子の統合失調症を治すことができず、長年フラストレーションを抱えていましたが、そのエネルギーを、わたしの頭を元通りにする計画に振り向けたのでした。

7章　二日目　あの朝の後で

次の日、わたしは朝早く起こされました。病歴を調べるために、突然ばたばたと入ってきた一人の医学生のせいです。奇妙だったのは、わたしが言葉を話すことも理解することもできない、脳卒中で一命をとりとめた患者であることを、彼女が知らなかったこと。病院の一番の責務は患者のエネルギーを吸い取らないことだと、この朝教えられました。

この若い女性は、まるでエネルギーの吸血鬼なのです。

彼女はわたしが弱り果てているにもかかわらず、ひたすら何かを聞き出そうとします。そして、彼女からのお返しは何もなし。彼女は時計と競争していました。そして明らかに、競争に負けつつありました。時間がなく焦《あせ》っていた彼女は、わたしをぞんざいに扱いました。わたしはまるで、誰かの不注意で見落とされた、どうでもいい物みたい。彼女は、機関銃のような早口でしゃべりまくり、わたしの耳が遠いかのように大声で叫んでいます。わたしは座ったまま、彼女の馬鹿《ばか》さ加減と無知を観察していました。彼女は時間がなかったし、わたしは脳卒中の生き残りだった。もともと馬が合うわけもありません！

もし、親切に辛抱強く接してくれたら、彼女はもっと多くの情報をわたしから得ていたことでしょう。しかし、彼女はあくまでも自分の時間とペースだけに合わせることを強要するわけですから、わたしたち双方ともに満足は得られなかったというわけ。彼女の指図はうるさいんだもの。彼女と会ってると、すごく疲れるんです。細心の注意を払って、自分の貴重なエネルギーは自分で守らなくてはいけないことに気づきました。

その朝に学んだ最も大きな教訓は、リハビリテーションの療法士の仕事がうまくいくかどうかは、わたしの一存で決まるということでした。リハビリを受けるか受けないかは、わたしが決めればいいのです。わたしが受け入れたのは、気持ちを理解してくれ、エネルギーを与えてくれる人々でした。彼らは、優しく適切にからだに触ってくれ、目を合わせて静かに話してくれました。積極的な治療には、積極的に反応します。気持ちが通じない専門家たちは、エネルギーを吸い取るだけ。だからわたしは、そういった連中の要求を無視して自分自身を守ることにしました。

回復しようという決断は、わたしにとって難しく複雑で、よくよく考えなくてはいけない選択でした。一方では、わたしはいま現在の、永遠の流れに漂うような幸福感が大好きでした。好きにならない人なんているかしら？　そこは、とても美しいんだから。魂は自由に輝き、壮大で平穏でした。至福の時に包まれた恍惚《こうこつ》状態の中では、回復することにどんな意味があるのか、真剣に考えざるを得ませんでした。

他方、左脳の機能を取り戻せたら、かなりの利点があることはまちがいないでしょう。それはふたたび、外部の世界とつながる手だてを与えてくれるのです。でも、こんな無力な状態では、外部の（わたしからみた）混乱《カオス》を相手にしても苦痛が増すだけ。結局、回復に要する努力は、うーん、そんなに重要なのかしら。

正直なところ、新しい自分には今までのわたしにない、好ましい側面がありました。回復の名のもとに、この新しい素敵な自分を犠牲にしたくなんかありません。

自分が流れていると感じるのが好きでした。魂が宇宙と一つであり、まわりの全《すべ》てのものと一緒の流れの中にいるのを感じることが好きでした。エネルギーの動きやボディ・ランゲージと同調できることに魅力を感じていました。しかし、その中でもとりわけ、わたしの存在の根底から溢《あふ》れる、深い内なる安らぎを感じるのが好きだったのです。

人々がおだやかで、わたしの内なる安らぎの体験を尊重してくれるようなところにいたいと思いました。感情移入することが多くなり、わたしは他人のストレスに対して過敏になっています。もし、回復というものが、人々が四六時中感じているのと同じように感じることだとすれば、そんなものに興味はありません。関わりをもたず傍観することで、わたしは自分の「問題」や感情を、他人の「問題」や感情からたやすく分離できました。マリアン・ウィリアムソン（アメリカのスピリチュアル活動家。ベストセラー作家）の言葉を借りるなら、「ドブネズミに戻らないで、ドブネズミのレースに参加できるかしら？」です。

もう一人の医学生のアンドリューが同じ朝にやってきて、別の神経系の診察をしました。わたしはくらくらして、信じられないほど弱っていました。ひとりで座っていることもできず、ましてや、自分の足で立つことすらできません。しかし彼は、優しくしっかりと触ってくれたので、安心できました。アンドリューは静かに話し、ちゃんと目を合わせ、必要なだけくりかえしてくれました。彼は、こんな状態にあっても、わたしを一人前の人間として丁重に扱ってくれたのです。アンドリューは立派な医師になるだろうと思いました。いえ、そうなってほしい。

当時、マサチューセッツ総合病院の神経科長だったアン・ヤング博士がわたしの担当神経科医でした(わたしは彼女を「神経学の女王」と呼んでいます)。ハーバード脳バンクで働いていた数年間、有名なアン・ヤング博士の噂《うわさ》は耳にしていました。彼女は、ハーバード脳バンクの諮問《しもん》委員会の委員です。そしてちょうど二週間前に、ニューオリンズの神経科学学会の年次総会で催された諮問委員の昼食会で、彼女の隣に座る栄誉に与《あず》かったのです。その昼食会でわたしは、精神病と診断された人たちから研究用に提供される脳の数を増やすために行なった、並々ならぬ努力のほどを披露しました。その日、ヤング博士は「プロのわたし」に会っていたわけです。だからヤング博士が朝の患者登録名簿でわたしの名前を見つける前に、わたしたちにはすでに特別な信頼関係があったのでした。

ダメになった脳の多くの回路の中で、「困惑」の回路もまた機能不全に陥っていたことは、わたしにとって不幸中の幸いでした。まるで親ガモが長い子ガモの列を従えるようにしてヤング博士と随員の医学生たちが、朝の回診のために病室の戸口に現れたのです。わたしはお尻《しり》を空中に突き出して、素っ裸でスポンジでからだを拭《ふ》いてもらっていました。ちょうどその時、神経学の女王とその一団が到着したのです！ 今から考えると、なんてオソロシイ……。

ヤング博士の目は、柔らかく親切そうで、わたしの目をまっすぐ覗《のぞ》き込み、そして微笑《ほほえ》みました。彼女は近づくと、すぐにわたしの足に手を伸ばしました。まるで、すぐれた馬の使い手が馬の後ろに回り込むとき、驚かさないよう、軽くお尻に触るように。ヤング博士は、楽な姿勢になるのを助けてくれました。それから肩の傍に立ち、その手をやさしくわたしの腕に置いて、そっと話しかけてきました——学生たちにではなく、このわたしに。彼女はベッドの脇《わき》にかがみ込んで、わたしが充分聞こえるように顔を近づけます。彼女の言葉を完全には理解できませんでしたが、意図ははっきりとわかりました。この女性は、わたしが馬鹿でなく、ただ傷ついているだけだということをよく知っていたのです。そして、どの回路がまだ活動していて、どの部分に治療が必要かを見つけ出すのが自分の仕事であることを、きちんとわきまえていました。

ヤング博士は礼儀正しく、学生たちに神経学の診断について教えて良いか、とわたしに尋ねました。もちろん同意しました。次第に、わたしという患者の正体がさらけ出されていきます。自らの症状の診断の手がかりになる兆候に全く気づかなかった脳科学者だということが。ヤング博士は、わたしがこれ以上彼女を必要としないとわかるまで、ベッド際《ぎわ》から離れませんでした。出口に向かうとき、彼女は、わたしの手とつま先を、ぎゅっと握りしめました。彼女がわたしの神経科医だと知って、心から救われた気持ちです。彼女はわたしの気持ちを理解してくれたのです。

その朝遅く、血管造影検査をすることになりました。脳の血管の輪郭を写すのです。どんな種類の出血が起きたのかを正確に知るために、非常に質の高い映像が必要だったのです。血管造影は、それにピッタリの検査方法でした。こんな状態の患者に、検査の同意書に署名を求めるなんて、全く馬鹿げていると思ったけれど、規則は規則！　それにしても、「健康な心とからだで署名しました」って、いったいどういう文面なの？

どうやら、悪いニュースほど速く伝わるようです。わたしの脳卒中の話は、マックリーン病院とNAMIの会員のネットワークを駆け巡りました。なにしろ、全米NAMIの史上最年少理事のわたしが、三七歳にして脳卒中に見舞われているのです。

その日の午後、神経科のICU（集中治療室）に、脳バンクから二人の同僚が見舞いに訪れました。マークとパムは、小さなクマのぬいぐるみを持ってきてくれました。彼らの親切心が本当に嬉《うれ》しかった。二人とも動揺していたようですが、わたしにプラスのエネルギーを与えてくれ、そしてこう言ってくれたのです。「君はジルなんだから、きっと治るに決まってる」って。完全に回復するというこの確信は、お金には換えられないものでした。

二日目の終わりには、わたしはからだのなかに充分な「よいしょ力」を溜《た》め込んで、自分で寝返りを打ち、助けを借りてベッドの端に座り、誰かの支えにすがりながらもまっすぐ立てるようになりました。こうした活動には、持っているエネルギーのほとんどを費やすはめになりましたが、わたしの肉体は驚くほど回復しはじめていたのです。右腕の力はとても弱く、痛みは続きましたが、肩の筋肉を使って腕を振り回せるようにもなりました。

一日のあいだ、体内のエネルギーは少したまったかと思うと、エネルギータンクが空っぽになったりと、満ち欠けをくりかえしていました。寝ているあいだに、蓄えはちょっとばかり満たされ、そのエネルギーは何かをしたり考えたりするのに費やされます。いったん、蓄えが使い尽くされると、睡眠が必要です。持久力がなくなっていました。そしてひとたびエネルギーが切れると、どっと疲れを感じるのです。自分のエネルギー計をちゃんとチェックしないとダメ。エネルギーをどんなふうに節約できるかを学ばなくては。そしてエネルギーを蓄えるために、眠らなくてはなりません。

二日目は、明日の朝早くにGGがボストンに着く、というニュースを携えたスティーブの訪問で終わりを告げました。初めのうちわたしは、GGがどうしてそんなに大切なのか、意味がわかりませんでした。母親とは何かという概念を失っていたからです。わたしはその晩、起きている時間の残りを使い、記憶の断片を結びつけようとしました。

おかあさん、ママ、おかあさん。GG、GG、GG、その言葉をくりかえしながら、そのファイルを見つけ、開き、思い出そうとしたのです。そしてとうとう、母親とは何だったか、GGとは何を表すものなのかがわかりました……彼女が明日ここに来ると知って、興奮するのに充分過ぎるほど——。

8章　GGが街にやってくる

三日目の朝になると、わたしは神経科のICUから一般病棟に移され、とってもユニークな患者さんと同室になりました。この女性は癲癇《てんかん》性の発作に襲われていたので、頭は大きな白いタオルでぐるぐる巻きにされ、そこからあらゆる方向にたくさんの電極とケーブルが突き出ていました。そのケーブルは、部屋の彼女の側に並べられた様々な記録装置につながっています。彼女はベッドと椅子《いす》とバスルームのあいだを自由に動き回ってはいましたが、その格好たるや、見ものでした。わたしのお見舞いに来た人は、まるでギリシャ神話のメドゥーサが歩いているようだと思ったに違いありません。彼女は退屈しのぎに、お見舞いに来た人を片っ端から会話に引っ張り込みます。それに対してわたしは、静かな環境で感覚的な刺激は最低限であってほしいとひたすらに願っている。部屋の向こう半分、彼女側から聞こえるテレビの騒音が、わたしのエネルギーを激しく吸い取っていきます。わたしが理想とする癒《いや》しのための雰囲気とは正反対のものでした。

その朝は、かなり興奮した空気が流れていました。上司のフランシーヌと同僚のスティーブはすでに来ていたし、数名の医師たちがすぐ近くを動き回っていました。血管造影の結果が上がってきて、治療計画を決める作業に取りかかろうとしていたそのとき、GGが部屋に入ってきたのです。

わたしはその瞬間をはっきりと憶《おぼ》えています。ママはまっすぐわたしの目を見て、ベッドのすぐ横にやってきました。やわらかな物腰で、落ち着き払って、部屋の中の人たちに挨拶《あいさつ》をしてまわります。それからわたしのシーツを持ち上げ、ベッドに潜り込んでくると、両腕でわたしをギュッと抱きしめたのです。肌から伝わってくる懐《なつ》かしいぬくもりに、わたしは溶け込んでいきました。これは人生の中でも、忘れえぬ瞬間です。

それはともかく、ママは気づきました。わたしがもはや、ハーバード大学に勤務していた娘ではないことに。その代わり、わたしはふたたび、彼女の可愛《かわい》いベイビーになったのです。彼女は、どんな母親でもすることをしただけだと言っていますが、わたしはそうは思いません。ママの子供として生まれたことは、わたしにとって初めての、そして、最も大きな贈り物でしたが、もう一度ママの子供に生まれ変わったことは、無上の幸せ。

ママの愛に包まれて、本当に満足していました。親切で、優しくて、少しショックを受けていたようですが、やっぱりママは素晴らしいと思います。ママのことが、心の底から大好き。これはわたしにとって、完璧《かんぺき》な瞬間でした。誰がこれ以上のことを望めるでしょう？　わたしはカテーテルを入れられていたので、ベッドから出ることはできませんでした。この素敵な女性は、そんなわたしのもとにきて、大きな愛で包んでくれたのです。

次に、関係者の協議が始まりました。治療の趣旨の説明が行なわれ、検査報告書が届き、重要な役者が勢ぞろいします。ヤング先生が全体をまとめ、あたかもわたしが理解できるかのように、直接わたしに向かって話してくれました。彼女が、治療方針を他の人だけではなく、わたしにしゃべってくれたことに感謝しています。初めに、クリストファー・オギルヴィー医師が紹介されました。脳動静脈奇形（A

VM）に詳しい神経外科医です。オギルヴィー先生は、血管造影図によってわたしの脳にAVMがあることが確認され、この先天性の奇形が出血の原因だったことを説明してくれました。わたしは、全然痛み止めが効かない偏頭痛を持っていたのですが、事態が明らかになるにつれ、医師たちはわたしが偏頭痛をもっていた訳でなく、長年にわたって小さな出血があったのだと予測しました。

ベッドのかたわらでの丁々発止《ちょうちょうはっし》の議論の中で語られた内容の多くは理解できませんでしたが、わたしは、言葉で表されなかったことに注意を集中していました。人々の顔の表情、声の抑揚、情報を交換しているときの身のこなしなどが、わたしを惹《ひ》きつけます。おかしなことですが、自分の状態が危険なためにこんな真剣な騒ぎが起きていると知って、わたしは励まされた気分になりました。誰一人として、これだけ騒いでおいて、いや、実は驚かしただけで冗談だったんだよ、というような結末を望んでいる者はいませんでした。

オギルヴィー先生が脳の血管の問題点を説明したとき、部屋の中の雰囲気はピリピリしていました。まだ残っているAVMを治し、ゴルフボール大の血塊を取り除くためには開頭手術が必要だとオギルヴィー先生が話すと、GGは冷静さを失い、明らかに神経質になっていました。先生はさらに、もしAVMを外科手術で取り除かない場合、ふたたび出血する恐れがあり、次の出血が起きたら、今回ほど運良くは助からないかもしれない、と付け加えました。

正直言って、わたしは、医師団の提案する内容の全《すべ》てを理解することはできませんでした。その理由のひとつは、言語を理解する脳の細胞が血のプールの中で溺《おぼ》れていたからであり、もうひとつは単に、会話のスピードが速かったせいです。こうした状況でしたが、医師団が大腿《だいたい》動脈を通して吸入管を脳に入れ、過剰な血液と血管の脅威になっているかたまりを吸い出す計画を立てているのがわかりました。

頭を切開するのがこの人たちの計画だ！　と気づいたとき、わたしは恐ろしくてたまりませんでした。少しでも自尊心のある神経解剖学者なら、自分の頭を切って開けるなんて！　決して、誰にも許さないでしょう。胸部と腹部、および頭蓋《ずがい》の窩《か》のあいだの圧力のダイナミクスはとても微妙なバランスを保っていて、開頭手術のような大々的な侵入は、エネルギーのダイナミクス全体を完全な混乱に陥《おとしい》れてしまう。わたしはこのことを、学問的というより、直観的に悟りました。すでにエネルギーも危うい状態なのに、もし開頭手術などされたら、からだや認知力の全てが決して回復しないだろうことを恐れました。

わたしはみんなに、どんなことがあっても決して、頭を開けるのなんか認めない、ということをきっぱりと意思表示しました。わたしのからだはすでに生気を抜かれており、たとえそれが計算し尽くされたものであっても、もう一度激しい打撃に持ちこたえることはできそうもないことを、誰も理解していないようです。それでも、この無防備な状態では、わたしはこの部屋の人たちの言いなりになるしかないこともわかっていました。

打ち合わせは、開頭手術という選択肢を一時的に棚上げにして終了しました。とはいえ、わたしに手術を認めさせるのがGGの役割であることは（わたしを除いた）誰の目にも明らかです。GGは、愛情を込めて、わたしの恐れを直感し、慰めようとしてくれました。

「可愛いジル、手術なんか受けなくてもいいのよ。なにがあったって、わたしがあなたの世話をしてあげるんだから。ただ、もしAVMを取り除かなかったら、また出血を起こす可能性があるのよね。でも、もしそうなったら、ママとずっと暮らせるし、あなたの残りの人生、ずっと、べったりくっついていてあげる！」ママは素晴らしい人だけど、彼女にべったりくっつかれたまま人生を送るなんて、ぞっとしませんでした。数日考えて、わたしはＡＶＭを取り除くための手術を受けることを決意しました。そこで、数週間をかけて、これから受ける打撃に耐えうる体力を取り戻すことが次の課題となったのです。

脳卒中の後に続いた数日のあいだ、わたしのスタミナは睡眠によって満ち、がんばって何かをやると減っていきました。すでに、なにかやる場合は、重要なことしかやらないしできない、ということはわかっていました。たとえば一日目、あおけになるための「よいしょ力」が戻る前に、からだをずっと揺すっていました。こうしてからだを揺すっているあいだに、からだを揺することが今のわたしにとって唯一《ゆいいつ》の重要な活動だったことを悟りました。からだを起こすという最終目標の達成に焦点を絞ることは、賢明ではないのです。それは、はるかに現在の能力を超えていましたから。もし起き上がることを目標に定めて試し、何回も失敗したら、自分の無力さに失望し、何もしなくなっていたでしょう。起き上がる努力を、からだを揺らす、あおむけになる、という具合に小刻みな段階に分けることによって、いつも思う通りにからだを動かせたと思えるのです。そしていい気持ちで眠りにつける。

つまり、まずちょっとからだを揺すり、その次に、何回か多く揺するのが戦略でした。くりかえしからだを揺すれるようになったら、揺することに熱中します。難なく揺すれるようになった頃に、からだは自然に、（次の段階である）あおむけの動きに入っていきました。そして今度は、なるべくたくさんあおむけになれるように努力します。一所懸命、みなぎる気力を集中しました。熱心にあおむけになろうとするその動作が、そのまま、起き上がる動きにつながります。わたしは、成功に満足し続けました。

つまるところ、次の段階に進むためには、一定のレベルまで能力を高めなくてはなりません。新しい能力を得るためには、次の段階にいたる前にたくさんの努力をくりかえし、完全にマスターする必要があります。あらゆる小さな試みに、時間とエネルギーが費やされました。そして全ての努力は、その代償として、たくさんの睡眠を必要としました。

四日目になってもまだ、大部分の時間を眠ることに費やしていました。脳が、最低限の刺激しか望んでいなかったからです。意気消沈していたわけではなく、脳が感覚の洪水でアップアップの状態にあり、情報の集中砲火を処理できなかったから。GGとわたしは、脳が回復するには何が最も必要なのかはわかっているという点で、意見が一致していました。不幸なことに、脳卒中の患者が好きなだけ眠れるような病院はあまりないようです。しかし睡眠は、脳が新しい刺激から「小休止《タイム》」をとる方法なのだと、わたしたち二人は考えていました。脳がまだ傷を負っていて、感覚系を通して入ってくる情報については、明らかに混乱していることもわきまえていました。脳が体験したことを理解するには、静かな時間が必要だという点でも、意見が一致していました。

睡眠は、いわばファイルを作る時間です。もし、事務所でファイルする時間を取らなかったら、どんなに混乱するか想像がつきますよね？　それはわたしの脳にとっても同じこと。脳はひっきりなしの負荷を組織化し、処理し、そしてファイルする時間が必要なのです。

身体的な努力と認知的な努力の、どちらかを選ばなくてはなりませんでした。なぜなら、両方を一緒にやるのは大変だからです。身体的な面では驚くほど進歩し、もとの安定性を取り戻していました。今では簡単に起き上がることができますし、立って、ちゃんと助けてもらえば廊下をちょっと歩くこともできます。

それに対して声のほうは、空気を吐き出す力がなかったので弱々しいまま。なので、低い囁《ささや》き声でしかしゃべれません。言葉はとぎれてぎこちなく、正しい言葉を見つけるのに苦しんでいました。そしてしばしば、意味を混同します。水のことを考えているのに、ミルクという言葉が口から出たりするのです。

認識面からは、自分の存在を完全に理解することに苦心していました。いまだに、過去や未来について考えることができないのです。だから、現在の瞬間をひとまとまりにしようとして、多くの精神エネルギーを燃焼させていました。わたしにとって、考えるということは非常に難しかったのですが、認識の面では進歩を続けていました。

医師が、三つのことを憶えるように言うのにも慣れてきました。医師は診察時間の最後に、さっきの三つは何だったかと訊《き》いてきます。医師がわたしに、消防士、りんご、ウィッパーウィル通り三三番地の三つを思い出させるための質問をした日、GGは、わたしが良くなってきているのがわかったといいます。わたしはこの時点まで、惨《みじ》めにもこの課題に失敗し続けていましたが、今日はこうしよう、と心に決めていました。つまり、彼が言ったこと以外には注意を払わず、その言葉を心の中で何度もくりかえし、その言葉のことをだしぬけに質問されるときがくるまで、記憶に留めておこうとしたのです。

診察の終わりに、三つの項目を思い出せるかと、医師が尋ねました。わたしは確信をもって呟《つぶや》きます、「消防士、りんご、ウィッパーウィル通りの何番地か」。それからこう付け加えました、正確な番地は思い出せないけど、街中を駆けずり回って正しい家を見つけるまで、全ての扉を叩《たた》き回ってやるんだから！　GGはこれを聞いたとき、安堵《あんど》の溜《た》め息をついたそうです。彼女にとってそれは、機転の利《き》く脳が順調に回復しつつあることを意味していたからです。GGは、わたしがもう一度世界の中の自分の道を見つけられると、再確認したのでした。

同じ日、アンドリューが日課になっているお見舞いに来てくれました。アンドリューがわたしの認識傾向をつかむためにいつもやってくれるゲームのひとつが、一〇〇から逆に、七つおきに数えること。この課題は、わたしには特に難しいものでした。数学を理解するための脳細胞が破壊され、再起不能になっていたからです。なのでわたしは、このクイズの最初の方の答えをいくつか、他の人に教えてもらったのです。そして次にアンドリューが質問したとき、わたしは三つか四つの正しい答えを一気に吐き出しました！　でもすぐに、自分がズルをしたこと、そしてこの課題を解決するための取っ掛かりも見つけられないことを白状したのです。しかし、頭の一部分は機能していなくとも、他の部分が（この場合は計画を立てる能力が）、失われた能力を補ったらしい、とアンドリューにわかってもらえたことは、わたしにとってすごく重要なことでした。

　五日目、手術に耐えるための充分な体力をつくるため、家に帰るときがやってきました。理学療法士が、他の人に支えられながら階段を登る方法を教えてくれました。そしてわたしは、ＧＧの看護にゆだねられたのです。ママがインディアナ州の田舎者丸出しの乱暴な運転を、ボストンの繁華街の大通りで披露したので、わたしは身の危険を感じたほど。眩《まぶ》しい太陽光線を避けるために顔を覆《おお》いながら、家への道すがら、わたしは祈り続けていました。

9章　治療と手術の準備

一九九六年の一二月一五日、わたしはウインチェスターの自宅アパートに帰りました。二週間たらずのあいだに、このアパートで手術に備えるためのからだづくりをするのです。テラスハウスタイプ（ボストンによくある、一階と二階に別の家族が住む建物）の二階に住んでいましたから、一段ずつ、お尻《しり》で階段を上がらなくてはなりませんでした（理学療法士が教えてくれたやり方と全然ちがう！）。最後の段を登りきったときには疲れ果てて、脳は睡眠を渇望《かつぼう》していました。

帰ってきたのです。ついに！　わが家で巣穴に潜り込み、誰にも邪魔されることなく、ゆっくりと「冬眠」できます。癒《いや》されるための静けさが欲しかったのです。わたしはウォーターベッドに倒れ込み、すぐに意識を失いました。

GGが世話をしてくれるので本当に幸せでした。もしあなたがGGに看護の秘訣《ひけつ》を訊《たず》ねたら、「何をすればいいのかなんて、まったく見当がつかないけれど、ただ一歩、一歩、流れにまかせて行動するだけ」という答えが返ってきたでしょう。わたしが一から三の段階に達するには、一を知り、次に二に達し、それから三に達することを学ぶ必要があると、母は直観的に感じていたのです。まるで幼児の脳に還《かえ》ったみたいに、何事も初めから学び直さなくてはなりませんでした。基本に戻ったのです。どうやって歩くのか。どうやってしゃべるのか。どうやって読むのか。どうやって書くのか。そして、ジグソーパズルのピースをどのように組み合わせるのか。からだの回復のしかたは、ちょうどふつうの成長のようでした。それぞれの過程をこなし、そのレベルの能力を完全に習得しなければなりません。すると、次の段階が自然にやってくるのです。

起き上がれるようになる前には、幾度もまんべんなくからだを揺らし、次に寝返りを打つ。自分ひとりで立てるようになる前には、座ったままからだを前後に揺らさないとダメ。はじめの一歩を踏み出す前に、まず立たなくては。そしてひとりで階段を上がる前には、足をしっかりと安定させる必要がありました。

最も重要なことは、わたしが挑戦する気になることでした。挑戦することが全《すべ》て。挑戦っていうのは、脳にこんなふうに囁《ささや》くこと。

（ねえねえ、この脳のなかのつながりは大切よね。やりとげたいの）

挑戦して、挑戦して、また挑戦しなくてはなりませんが、かすかな手がかりを得るまでは、一〇〇〇回やっても何の結果も得られないかもしれません。それでも、挑戦しなかったら何も始まらないんです。

GGはベッドと浴室のあいだを、わたしを連れて行ったり来たりしながら歩き方を教え始めました。それはわたしにとって、充分すぎるほどの一日仕事。なにしろ、そのあと、また六時間も寝てしまうんですから！

初めの数日はこんな調子でした。いっぱい寝て、そのエネルギーのほとんどはバスルームに行ったり、食べたり、時にはちょっと寝そべっているうちに費やされます。そして次の室内行脚《あんぎゃ》の時間まで眠るのです。ひとたび、バスルームへの道のりを憶《おぼ》え込むと、今度は居間のソファに目的地を変えました。ソファで上半身を起こして、ちょっとした食べ物を摂《と》ることができるからです。おしとやかにスプーンを使えるようになるのには、かなりの努力が必要でした。

回復が順調だった理由のひとつは、GGとわたしがきわめて辛抱強かったこと。二人とも、できなかったことにくよくよしませんでした。それどころか、いつも、「何かできた」ことに驚嘆していたのです。むかしから母は、悪いことが起きると、いつだって「もっと酷《ひど》くなくて良かったねぇ！」と言っていました。そして母もわたしも、回復の見込みは明るくなかったにもかかわらず、もっとずっと悪くならなくて良かったと考えていました。GGの、リハビリの過程でのこの態度は実に素晴らしかったと言わざるを得ません。

わたしは三人の子供のうちで、いちばん年下です。だから、母はわたしがよちよち歩きのころ、とても忙しく働いていました。いま、こんなときの頼みの綱として、ふたたび母がわたしの面倒を見てくれることは、かけがえのない幸せです。GGは辛抱強く、優しく接してくれました。彼女は、決して声を荒らげたり、批判したりすることがありません。わたしが傷を負っていることをよく理解していましたから。温かい愛情を注いでくれ、わたしがいちいち周囲や自分の状況を「わかっている」

かどうかは気にしませんでした。わたしたちは、回復の成り行きに夢中になっていました。そして瞬間ごとに、新しい希望と新しい可能性がもたらされたのです。

わたしの能力についていつも二人で話し合って「お祝い」をしました。昨日は達成できなかったことを今日はどの程度まで達成できたかをわたしに思い出させるのに、母は素晴らしい手腕を発揮します。できたことを理解し、そして次のレベルの目標に達するのにどんな障害が途中に待ちかまえているのかを理解する、鋭い眼力をもっていました。二人は、成し遂げたことをすべて祝う気持ちでいました。次に何をすべきかわたしが自分自身にハッキリさせるのを、母が助けてくれます。そしてそれを達成するにはどうすればいいか、ということを理解するのを助けてくれました。母は細かい行動に眼を配り、順調な回復の軌道に乗せてくれました。

脳卒中で一命をとりとめた方の多くが、自分はもう回復できないと嘆いています。でも本当は、彼らが成し遂げている小さな成功に、誰も注意を払わないから回復できないのだと、わたしは常日頃考えています。だって、できることとできないことの境目がハッキリしなければ、次に何に挑戦していいのか、わからないはず。そんなことでは、回復なんて気の遠くなるような話ではありませんか。

わたしは、空気でふくらませるマットレスを持っていました。ママはそれに空気を入れて、自分のために居間の床の上に小さな寝室を作りました。ママは、あらゆる世話を焼いてくれました。買い物リストづくり、電話の応対、そして、請求書の支払いさえも。彼女は思いやりがあり、わたしを眠らせ、また眠らせ、もっと眠らせました。ここでも二人は、脳が自己修復をするために必要なことを全て知っていると、信じていました。よく眠るのがうつ病のせいだと困りますが、そうでないかぎり、ことさらに睡眠がもたらす回復力を重んじていたのです。

家に帰るとすぐに、二人はわたしの脳の赴くまま、日々のルーティンを決めました。六時間ぐらい眠って、二〇分だけ目を覚まします。通常、熟睡周期の一セッションの長さは一時間半から二時間弱です。もしわたしが一セッションの途中で（騒音や玄関のベルなどで）起きてしまったら、初めから丸々一時間半の熟睡の周期をやりなおさないといけません。そうでないと、起きたときにいつも激しい頭痛がして神経過敏になり、刺激を受け入れたり、注意を集中することができなくなります。睡眠を守るためにわたしは耳栓をし、ＧＧはテレビと電話のボリュームを下げました。

数日間集中して睡眠をとったら、エネルギーの蓄えが、少し長い時間起きていられるまでになりました。ママは本当に厳しい現場監督です。無駄な時間やエネルギーの浪費は許されません。目覚めているときのわたしは、スポンジが水を吸うように学びました。そしてママは、わたしの手に何か握らせて、何かをさせるか、あるいはからだを動かさせました。でも、眠りたくなったら、脳の情報入力がいっぱいいっぱいになったことを尊重して、脳を寝かしつけます。こうして脳は休み、調整に入ることができたのです。

過去の人生を掘り起こし、GGと一緒に頭の中のファイルを正常な状態に戻すのは、信じられないほど面白い作業でした。母は、わたしが考えていることを知りたいときには、イエス＝ノー式の質問は意味がないことにいち早く気づいていました。どうでもいいようなことだと、わたしはついつい目配せで意思を伝えてしまいます。わたしが母に注目しているか、そして実際に頭を働かせてそうしているのかどうかを確認するため、ママは複数の選択肢がある質問をしました。こんな具合に。

「昼食は、何にする？　ミネストローネ？」

そこでわたしは脳の中で、ミネストローネスープとは何だったかを見つけ出す検索（サーチ）を始めます。いったんその選択肢が理解できると、もうひとつの選択肢に進みます。

「そうでなければ、グリルド・チーズ・サンドイッチも用意できるけど」

ふたたび、グリルド・チーズ・サンドイッチが何たるかを求めて脳内を検索します。ひとたびそのイメージと知識が頭に浮かんでくると、ママは続けます。

「でなきゃ、ツナサラダもあるわ」

わたしはツナ、ツナ、ツナとよく考えて、思い出そうとしますが、何のイメージも知識も検索に引っかかってきません。そこでこう訊ねます。「ツナって何？」

すると、ママがすぐに答えます。

「海で獲《と》れるツナという魚のこと、白い肉に、マヨネーズ、タマネギ、セロリを混ぜてあるわ」

結局ツナのファイルが見つけられなかったので、それを昼食に選びました。これが、古いファイルが検索に引っかからなかった場合の基本戦略。つまり、ファイルが消えてしまったのなら、新しいファイルを作ればいいというわけです。

しょっちゅう電話が鳴り響いていました。GGはまるで街頭演説のように、わたしの病状回復の最新情報を人々に伝えていました。いかにうまく物事が進んでいるかを聞いてくれる人々がいたのは、とても重要なことです。そして、励まし続けてくれるGGの積極的な態度が、わたしの支えになっていました。毎日毎日、GGは、二人三脚でやってきた努力の成果を思い出させる話をしました。

たまに友人が訪れた場合も、GGは、社交的な付き合いがわたしのエネルギーの蓄えを枯渇させ、疲れ果てさせ、回復のために挑戦する気持ちを殺《そ》いでしまうことをわきまえていました。

お客さんに対応するより、わたしの頭を元に戻す方が先決だと考えたのです。だからGGは護衛官として玄関に立ちはだかり、わたしが社交に割く時間をきびしく制限しました。テレビもまた、おそろしくエネルギーを吸い取ることがわかりました。電話もできません。なぜなら、人の話を理解するのに、唇を読む視覚的な手がかりに完全に依存していたからです。回復するために何が必要で何が不必要なのかを、二人で慎重に選びました。

ともかく、脳を癒す必要があること、そしてできるだけ早く神経系を刺激する必要があることを、二人は本質的によく理解していました。わたしのニューロンは「失神状態」でしたが、専門的にみれば、実際に死んだのは、わずかなニューロンにすぎません。手術を受けてから数週間たたなければ、ちゃんとした言語療法や作業療法、物理療法を受けられないでしょう。それまでのあいだ、ニューロンは、学ぶことを渇望していました。ニューロンは、他のニューロンと回路でつながって育つか、そうでなければ刺激のない孤立状態で死んで行くかのどちらかです。ＧＧもわたしも、脳を取り戻すことに闘志を燃やしていました。ですから寸暇を惜しんで、貴重なエネルギーも全部残らず利用したのです。

友人のスティーブは二人の女の子の父親なので、子供の本や玩具《おもちゃ》のコレクションを持ってきてくれます。その中には子供向けのジグソーパズルやゲームがありました。ＧＧは、今のわたしの脳の状態に相応の訓練道具を手に入れたのです。そして、もしわたしが目覚めていてちょっとでもエネルギーがあれば訓練する、というのがＧＧの方針でした。

わたしのエネルギーの蓄えには、頭を使う活動とからだを使う活動の区別はありません。エネルギー消費はエネルギー消費なのです。ですから頭とからだを元通り回復させるには、バランスのとれた戦略を立てる必要がありました。わたしが、支えられながらもアパートの中を歩けるようになると、すぐにGGは以前の生活を巡る「センチメンタル・ジャーニー」に連れ出しました。趣味でステンドグラスを作るために使っていた部屋があったので、まずは、その芸術空間からスタート。部屋を眺めたとたん、わたしはびっくりしました。

(なんてたくさんの、うつくしくかがやくガラス！　なんてステキなの！　わたしって、げいじゅつかだったんだ)

次にGGは、わたしを音楽の部屋に連れて行きました。ギターを、そして次にチェロをつま弾いてみたとき、わたしはふたたび、人生の魅力に取り憑《つ》かれてしまいました。どうしても回復したい。

心の中のファイルを開くのは、とてもデリケートな仕事でした。脳にしまわれている、これまでの人生が詰まったファイルを思い出すにはどうすればいいの？　全部、頭の中にあることはわかっていました。ふたたびその情報にアクセスする方法さえ見つければいいのです。脳が出血による重傷を負ってから一週間以上もたっていましたが、脳の細胞はゴルフボール大の血塊のために、まだ正常に機能していませんでした。

わたしは、あらゆる「今」の瞬間が新鮮に感じられ、完全に独立して存在しているように感じます。そして、振り向くと、わたしは新しくて豊かな別の一瞬に包まれるのです。過去の細かい事柄は、残像や残り香のようなものとなり、スーッと消えてしまうのです。

ある朝GGは、わたしが子供向けのジグソーパズルに挑戦できそうだと判断しました。そこでGGはパズルの箱をわたしに持たせ、表紙の絵を見せました。次に蓋《ふた》を引っ張り上げ、箱を開けるのを手伝ってくれます。そして小さいお盆を膝《ひざ》の上に置いてくれたので、わたしはパズルのピースを全部、お盆の上にぶちまけました。指は弱々しく、うまく動きません。だからこんな簡単なはずの作業が、ものすごく難しい。でも、わたしは「読書百遍」の諺《ことわざ》のように、意味がわからずとも、見よう見まねで習得するのが得意だったのです。

パズルのピースのひとつひとつが組み合わさって、箱の表紙にある絵をつくりだすことを、GGは説明してくれました。全部のピースの表を上に向けるようにGGは指示します。わたしは質問しました。

「オモテをうえにむけるってどーゆーこと？」

するとGGはパズルのピースをひとつ取り上げて、表と裏をどう見分けるかを教えてくれました。いったんその違いがわかると、ちょっと時間がかかりましたが、パズルの全部のピースを調べて、とうとう一枚のピースの表を上に向けることができるようになったのです。すごーい！　何という達成感！　このような、精神的かつ肉体的に単純な課題をこなすのが、ものすごく難しかったのです。集中力を保つのに疲れ果てましたが、わたしは興奮し、もっと続けたいと思いました。

次の課題として、GGは言いました。

「今度は、端っこのピースを全部選んでみて」

わたしは質問します。

「はしっこってなに？」

ふたたびGGは根気よく、端っこに来る一組のピースを拾い上げ、まっすぐな端を見せてくれました。そこで、全《すべ》ての「端っこ」をより分け始めます。そして完全な達成感を味わいました。精神的には疲労困憊《ひろうこんぱい》だったのですけれど。

GGは引き続き、指示を出します。

「出べそみたいなピースを、引っ込んでるへそみたいなピースにつなげて欲しいの。それと、出っ張ったり引っ込んだりしてるピースのいくつかは、大きさが違うことにも注意してね」

右手はほとんど力が出なかったので、ピースをつまんで比べるだけでも大変な努力が必要でした。ママはとても注意深く見守ってくれています。わたしが組み合わせようとしているピースが、表面の絵柄から見て、明らかにくっつかないことにGGは気づきました。そこでGGは助け舟をだそうとして、こう言います。

「ジル、色を手がかりにしたらいいじゃない」

わたしは心の中で、独り言をくりかえしました。いろ、いろ、いろ。そして電光石火、突然、色が見えるようになったのです！　わたしは考えました。

（まあ、なんてこと、いろがあるなら、もっとカンタン！）

とても疲れてしまい、睡眠をとらないとダメでした。でも次の日、いの一番にパズルにとりかかりました。そして色を手がかりにして、すべてのピースを一緒につなげることができたのです。毎日、前の日にできなかったことができるようになってゆくので、ママとわたしは喜び合いました。

色を手段として利用できると教えられるまで、色を見ることができなかったなんて、いまだに信じられません。色について教えられるまで左脳がそれを「登録《レジスター》」できないなんて、いったい誰が予想できたでしょう？　三次元でものを見ることも同じでした。GGは、物が異なる奥行きにある状況をわたしに教えなくてはなりませんでした。いくつかの物体が、近くにあったり遠くにあったり、そしてある物は他の物の前にあるかもしれないことを指摘してくれました。こんなあたりまえのことも教えてもらわなくてはならないのです。他の物の後ろにある物は一部が隠れて見えないかもしれないけれど、見えている一部から物の形は推測できるのだ、ということも。

家で過ごした最初の週の終わりには、アパートの中をとても上手に歩けるようになっていました。そしてさらに体力をつけるための方法を見つけ出そうと、情熱を燃やしていました。家事の中では、脳卒中になる前から皿洗いが好きだったのですが、今の状態では、皿洗いがわたしを鍛える最も厳しい授業になります。流しの前でバランスをとって、こわれやすい皿と危険なナイフを扱うこと自体が非常に難しかった。でも、洗ったお皿をラックにしまうのに計算能力が必要だなんて、ご存じでしたか？

あとでわかったのですが、脳卒中の朝に死んでしまった唯一《ゆいいつ》の脳のニューロンが、数学を理解する役割を担《にな》っていたのです。わたしが子供のころ、母が、あんなに一所懸命に数学を教えてくれたというのに！　皿洗いはできても、洗い終わったお皿をぜんぶ、どうやってこぢんまりしたラックに入れたらいいのか。こんな計算をしなくちゃいけないなんて、ほんと、呆然《ぼうぜん》としてしまいました。うまくお皿をラックに並べられるようになるまで、丸一年かかったんですもの。

わたしは、家の正面にある郵便箱から、手紙や小包を取ってくるのが大好きでした。六週間というもの、わたしを元気づけようとする人たちから、毎日五通から一五通の「励ましのお便り」を受け取りました。カードに書かれていた文字は読めませんでしたが、わたしはいつもＧＧのマットレスの上に座り、絵をみたり、カードに触ったりして、すべてのメッセージから伝わってくる愛情を感じ取っていました。

ＧＧは毎日、午後になるとカードを読んで聞かせてくれます。もらった手紙はアパートじゅうに貼《は》り付けておきましたから、わたしは、友人たちの愛情に囲まれていたのです。ドアの上にも、壁にも、バスルームにも、あらゆるところにカードが貼ってありました！

「ジル博士、わたしのことはご存知ないと思います。あなたがフェニックスで基調講演をしたとき、わたしはその講演を聴きにいっていたのです。どうかわたしたちの所へ帰ってきて下さい。あなたを必要としています。あなたの研究活動は、わたしたちにとって非常に重要なものなのです」

こんなメッセージカードを受け取るのは、最高にステキ。毎日のように、脳卒中の前のわたしがどんな人物だったかを思い出させてくれる、感動的な支援の手紙を受け取りました。回復への挑戦に立ち向かう勇気を与えてくれたのは、まぎれもなく、こうした無条件の愛と支援だったと、わたしは自分の心に深く刻んでいます。わたしに手を差し伸べ、わたしを信じてくれた友人とＮＡＭＩの仲間への感謝の気持ちを、決して忘れることはないでしょう。

わたしが学ばなくてはいけないことの中では、読むことが最も難しいことでした。脳の中の「読む係」の細胞が死んでいたかどうかはわかりませんでしたが、かつて自分がやっていたものだという記憶すらありません。

字を読むという考え自体、馬鹿《ばか》げたことに思えました。わたしにとって、それはすごく抽象的な概念でした。「読むこと」を思いついた人がいるなんてとても信じられない。ましてや、その方法を見つけないといけないなんて考えたくもないわ、って感じです。

GGは優しい現場監督でしたが、どうしても読む事を学ぶように言い張りました。そして『少年を欲しがった仔犬《こいぬ》』という題名の本をどこからか引っ張り出してきたのです。わたしたちは一緒に、最も厳しいと思われる課題に取りかかりました。それは、書かれた言葉の意味をわたしに教え込むこと。どうして、こんな曲がりくねった「染《し》み」みたいなものをGGが重要だと考えるのか、わたしにはちんぷんかんぷんでした。GGが「S」を見せて、

「これはエスよ」

と言ったのを憶《おぼ》えています。そしてわたしはこう答えるのです。

「ママ、ちがうわ、それはくねくねしたしみよ」

するとGGは言います。

「この曲がった染みは『S』で『ス――』という音がするの」

わたしは、母が正気を失ったのではないかと思いました。くねくねと曲がった染みは、どう見ても単なる染みにすぎないし、音なんかしないはず。

わたしの脳は長いあいだ、読むことを学ぼうとすると、ズキズキしていました。これほど込み入ったものに集中することができなかったせいです。ありのままに考えることでさえ、回復の初期段階のわたしの脳にとっては、とても難しいことでした。ましてや、抽象的なものに取り組むなんてことは、わたしの理解をはるかに超えていました。読むことを学ぶには、多くの時間と多くの手順を踏まなくてはならなかったのです。

まずはじめに、すべての曲がりくねった染みには名称があり、それに音がついていることを学ばなくてはなりません。その次に、くねくね曲がった染み、えーと、「文字」の組み合わせが、まとまって、「シュ（sh）」とか「ス（th）」とか「スク

（sa）」というような特殊な音を表すことも、知る必要がありました。そうした音の組み合わせを全部つなぎ合わせると、ひとつのまとまった音（つまり「単語」）になり、しかもそれには、意味がついているだなんて！　ありえない！

この本を読んでいるこの瞬間、あなたの脳がどれだけ多くの細かい仕事をこなしているか、ちょっとでも考えたことがありますか？

ふたたび読めるようになるために、悪戦苦闘しましたが、わたしの脳は日々、明らかに進歩していました。とうとうある単語を声に出して読めたとき、わたしとGGは手を取り合って喜びました。もっとも、その内容は理解できなかったのですが！　日がたつにつれて、話の内容をよく憶えていられるようになってゆきます。GGとわたしは、一歩一歩進んで行くことに情熱を傾けていました。

次の段階は当然、音に意味づけをすることでした。自分の脳の中の用語リストを思い起こすのにもさんざん苦労していましたから、これは格段に難しい課題です。血の塊りが二つの言語中枢《ちゅうすう》をつなぐ経路を圧迫していたので、二つある言語中枢のどちらもうまく機能していませんでした。

脳の前のほうにあるブローカ野は、音を作ることに問題を抱えていましたし、一方、脳の後ろのほうにあるウェルニッケ野は、名詞をまぜこぜにしていました。情報処理に重大な欠陥があるようで、わたしはしばしば、考えていることをハッキリと発音することができませんでした。水を一杯欲しいと思い、心の中では一杯の水の像を思い描いているのに、なぜか「ミルク」という単語が口をついて出てくるのです。

いろんな人が誤りを正してくれたのでとても助かりましたが、誰もわたしが言いたいことを「引き取ったり」、「カンペを出したり」しなかったのが、非常に重要だったように思われます。言語能力を取り戻すためには、自分で頭の内部の回路を探し出して、自分のペースで使うしかないからです。

わたしは日ごとにより強くなり、からだの動きもよくなってきました。GGに連れられて初めて庭に出たことは、魅惑的な学習体験になりました。正面の歩道に立ったとき、その歩道のセメントについている線は、さして重要ではないので、踏んでもいいんだと教えてもらわなくてはなりませんでした。だって、何を踏んでよく、何を踏んじゃいけないかなんて知らないんだから。次に、歩道の端の線は重要で、そのくぼみから芝生になるから、注意しないとくるぶしをひねるかもしれない、ということを教えてもらいました。これもまた、わたしが知らないこと。なんでもかんでも、いちいち言ってもらう必要がありました。芝生にも解説が必要なのです。芝生の踏み心地は、歩道の踏み心地とは違っていて、芝生の中で足が沈んでも大丈夫なんだと、実際にやって見せてもらう必要がありました。ただ、注意してバランスをとればいいだけなのだと。ＧＧは、雪の上を歩くのはどんな感じかも試させてくれました。わたしの足が氷の上で滑ったときも、ＧＧは支えてくれました。屋外の訓練では、地面の「模様」のそれぞれに、異なる特徴と危険があることを学びなおす必要があったのです。ＧＧは続いて、わたしに、

「赤ちゃんが、触れたどんなものにでも、まずはじめにすることは？」

と質問しました。答えはもちろん、赤ちゃんはそれを口の中に入れてみて、感じを試す、でしょう。ＧＧは、わたしが運動感覚を取り戻すためには、外の世界とじかにからだで接触する必要があることがわかっていたのです。彼女は、実に聡明《そうめい》な先生でした。

やがて受ける手術は、わたしの体力に大きな打撃を与えようとしていました。で

すから、それに耐えられるからだづくりをする必要に迫られていました。わたしは出血が起きたとき、自分の「明るい輝き」を失ってしまったように感じ、からだはだるく、疲れていました。自分と外側の世界の間に、もやもやしたベールがあるようです。ヤング博士は、外科手術で脳から血の塊りを取り除けば、感覚が変わり、ふたたび「明るい輝き」を感じられるだろうと請け合ってくれました。もし魂の輝きさえ取り戻せるのなら、どの程度回復するかは問題ではなく、その先に何が待ち受けていようと幸せになれる、わたしはそんなふうに考えていました。

わたしのアパートは、マサチューセッツ州、ウインチェスターの賑《にぎ》やかな街中にありました。裏庭は、大きな老人ホームに隣接しています。その老人ホームへの車道は環状になっていました。そこでGGは運動させるためにわたしを連れて、この自然の「陸上競技トラック」を歩きまわりました。はじめのころは遠くまで行かれませんでしたが、忍耐を重ね、とうとう、その環状道路を完全に一周することができました。天候さえ許せば、二周りすることもありましたっけ。

本当に寒い日や新雪が積もった日には、GGは毎日の運動の代わりにと、わたしを近所の食料雑貨店《グローサリー》に連れ出してくれました。GGが買い物をしているあいだ、わたしは店の通路を行ったり来たりしていました。その雑貨店は、いくつかの理由で苦痛に満ちた環境でした。

第一に、蛍光灯の明かりが強すぎるので、いつもうつむきっぱなしです。GGは、ギラギラした眩《まぶ》しさを防ぐためにサングラスをくれましたが、雑貨店の強烈な光を遮るにはほとんど役に立ちませんでした。

第二に、食品ごとに書かれたあまりに多くの情報が目に飛び込んでくるので、「刺激の爆弾攻撃」を受けてしまうのです。

第三に、知らない人たちに出会うのが精神的に辛《つら》かった。見ず知らずの他人には、わたしが問題を抱えた女性だとすぐにわかるでしょう。顔にはポカンとした表情が現れており、動きはふつうの買い物客と比べれば、重い足取りでスローモーションだったからです。多くの人たちが、買い物かごをわたしにぶつけながら通り過ぎていきます。なかには、軽蔑《けいべつ》の眼差《まなざ》しで嫌味を言う人もいました。こうした嫌な雰囲気から自分を切り離すのはとっても難しい。ごくたまに、親切な人が笑顔で手助けしてくれようとしましたが、わたしはこの忙《せわ》しない世界に直面して萎縮《いしゅく》し、怯《おび》えていたのです。

GGに用事ができたときには彼女に連れられて、日常生活をおくるための手ほどきを受けました。歩行訓練中のよちよち歩きの仔鴨《こがも》みたいに、体力の続く限りどこまでも、GGの後にくっついていきました。

ところで、いったい誰が、コインランドリーに出かけるのが素晴らしいリハビリテーションになるなんて、想像できたでしょう？　アパートの部屋で、白と色つきの衣類を分けるのにちょっと時間をかけてから、ていねいに衣類を洗濯袋に詰め、コインランドリーに着くと、その袋を二つの洗濯機に放り込みます。GGは二五セント硬貨をわたしの手に握らせ、次に、五セントと一〇セントの硬貨をくれました。わたしはお金について何も知らなかったので、これもまた、GGがわたしに教えるチャンスになりました。ここでも数学を司《つかさど》る脳の細胞が機能していなかったので、お金のような極めて抽象的なものを扱おうとする試みは、みじめな結果に終わりました。

GGが「一足す一はいくつ？」と質問したとき、わたしは一瞬心の中を探り、そして「一って何？」と答えました。数を理解できなかったのです。ましてやお金なんか全然ダメ。まるで、名前も聞いたことのない通貨が流通している外国に放り出された感じでした。

わたしはGGと何度も、「見よう見まね」の行動を繰り返しました。二つの洗濯機はそれぞれ、だいたい同じくらいで洗濯を終えるので、何もすることがない状態から突然、ものすごくたくさんのことを処理しなくてはいけない状態に追い込まれます。まず、洗濯機を空にしなくちゃいけません。次に、洗濯物を乾燥機に入れる前に、重い物と軽い物を仕分けしなくちゃいけません。GGは手順を追って、やり方を説明してくれました。わたしのエネルギーのレベルでは、洗濯機は我慢できましたが、正直言って、乾燥機の大フィナーレは、意識的に管理できる労力をはるかに超えていました！　乾いた衣類をさっと引き出し、乾燥機の回転を止めないように素早くバタンとドアを閉める、あの「乾燥機ダンス」をするなんて、今のわたしには不可能です。わたしは混乱し、気落ちして、穴にでも入り込んで、傷を舐《な》めたい気持ちでした。たかが洗濯でこんなパニックに陥るなんて信じられますか？

クリスマスは、すぐ近くまで来ていました。GGは、クリスマスの休日を一緒に過ごすために、わたしの友人のケリーを招きました。わたしたち三人は一緒にアパートの飾り付けをし、クリスマスイブには、小さなクリスマスツリーを見つけました。そしてクリスマスの当日、近くのデニーズで食事をとるために外出しました。それは、GGとわたしがかつて一緒に過ごした中では最も簡素で、最も豊かなクリスマスでした。わたしは生きていて、回復に向かっている。それこそ、他の何にも代え難いものでした。

クリスマスは、歓喜の一日でした。しかしその二日後には、頭を切って開けるために、マサチューセッツ総合病院へ行くことになっていたのです。手術の前にやっておきたいことが、二つばかりありました。ひとつは精神的なことで、もうひとつは肉体的なこと。

言語能力は、徐々に回復しつつありました。わたしにとっては、カードや手紙やお花を送ってくれた大勢の人たちに感謝の気持ちを伝えることが何より重要でした。どうしても、みんなに自分が元気なことを伝え、みんなの愛情に感謝したかったのです。そして、次に待ち受けていることに立ち向かうため、みんなの変わらぬ祈りが欲しかった。国じゅうの仲間たちが、わたしを祈りのリストや祈りのグループに登録してくれていました。それは地方の教会から、ローマ法王のリストにまで及んでいたのです。この身が受けた信じ難いほどの愛情を感じていました。だから、まだいくらかの言語能力が残っているうちに、歓《よろこ》びを分かち合いたかったのです。

手術についてわたしが最も恐れていたのは、ようやく取り戻した言葉が失われるだけではなく、未来永劫《えいごう》、流暢《りゅうちょう》に話すために必要な能力が失われるのではないか、ということでした。左脳の二つの言語中枢を結ぶ経路に、ゴルフボール大の血の塊りが隣接しているので、手術中に言語中枢が削り取られる可能性があったのです。もし、外科医がＡＶＭを切除する際に、健康な脳の組織まで取り除いてしまったら、永遠に言葉が失われることになりかねません。これだけ苦労して回復してきていたので、逆戻りすることが心配でした。しかし心の底では、言語があろうがなかろうが、どんな結果が待ち受けていようと、わたしはわたしのままだし、また初めからやり直せるのだと信じていました。

読んだりペンで書いたりすること（＝左脳を使う右手での作業）には惨《みじ》めにも失敗しましたが、コンピューターの前に座って、心に浮かぶままに、簡単な文字をタイプすること（＝左右の脳を使う両手での作業）ならできました。ひとつひとつのキーを探しながらキーボードに打ち込むので、とてつもなく長い時間がかかります。

しかしどうにか、からだと心の結びつきによって、それが可能になりました。

この体験を通じて最も興味深く感じたのは、手紙をタイプし終わった後、たったいま自分が書いたばかりのものが読めなかったことでした（＝左脳を使う作業）！

GGはその手紙を編集して、手術の次の晩、手書きの注釈を添えて発送してくれました。回復し始めてからずっと、多くの脳卒中の生存者たちが、話すことはできなくても（＝左脳を使う作業）メッセージを歌うこと（＝両方の脳を使う作業）ができたという、多くの例を聞いてきました。情報を伝え合う方法を見いだす、柔軟で臨機応変なわたしたち脳の才能には、奇跡ではないかと驚嘆するばかりです！

わたしは明けても暮れても、予想される手術の衝撃に充分に耐えられるようなからだを作ることに取り組んでいました。でも、頭にメスが入る前に、ぜひともやっておきたいことがもうひとつありました。

アパートから通りを五分ばかり行ったところに、フェルズウェイという名の丘陵があります。そのあたりは広大な森で、小さな湖がいくつかありました。フェルズウェイは、わたしにとって、魔法の国だったのです。いつも仕事が終わると、松の木の間の小径《こみち》を散策しながら、ここでリラックスしていました。他の人は、ほとんど見かけません。わたしはここでいつも歌って、踊って、跳ね回って、そして祈りました。フェルズウェイは、自然と交わって元気を回復できる、聖なる場所だったのです。

手術の前にどうしても、あの険しく滑りやすい丘を登って、フェルズウェイに行きたかった。あの巨大な丸石の上に立って、そよ風に向かって腕を伸ばし、自分の躍動する生命力が再び満たされるのを感じたくて、うずうずしていました。

手術の前の日、わたしはケリーに付き添ってもらい、その丘をそろそろと登りました。そしてとうとう、夢が現実のものとなったのです。巨大な丸石の上で、ボストンの街の明かりを見下ろしながら、わたしはすがすがしい風に揺られ、長く、強い力を与えてくれる呼吸をくりかえしました。次の日の手術がどんなものになろうとも、このからだは、無数の健康な細胞が躍動する生命力の塊りなのです。脳卒中以来初めて、自分のからだが来たるべき開頭手術に耐えるのに充分強くなったと感じました。

10章　いよいよ手術へ

一九九六年一二月二七日の午前六時、わたしはGGとケリーに両脇《わき》を支えられ、頭を切り開いてもらうためにマサチューセッツ総合病院へ乗り込みました。勇気というものについて考えるとき、わたしはいつもこの朝のことを思い出します。

わたしは幼いころから、長いブロンドの髪の毛をしていました。薬を注射される前、オギルヴィー先生に言った最後の言葉は、たしかこんなことでした。

「あのね、センセイ、わたしは三七さいでどくしんなの。だから、あたまをまるぼうずにしないでちょうだいね！」

その言葉を聞いたあと、先生は、すぐにわたしを薬で眠らせました。

GGとケリーは、手術があまりに長く続いていたので心配でしょうがなかったそ

ジルの二十数センチのきずあと

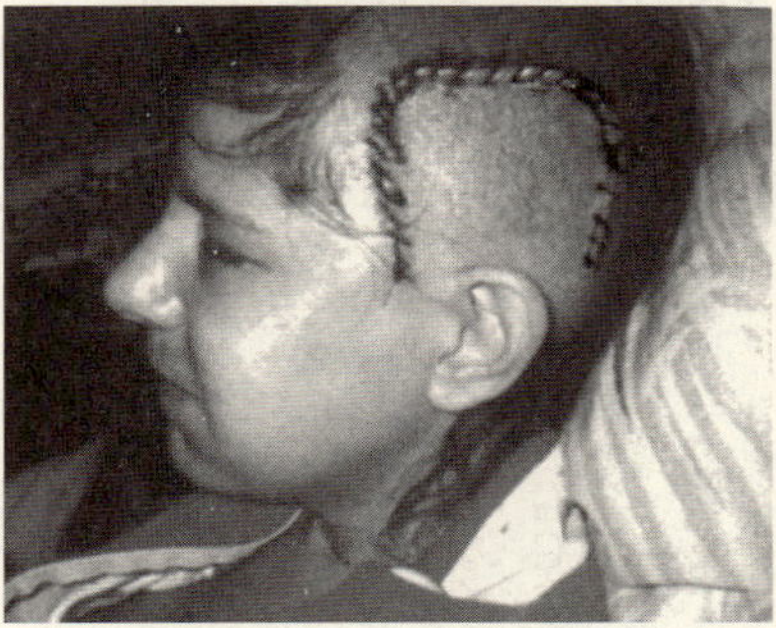

うです。わたしが回復室に入ったと二人が知らされたのは、午後も遅くになってから。

目が覚めたとき、わたしは、自分を包む感じがまったく違っていたのを覚えています。魂には、ふたたび輝きが戻っていました。そして心底よかったと思いました。倒れて以来、わたしの感情は、どちらかというと起伏に乏しいものでした。外の世界を観察しているだけで、心の底から接してはいませんでした。出血が起きてから、子供のような情熱を失っていたのです。それがいま、ふたたび、もとの「自分」を感じて救われた気持ちでした。将来、さらに何が起ころうとも、前向きに考えて対処できるだろうし、きっと健康も回復するでしょう。

手術から目が覚めるとすぐ、頭の左の三分の一の毛が剃《そ》られているのに気づきました。二十数センチの逆Uの字形の傷跡は、大きなガーゼで覆《おお》われています。そのUの字は、耳の前から上に八センチ、耳と平行に八センチ、耳の後ろに向かって下に八センチ延びていました。

頭の右半分の髪の毛を残してくれたなんて、なんて腕の良いお医者さんでしょう。GGはわたしのベッド際《ぎわ》に着いた瞬間に、だしぬけに言ったものです。

「なんでもいいから話してみて！」

当然、GGの最も大きな心配は、外科医が言語中枢《ちゅうすう》のニューロンの一部を取ってしまって、わたしがしゃべれなくなってしまったかどうかです。でも大丈夫。わたしは、GGに優しく話しかけました。わたしとGGの目から涙が溢《あふ》れました。

手術は完全に成功したのです。

手術後の五日間だけ入院していました。はじめの四八時間は、頭に氷嚢《ひょうのう》を当ててもらっていました。なぜかわかりませんが、脳が火事になっているような感じがしたからです。氷嚢で熱が和らいだので、眠ることができました。

病院での最後の夜は大晦日《おおみそか》でした。夜中にわたしは、窓の前に座り、ひとりでボストンの下町《ダウンタウン》の灯火を見ていました。新年には何が起きるだろう、と考えていたのです。

わたしはつくづく、脳科学者が脳卒中になったという皮肉な運命を感じていました。でも、自分が感じた歓《よろこ》びと、学んだ教訓を祝福したい気持ちで一杯。気がくじけそうな現実にも感動していました。

とうとう、脳卒中を生き抜いたんだわ。

11章　最も必要だったこと

一日に何百万回も「かいふくするのよ」と意を新たにしなければなりませんでした。挑戦するつもりはあるのか？　新しく発見した「エクスタシー」と形容できるほどの幸福と、一時的に別れを告げ、ふたたび外部の世界と向き合って、外部の世界を理解するつもりはあるか？　回復の苦しみに耐えるつもりはあるのか？

手術直後の情報処理のレベルでは、自分に苦痛を与えるものと快楽を与えるものとの違いが、ハッキリわかってきていました。右脳の夢の国に出かけているときは魅惑的でステキなのですが、なんでも分析したがる左脳にかかわることは苦痛でした。回復に向けて挑戦することは、よくよく考えた上で決めたことですが、有能で思いやりのある看護人に囲まれていることがとても大切でした。独りだったら、正直言って面倒くさい努力なんてしなかったでしょう。

左脳が判断力を失っているあいだに見つけた、神のような喜びと安らぎと静けさに身を任せるのをやめて、回復への混沌《こんとん》とした道のりを選ぶためには、視点を「なぜ戻らなくちゃいけないの？」から、「どうやって、この静寂な場所にたどり着いたの？」へ変える必要がありました。

この体験から、深い心の平和というものは、いつでも、誰でもつかむことができるという知恵をわたしは授かりました。涅槃《ねはん》（ニルヴァーナ）の体験は右脳の意識の中に存在し、どんな瞬間でも、脳のその部分の回路に「つなぐ」ことができるはずなのです。

このことに気づいてから、わたしの回復により、他の人々の人生も大きく変わるにちがいないと考え、ワクワクしました。他の人々とは、脳障害からの回復途中の人々だけでなく、脳を持っている人なら誰でも！　という意味です。幸福で平和な人々があふれる世界を想像しました。そして、回復するために受けるであろう、どんな苦難にも耐えてみせよう、という気持ちでいっぱいになりました。わたしが脳卒中によって得た「新たな発見」（insight）は、こう言えるでしょう。

「頭の中でほんの一歩踏み出せば、そこには心の平和がある。そこに近づくためには、いつも人を支配している左脳の声を黙らせるだけでいい」

回復が何を意味するにせよ、決して一人でできるようなものではありません。実際に、わたしの場合はまわりのあらゆる人々の力に完全に左右されていました。完全に回復するはずだと信じてくれる人が、どうしても必要でした。回復するのに三ヶ月、二年、二〇年、あるいは一生かかるとしても、学び、治り、成長し続けるわたしの能力を信じてくれる人々が必要だった。脳は目を瞠《みは》るほどダイナミックで、常に変化する器官です。わたしの脳は、新しい刺激にワクワクしました。そして適切な量の睡眠でバランスを取れば、脳は奇跡的な回復を果たすことができるのです。

「脳卒中の後、六ヶ月以内にもとに戻らなかったら、永遠に回復しないでしょう！」

耳にたこができるほど、お医者さんがこう口にするのを聞いてきました。でも、どうか、わたしを信じてください、これは本当じゃありません。

わたしは脳卒中の後の八年というもの、自分の脳が学んで機能する能力が格段の進歩をとげたのを実感しました。その時点で、自分の脳とからだが完全に回復したことを確認できました。科学者の間では、脳が、入ってくる刺激に基づいて「つながり方」を変えるという、驚くべき能力を持っていることがよく知られています。この脳の「可塑性《かそせい》」により、わたしたちは失われた機能を回復することができるのです。

わたしは脳を、小さい子供たちでいっぱいの遊び場のようなものだと考えています。子供たちはみんな、あなたを喜ばせ、幸せにしたがっています（えっ、わたしが仔犬《こいぬ》と子供を取り違えているって？）。あなたは子供の遊び場で、キックベース（ボールを打つのではなく蹴る野球）をやっているグループや、ジャングルジムの中で猿のように動き回っている別のグループ、そして、砂場で遊んでいるもうひとつのグループの子供たちを見かけるでしょう。こういったグループの子供たちは、ちがってはいるけれど似たようなことをやっているのです。

それはちょうど、脳の中の異なる組み合わせの細胞がすることに似ています。もしジャングルジムが取り払われたら、そこで遊んでいた子供たちは帰ろうとしないで、他の子供たちと一緒になり、できることなら何でもし始めるでしょう。同じことがニューロンについても言えます。ニューロンが遺伝的にプログラムされた機能を失ったら、その細胞は、刺激の不足から死んでしまうか、あるいは何か新しくやることを見つけ出すでしょう。たとえば視覚の場合を考えると、もしあなたが片目に眼帯をつけて、視覚野の細胞に入ってくる刺激を遮断すれば、役目を失った細胞は隣の細胞のところへ来て、何か新しい働き口がないか調べるでしょう。わたしにはこの脳の可塑性と、成長し、学び、回復する能力を信じてくれる、まわりの人たちの支えが必要だったのです。

肉体的に細胞が治癒していくには、充分な睡眠を取るのがとても大事だということを口が酸《す》っぱくなるほど強調したいと思います。脳が治っていく過程でいちばん力を発揮するのは「脳」だと心から信じています。前にも述べたように、わたしの脳にとって睡眠は「ファイルを作成する時間」でした。目覚めているあいだに、エネルギーの刺激が感覚系に流れ込みます。そして網膜の細胞を刺激する光と、鼓膜に乱入する音波によって、わたしは急速に燃え尽きます。ニューロンはたくさんの要求に耐えられなくなり、やがてどんな情報も理解できなくなってしまうのです。情報処理の最も基本的なレベルでは、刺激はエネルギーの形になっています。脳を守るため、ノイズとして感じられる不快な感覚刺激からは離れたほうがいいのです。

手術後の数年というもの、脳が睡眠を必要としているのを無視すると、わたしの感覚系は悶《もだ》え苦しみ、精神的にも肉体的にも消耗してしまいました。もしわたしがありきたりのリハビリ施設にいて、目の前のテレビで起こされ、薬のリタリンで覚《かく》醒《せい》され、見知らぬ人が考えたリハビリ・プログラムに従うよう強制されていたら、意識はもっと散漫になり、なにかに挑戦する気も失《う》せていたでしょう。睡眠がもっている治癒作用に重きをおくことが、わたしの回復には欠かすことのできないものだったのです。国じゅうのリハビリ施設でさまざまな手法が使われていることは知っていますが、やはりわたしは睡眠、睡眠、睡眠、そして学習と認知の訓練の間をぬって、さらに睡眠をとることの利点を、声高に提唱し続けるつもりです。

わたしを看護してくれた人たちは、過去の業績を忘れ去る自由を初めから許してくれていましたから、自分の新しい興味の領域に狙《ねら》いを定めることができ、それはきわめて重要なことでした。

これまでのわたしではなく、これからのわたしを愛してくれる人々が必要だったのです。ずっと昔から慣れ親しんできた左脳が、より芸術的で音楽的な創造性のある右脳を抑制しなくなると、すべてが変わってしまいました。ですからわたしには、自分自身を作り直す努力を支えてくれる家族や、友人や同僚が必要だったのです。根幹の部分では、わたしは、かつて家族や友人が愛してくれていたのと同じ人間のまま。ですが、今では脳に受けた傷のために脳の回路は変わってしまいましたし、それによって、外の世界の見方も変わってしまいました。外見は変わらなかったでしょうし、最終的には脳卒中の前と同じように歩いたり、しゃべったりするようになりましたが、わたしの脳の「配線」は昔とは異なっており、興味を覚えることも、好き嫌いも、前とは違ってしまっているのです。

わたしの頭脳は、ひどく傷ついていました。こんなことを考えていたのを憶《おぼ》えています。

（はかせごうもとりあげられちゃうのかしら？　もう、かいぼうがくのことをすっかりわすれてしまったんだから！）

新しく発見した右脳の贈り物を生かせるような、新しい職を見つけなくちゃ、と本気で思っていました。わたしはこれまで、庭いじりと芝生の世話が好きでしたから、その道に進むのも見込みある将来の選択肢だと考えていました。どうしても、自分を今ここにいる、ありのままのわたしとして受け入れてくれる人々が必要でした。右脳が支配的になった人格を認めてくれる人々が必要だったのです。勇気づけてくれる人たちです。まだ自分は価値があるのだということを、確認する必要がありました。目標になる夢をもつ必要がありました。

前にも述べたように、すぐに脳全体を刺激することがとても大切だということが、GGとわたしにはよくわかっていました。脳のニューロンどうしの結合は壊れています。脳の細胞が死滅するか、やるべきことを完全に忘れてしまう前に、脳を再び刺激することが急務だったのです。回復できるかどうかは、目覚めているときの努力と眠っている休止時間のあいだの、絶妙なバランスにかかっていました。手術の後の数ヶ月のあいだ、わたしはテレビ、電話、ラジオのトーク番組をいっさい閉め出していました。そういったものは、適切なリラックスの時間にはならなかったからです。テレビや電話はエネルギーを奪い、無気力で、学習に興味を持たない状態にさせるのです。GGはまた、わたしにはたくさんの選択肢のある質問だけをして、イエスかノーの答えしかないような質問はしないことを早くから決めていました。たくさんの選択肢からどうしても選ばなくてはいけない状況では、頭の中の古いファイルを開けるか、新しいファイルをつくるかのどちらかが要求されます。でも、○×式の、イエスかノーかの質問には、あまり考えなくても答えられてしまうのです。GGはニューロンを活性化する絶好の機会を見逃しませんでした。

脳が順序よく考える能力を失っていたので、服を着る、といったような基本的な身の回りのことを学び直さなくてはなりませんでした。靴を履くまえに靴下を履くこと。そしてその理由も教えてもらう必要があります。日常の家事に使う道具の本来の使い方を思い出すことはできませんでしたが、何かをしたいときのわたしのツール選びはすごく独創的。この探検はワクワクするものでした。フォークがステキな孫の手に化けるなんて、誰が想像できたでしょう!

使えるエネルギーは限られていました。ですから毎日、非常に注意深く、労力をどう振り分けるかを考えないといけません。自分が最も取り戻したいことを優先事項として決め、それ以外のことには、エネルギーを浪費しないようにするのです。ふたたび、科学者や教師になれるほどの充分な知性を取り戻せるとは夢にも思わなかったのですが、脳の素晴らしさと回復力については、驚くべき物語を語れることに気づきました（それも、自身の脳を取り戻せればの話ですが）。

わたしはリハビリの方法を、ある芸術的なプロジェクトに絞ることに決めました。それにより、からだのスタミナや手先の器用さ、そして認知処理の機能を取り戻せるはずだと考えたのです。そんなわけで、解剖学的に正確な、脳のステンドグラスをつくることにしました！　第一段階は、そのデザインです。学問的な記憶はすべて失ってしまったので、解剖学の本を引っ張り出してきて床の上に広げ、比較的正確な（そして魅力的な）脳と思えるひとつのイメージをまとめ上げました。

このプロジェクトは、全体的な運動技巧、バランスと平衡感覚、そしてガラスをカットして扱うための細かい運動技巧の訓練になります。最初の脳のステンドグラスを作るのに、丸々八ヶ月かかりました。完成してみると、それは見た目にもステキ。だからもうひとつ作ってみました。その脳のステンドグラスは今、ハーバード脳バンクに飾られています。

脳卒中の数ヶ月前に、フィッチバーグ州立大学での公開講演の予定が組んでありました。それは脳卒中の「四ヶ月記念」に当たる四月一〇日に計画されていたのです。なにか目標が必要でしたから、わたしは最初の目標を、脳卒中後の最初の公開講演に定めました。言語の流暢《りゅうちょう》さを取り戻すのが最優先事項だったからです。フィッチバーグの公開講座に出席して二〇分だけ話そう、そう決意しました。わたしが四ヶ月前に脳卒中を体験したのだと、聴衆に気づかれないように話をするのが狙いです。勇気がいるけれど、がんばればできると思いました。この離れ業を達成するために、いっぱい戦略を練らなくちゃ。

まず第一に考えたのは、髪の毛を何とかすること！　手術後の数ヶ月のあいだ、わたしはまるで流行の最先端みたいなとっぽい髪型をしていました。外科医に頭の左の三分の一だけを剃《そ》られてしまったので、ちょっと斜に構えた髪型というわけ。でも、右側に残った髪を寄せて工夫すれば、二十数センチの傷跡を隠せます。笑ってしまったのは、寄せた髪から芝生みたいに頭を突き出す、左側の伸びはじめの毛。部分的に剃られちゃってるのが明らかでしたが、四月にはとってもキュートな小さいコイフ（かぶりもの）をかぶるようにしてみました。講演当日の午後には、毛がないことに気づかれやしないか、定位固定装置でできた、フランケンシュタインみたいなおでこの二つの「へこみ」をじろじろ見られないか、気が気ではありませんでした（定位固定装置というのは、手術のあいだ、頭を固定するために医師が使うリング状の金属をいくつか組み合わせた装置のことです）。

フィッチバーグ講演の準備に、必死で取り掛かりました。最初の挑戦目標は、聴衆に向かってハッキリと理知的に話すこと。そして第二の挑戦目標は、脳の専門家になり切ること。幸いなことに、脳出血の数ヶ月前に、全米ＮＡＭＩの総会でプロが撮影してくれたビデオテープが手元にありました。そのビデオを何回も繰り返し見ることが、しゃべる技巧を取り戻すための戦略となりました。（今では他人のように見える）自分が、壇上でどんなふうにマイクを扱っているかを研究します。どんな姿勢で、どんなふうに壇上を横切るかを注意深く観察します。彼女の声や言葉をつぐ旋律に耳を傾け、どんなふうに声のトーンを変えて聴衆を惹《ひ》きつけているか。画面の中の自分を見つめながら、彼女を真似《まね》して動く方法を学びました。そのビデオを見ながら、ふたたび自分になる方法、元通りに動き、歩き、話す方法を見つけようとしたのです。

そのビデオから、話の内容や脳の専門的なことをたくさん学びました。なにしろ、今のわたしは、もう専門家ではなかったのです！ ビデオ録画された講演自体は、情報が多過ぎるように思えました。内容も、理解力を超えるものばかり。聴衆も同じことを感じていたのではないかしら。そう思いつつも、専門用語の発音は練習しておかなくちゃ。何回も繰り返しビデオを見て、自分自身がしゃべっている話の全《ぜん》貌《ぼう》を理解しました。

脳の献体について学ぶことに、大いに興味を抱きました。もしわたしが脳卒中の朝に死んでいたら、GGはわたしの脳を献体してくれたかしら？ そんなことをひそかに考えました。脳バンクの歌を聴くと、もう大笑い。でも、それを歌っていた女性はもういないんだ、という辛《つら》い事実を噛《か》みしめてもいたのです。

二〇分の講演の内容をできるだけきれいにまとめて、一ヶ月以上のあいだ、明けても暮れても練習を重ねました。誰にも邪魔されることなく、脳について何の質問もされなければ、脳卒中の後遺症を察知されずにうまく切り抜けられるでしょう。

そして当日……動作にはロボットのようなぎこちなさが少しありましたが、スライドの操作にまごつくことはありませんでした。わたしは勝利の喜びに酔いしれながら、意気揚々とフィッチバーグを後にしました。

作業療法や理学療法は苦手でしたが、手術の後の四ヶ月ものあいだ、言語療法にはかなりの時間を費やしました。話すことは、読むことよりずっと易《やさ》しかったのです。GGはアルファベットという、ミミズがのたくったような記号の発音をすでに教えてくれていましたが、それらを単語にまとめて意味をつけるという作業は、脳の処理能力をはるかに超えていました。意味を完全に理解しながら読むなんて至難の業。言語療法士のエイミー・レーダーと最初に会ったとき、わたしは物語をひとつ読むことになっていましたが、その中には理解しなくてはならないことが二三項目もありました。エイミーはわたしに音読をさせた後に質問をしたのですが、二三の質問のうち、正解はたった二つ！

エイミーと治療に取り組み始めた当初、単語を口に出して読むことはできたのですが、口から出てくる音に意味を持たせることはできませんでした。やがて、ひとつの単語を読み、その音にひとつの意味を添え、次の単語に移ることができるようになりました。

問題は、ひとつの瞬間を次の瞬間につなげられないこと、つまり時系列で考えられないこと。あらゆる瞬間が孤立して存在しているかぎり、概念や言葉をひとつにまとめることができないのです。

心の中では、脳のしゃべることに使う部分がほとんど死んでいて、もう学ぶことへの興味を失ってしまったのだと感じていました。エイミーに導いてもらい、毎週、ゴールまでのステップをひとつずつ上ってゆきます。ふたたび語彙《ごい》を習得することは、脳の中の失われたファイルの一部を取り戻すことを意味するため、ワクワクしました。挑戦するだけで疲労困憊《こんぱい》になりましたが、辛抱強くひとつずつ、なかなか出てこない言葉を追っていくうちに、次第にファイルが開かれ、かつてわたしであった女性の人生に再び巡り合うことができたのです。辛抱強く舵《かじ》をとるGGと共に、灰色の脳髄に隠されていた裂け目へと戻って行く道を見つけたのでした。

うまく回復するためには、できないことではなく、できることに注目するのが非常に大切。

毎日、何かを達成できたことに喜びながら、どれほど上手《うま》くできたかにだけ焦点を絞り続けました。歩けるか、話せるか、自分の名前を覚えていられるか、といったことにはいちいちこだわらない。もし、息をすることしかできなくても、生きていること自体を喜べばいいのです。GGとわたしは一緒に息を深く吸い込みました。もし転んだら、ふたたびまっすぐ立てたことを喜びました。もしよだれを垂らしたら、嚥下《えんか》できることを祝福したのです！　できないことにくよくよしてもしょうがない。なにしろ、できないことばかりなんですから。だからこそ、手にした勝利を毎日のように喜んでくれる人が必要でした。だって成功は、それがどんなに小さなものでも、心を勇気づけてくれるものですから。

手術の数週間後、一月の中頃になると左脳の言語中枢《ちゅうすう》が復活してきて、ふたたび頭の中でささやくようになりました。静かな心が与えてくれる幸福感を愛してはいましたが、頭の中で響く左脳の対話が回復する可能性があることがわかって、やはり救われた気持ちになりました。このときまでは、バラバラな考えをまとめあげ、時間をまたいで考えつづけようと、必死にもがいてきたのです。脳の中の対話が順序よく連なるようになり、思考の基礎と構造を作り上げるのに役立ちました。

成功の秘訣《ひけつ》のひとつは、回復するあいだ、自分で自分の邪魔をしないよう意識的に心がけたことです。感謝する態度は、肉体面と感情面の治療に大きな効果をもたらします。ひとつの回復の過程が自然に、よどみなく次の過程に進むたびに、顕著な回復を実感し、心から喜びました。できることが増えるにしたがって、世界を感じ取る力も強くなることを発見しました。わたしはまるで、ママのそばでうろうろしながらも外へ出て探索したがる、よちよち歩きの子供みたい。たくさんの新しいことに挑戦し、たくさんの成功を収めました。そして時には、まだ態勢が整っていないことにさえ挑戦します。

しかし気持ちのうえでは、自分の自然な回復のじゃまをしないように気をつけていました。頭のなかに響く対話、つまり独り言には要注意。なぜなら、ちょっと油断すると、一日に何千回だって、以前の自分と比べて劣っていると感じてしまうからです。つまるところ、脳のはたらきを失ったわけですから、自分自身を哀れむほうが自然なのです。でも幸いなことに、右脳がもたらす歓《よろこ》びと祝福の気持ちが非常に強かったので、自分がダメだとか可哀想《かわいそう》だとか思ったり、気分が落ち込んだりするのを防ぐことができたのです。

自分の邪魔をしないことには、周囲の人々の支え、愛、そして助けを受け入れることも含まれます。回復には長い時間がかかります。どこまで回復するかがわかるまで、何年もかかるでしょう。脳には治ってもらわなくては困ります。それには、胸を張って助けを受け入れなくては。

脳卒中を起こす前のわたしは、極端なまでに他人に依存しませんでした。平日は科学者として研究し、週末には歌う科学者として全国を股《また》にかけ、家事や身の回りのこともいっさい、自分だけで管理していました。誰かに助けてもらうことを潔《いさぎよ》しとしなかったのです。ですがこんなふうに精神的に無能力な状態では、周囲の助けが必要でした。わたしはいろんな意味で、運がよかったのでしょう。左脳が損傷したために言語中枢の自我《エゴ》の部分がなくなり、何のこだわりもなく他人の助けを歓迎できたからです。

わたしがきちんと回復できるかどうかは、あらゆる課題を小さく単純な行動のステップに分けられるかどうかにかかっていました。GGは、わたしが次の（さらに複雑な）ステップに進むためには、今はどのようなことをすればいいのかを予見できる魔法使いのようでした。立てるようになる前にからだを揺すったり寝返りをうったり、また、舗道を歩いているときには、舗装の細かい割れ目を踏んでも大丈夫なことを学んだり。こうした小さなステップの積み上げが、最終的な成功の決め手になったのです。

時系列や順番に沿って考えるということができないわたしは、何も知らないのと同じだから、最初から全部、もう一度学習しなくちゃいけないんだと想定してもらう必要がありました。情報の断片はわたしの脳の中ではつながりません。たとえばフォークの使い方もわからないので、いろんな使い方を見せてもらわないとダメなんです。教えてくれる人にも忍耐が必要になります。ときに彼らは、何をやろうとしているのか、わたしのからだと脳がわかるまで、何回も繰り返さなくてはなりません。わからなかった場合は、わたしの脳のどこかに穴があり、情報を理解することも吸収することもできなかったということ。教えるときに大きな声を出す人に対しては、心を閉ざしがちになります。罪のない仔犬《こいぬ》が怒鳴られたときのように、わたしはそんな人々を恐れ、彼らの無駄なエネルギーに反発し、信用しようとはしませんでした。耳が悪いわけではなくて脳が傷ついているのだ、ということをわかってもらうことが何よりも大事なこと。でも、それより何より重要なのは、何十回も最初と変わらぬ忍耐強さで教えてくれること。

どうか、わたしを恐れず、そばに来て欲しいの。心底、みんなの温かいまなざしが必要でした。腕に触れ、手を握って、よだれを垂らしたときは優しく顔をぬぐってほしい。脳卒中を起こした人は、見れば誰でもわかります。患者が言語中枢に損傷を受けている場合、おそらく会話ができないでしょう。健康な人が、脳卒中を起こした人と話すのがとても不快なのはわかっています。ですが、お見舞いに来てくれた人々が前向きのエネルギーを見せてくれることが大切なのです。会話することはもちろんできませんが、訪ねてきた人たちがちょっとのあいだ部屋に入ってきて、わたしの手をとって優しくゆっくりと、彼らがしていたこと、考えていたこと、そしてどんなにわたしの回復力を信じているかを伝えてくれると、とっても嬉《うれ》しい。逆に、ものすごく心配なのよぉ、という負のエネルギーを発散しながら入ってくる人に対応するのは、とても辛い。与えてくれるエネルギーがどんな種類のものなのか、責任をもってください。まゆを優しく上げて心を開き、愛をもたらしてください。極端に神経質で、心配しているか怒ったように見える人たちは、治療には逆効果なのです。

わたしがすごく大切だと思ったのは、感情がからだにどのような影響を与えるか、ということ。喜びというものは、からだの中の感覚だったのです。平和も、からだの中の感覚でした。

新しい感情が引き起こされたのを感じる、興味深い体験をしました。新しい感情がわたしを通って溢《あふ》れ出し、わたしを解放するのを感じるんです。こうした「感じる」体験に名称をつけるための新しい言葉を学ばなければなりませんでした。そして最も注目すべきことは、「ある感じ」をつなぎ留めてからだの中に長く残しておくか、あるいはすぐに追い出してしまうかを選ぶ力を持っていることに、自分自身が気づいたこと。

何かを決めなくちゃいけないときは、自分の中でどう感じたかを大切にしました。怒りや苛立《いらだ》ちや恐怖といった不快な感情がからだの中に押し寄せたときには、不快な感じは嫌だから、そういった神経ループにつなぎたくないと伝える（「ループ」の解説は「脳についての解説」327ページにあります）。わたしは左脳を利用し、言語を通じて自分の脳に直接話しかけ、自分がしたいこととしたくないことを伝えられるようになったのです。このことを知り、自分が決して以前のような性格に戻れないことに気づきました。突然、自分がどう感じたいのか、どれくらい長く感じ続けていたいのか、前より口うるさくなったからです。そして絶対に、過去の痛い感情の回路を復活させまいと心に決めました。

からだの中でどんなふうに感情を「感じる」のかに注意深くなると、完全な回復の兆《きざ》しが見えてきました。自分の心が、脳の中で起きているすべてのことを分析するのを、八年かけて見守ってきました。それぞれの新しい日々が、新しい挑戦と発見（insight）をもたらしてくれました。古いファイルを回収すればするほど、むかしの感情のページが表面に現れ、その根底にある神経回路が好ましいかどうかを決める必要がありました。

感情の治癒は遅々として進みませんでしたが、努力のしがいはありました。左脳が回復するにつれ、自分の感情や環境を、他人や外部の出来事のせいにするほうが自然に思われてきました。でも現実には、自分の脳以外には、誰もわたしに何かを感じさせる力など持っていないことを悟ったのです。外界のいかなるものも、わたしの心の安らぎを取り去ることはできません。それは自分次第なのです。自分の人生に起きることを完全にコントロールすることはできないでしょう。でも、自分の体験をどうとらえるかは、自分で決めるべきことなのです。

（巻末の附録「回復のためのオススメ」が、この章のまとめになっています。それは、わたしが回復するためにどんなふうに病状を理解してもらいたかったか、そして何が最も必要だったかをリストにしたものです。このリストは附録Aと附録Bに記載されています。どうかご利用ください）

12章　回復への道しるべ

いろんな人から、

「回復するのにどれくらいかかりましたか？」

と訊《き》かれます。わたしはいつも、月並みで申し訳ありませんが、

「何の回復ですか？」

と逆に質問することにしています。もし回復を「古い脳内プログラムへのアクセス権の再取得」と定義するなら、わたしは一部しか回復していません。どの感情的なプログラムを持ち続けたいのか、どんな感情的なプログラムは二度と動かしたくないのか（たとえば、短気、批判、不親切など）を決めるには、やきもきしました。この世界で、どんな「わたし」とどのように過ごしたいかを選べるなんて、脳卒中

は何てステキな贈り物をくれたのでしょう。脳卒中の前は、自分なんて脳がつくりだした「結果」に過ぎず、どのように感じ、何を考えるかについては、ほとんど口出しできないんだと信じ込んでいました。出血が起きてからは、心の目が開かれ、両耳の間で起きることについて、実際にはいろいろと選べることがわかってきました。

　脳の手術からの回復は、心を建て直してからだの「気づく力《アウェアネス》」を回復する作業が大変でしたが、それに比べれば肉体面の回復は早いものです。手術の後、GGは頭の傷を常に清潔に保ってくれ、三五針の跡もきれいに治りました。最も大きな難問は、手術によるあごの左の側頭部下《か》顎《がく》関節の不具合でしたが、フェルデンクライス法（一九四〇年代にモーシェ・フェルデンクライス博士が体系化した。からだに心地よい呼吸や筋肉の動きを通じて、脳を活性化する）と呼ばれる治療法を利用してすぐに治りました。手術の傷跡には五年間も麻痺《まひ》の感覚が残っていましたが。そして頭《ず》蓋骨《がいこつ》の三つのドリルの穴は、わたしの記憶では、完治するまで六年もかかりました。

　GGは、非常に賢明な看護人でした。GGは慎重派でしたが、進歩を邪魔するようなことはありませんでした。脳卒中の二ヶ月後の二月中旬、わたしは初めて一人で世界への冒険に出かけました。話す言葉も、（たぶん）問題を起こさない程度まで戻っています。とても短かったのですけれど、独りきりの時間を過ごしました。友人がGGは車でわたしを空港まで送り、飛行機の席まで付き添ってくれました。友人が到着地で待ってくれています。ですから、この大世界で、さほど長く独りで動き回ったわけじゃないのです。でも、わたしはこの最初の巣立ちを、独立への大きな第一歩だと考えていました。この成功に勇気づけられて、次のさらに大きなリスクに挑戦したのです。

三ヶ月目がくるとGGは、もう一度、車の運転を教えてくれました。車輪の上の、恐ろしく大きな金属製の車体を猛スピードで操りながら、同じことをしている人たちが同時に食べたり、飲んだり、煙草《たばこ》を吸ったり、なかにはなんと携帯電話で話しているのを見て、自分が脆《もろ》い生きものであり、生命というものがいかに貴重な贈り物であるかを思い知らされました。

そして、わたしの脳は依然として読むことに悪戦苦闘中。だから、車の運転をする上での最大の難関は、文字で書かれた標識を覚えることでした。標識が実際に目に入ってきても、その意味を理解するのに驚くほど時間がかかるのです。

（えーと、あそこに見えるみどりのひょうしきはどういう意味？　えっ、なに何？　＊△○×⁉ やだ、高速の出口をとおりこしちゃったわ！）

GGは三月の中頃、わたしがまた、独りで生活できる準備が整ったと判断しました。実際には、わたしが人生のゲームに戻るには早過ぎましたが、友人たちの支えがあれば、ふたたび羽をひろげて飛び立つ態勢が整ったとGGは感じたのです。もし必要なら、電話をかけてくれれば自分が真っ先に駆けつける、GGはそう約束してくれました。独り立ちできることに少しワクワクしていましたが、怖がる気持ちの方が強かった。

人生を再開する準備ができたかどうかの最初の重要なテストが、数週間後に迫ったフィッチバーグでの講演の仕事でした。このことが、自活を始めたときに集中すべきものを与えてくれたのです。友人のジュリーが講演会場まで車で送ってくれました。そして、あまりにうまく事が運んだので、わたしの脳はその成功の喜びにアタマの天辺《てっぺん》から足のつま先まで酔いしれました。

　ともかくわたしは、ただ生きるだけでなく、ふたたび生き甲斐《がい》を求めるように心がけたのです。自宅のコンピューターを使って、脳バンクの職務をきちんとできるように時間を割きました。はじめの頃は、数日おきに何時間かパソコンに向かうだけで精一杯でした。しかしついに、一週間に一日か二日、マックリーン病院に行ったり来たりすることができるようになりました。ですが正直なところ、仕事よりも通勤のほうがはるかに難しいことだったのです。

　面倒なことに、手術後の脳の発作を防ぐため、予防薬としてジランチンをいつも飲むよう医師に勧められました。発作の経験は全くありませんでしたが、薬剤を処方するのは、脳の側頭部を手術で刺激した場合の慣例です。ほかの患者さん同様、わたしは薬物療法を嫌いました。薬が疲れと眠気をもたらすからです。一番嫌なのは、薬を飲むと、自分であるという感覚が麻痺してしまうこと。脳卒中のせいで、わたしはすでに他人になっていたのですが、ある種の薬を調合されると混乱に拍車がかかるのです。

　この体験のおかげで、抗精神病薬の副作用よりも精神疾患のままの状態を選ぶ人々がいる理由がわかった気がします。幸いにして主治医は、薬を飲むのは夜寝る前に一服だけ、ということに同意してくれました。なので、朝を迎えると気分がずっと爽快《そうかい》で頭もはっきりしています。手術後まる二年ぐらいは、ジランチンを服用していました。

六ヶ月後には、高校の卒業二〇周年の同窓会に出席するために、故郷のインディアナに飛行機で舞い戻りました。これは、自分の過去のファイルを開くのには絶好の機会でした。二人の親友がずっと付き添ってくれ、テレホート・サウス・ビゴ高校時代の思い出話に花を咲かせました。この同窓会のタイミングはまさに理想的。わたしの脳は、新しい情報を吸収して古いファイルを開くのに充分なほど回復していましたから、同窓会に出席したことは、若い頃の記憶をまとめるのにとても役立ったのです。でも、脳卒中の生き残りであるわたしにとって、以前の自分より劣っていると考えることは御法度《ごはっと》でした。昔からの友人たちは非常に親切にしてくれたので、記憶を取り戻すための貴重な時間を過ごすことができたのです。

六月の同窓会のすぐ後で、わたしは七月のＮＡＭＩの年次総会に出席しました。全米理事会の三年の任期が終わる時期です。正式辞任しました。

わたしは、二〇〇〇人を超えるＮＡＭＩのメンバーに聞いてもらうために五分間のスピーチを準備していました。手にはギターをもち、眼には涙を溜《た》め、心には溢《あふ》れる感謝の気持ちをもって、NAMIのステキな人たちがわたしに回復する勇気を与えてくれたことにお礼の言葉を述べました。わたしを元気づけるために、みんなが送ってくれたカードの箱をいつまでも大事にし続けることでしょう。もしNAMIの仲間たちがいなかったら、今日ここに、こんな風にはいられなかったのだから。

歩くことがとても重要な日課になっていました。あなたが自分を流体のように感じているとすれば、あなたのからだがどこから始まってどこで終わっているかを知るのは難しいでしょう（ですよね？）。歩くことがわたしを再び強くしてくれました。そして最初の一年の間じゅう、週に何度か一日平均五キロを歩くようにしました。小さい錘《おもり》を両手にもって、やんちゃな子供のように腕を振り回しました。ただし、リズムをとりながら。筋肉群を全部、つまり、確実に、肩帯《けんたい》、肩、肘《ひじ》、手首を鍛えあげるように工夫したのです。変人だな、という目つきでわたしを眺める人がたくさんいます。でも左脳の自我センターを失っていますから、彼らがどう思おうが気になりません。錘を持って歩くことが、力を、バランスを、姿勢をよみがえらせる助けになりました。さらに、マッサージと鍼《はり》によってからだの境界を取り戻すのを助けてくれた友人と、一緒に努力を続けました。

八ヶ月目、フルタイムの就業に戻りました。ですが、精神もからだも、まだ完全には仕事に対応する力がありません。いくらがんばってもどうしようもなく、脳のはたらきはのろいままでした。都合の悪いことに、仕事には複雑なコンピューター・データベースに関わるものがあり、頭がそれを処理できないことがわかりました。

そのうえ脳卒中のせいで、自分にはわずかな時間しか、この惑星上に残っていないことを痛感していました。無性に生まれ故郷のインディアナに帰りたかった。人生で一番大事なのは、ママやパパが健在なうちに、一緒に時を過ごすことだもの。幸いにも上司のフランシーヌは、わたしが職場を移っても、「精神病のための全国的なスポークスマン」の肩書きでハーバード脳バンクのために講演に出かけることを認めてくれました。彼女は、わたしがインディアナに戻るのを心から喜んでくれたのです。

脳卒中の一年後に、中西部に里帰りをしました。地球上で最も好きな場所、インディアナ州のブルーミントン。面白くて創造的な人たちで溢れた、ほどよい大きさの大学町です。ここは、インディアナ大学（日本の大学と違い、他大学との併合などを経てひとつのゆるやかな組織となっており、各部門が独立的。現在著者はそのひとつのインディアナ医科大学に勤務）の本拠地でもあります。故郷のインディアナに戻ってきて、地に足がついた気がしました。そして、新しい電話番号がわたしの誕生日と月や年まで全く同じだとわかると、今まさにいるべき所にいるのだ、と感じました。自分がいるべき時にいるべき所にいると実感させてくれる、人生でたまに起きる共時性（シンクロニシティ）というやつです。

脳卒中から二年目は、思い起こせる限りの記憶を集めて「脳卒中の朝」を再現するのに費やしました。その朝に右脳がもたらした体験を、言葉で表現するのを助けてくれた、ゲシュタルト心理療法士と共に。神経疾患によって心の劣化を体験するのはどんな感じかを人々に理解してもらうことは、看護人たちが、脳卒中からの生存者とのより良い関係を築く一助になると信じて。そしてまた、誰かがこの文章を読んで、危険な兆候のどれかを体験したら、すぐに助けを求めて電話の受話器を手にとってくれるだろうと信じて。

この話を本にまとめる企画のために、デーナ財団のジェーン・ネヴィンズとサンドラ・アッカーマンが協力してくれました。当時はまだ時期尚早だったかもしれませんが、わたしが価値あると考えたものをひとつにまとめるこの作業を熱心に援助してくれた二人に、いつまでも感謝の気持ちを忘れません。

ついに、脳がふたたび大量の情報を覚えられるようになると、もう一度大学に戻る準備ができました。脳卒中の二年後に、インディアナ州テレホートのローズ・ハルマン工科大学に採用され、解剖学と生理学および神経科学のコースを受け持つことになりました。思うに、彼らはわたしが専門分野の細部まで再び勉強しなおすことに対して、報酬を払ってくれたのでしょう。（左脳が司《つかさど》る）専門用語は忘れていましたが、（右脳が司る）全《すべ》てのものがどのように見えるか、それらの相互の関係はどうかについてはまだ憶《おぼ》えていました。毎日、毎日、学習能力を限界まで押し上げて努力をしました。一学期のあいだ、脳が使い過ぎでパンクするのではないかと感じるくらいに。こんなふうに自分の脳に挑戦することは必要だったのだと、今でも信じています。講義ひとつぶん、学生たちに先んじて予習するのには、大変な労力を要しました。一二週間を通して、仕事と睡眠のバランスを上手にとりました。

そして脳は、見事な働きを見せてくれたのです。

ふたたび教壇に立てると信じてくれたローズ・ハルマン大学の応用生物学科と生体力学工学科への感謝を忘れません。

わたしの回復の経緯についてご理解いただくために、ここで、一年ごとの「ハイライト」についてちょっと述べておきたいと思います。脳卒中の前のわたしはトランプのソリティアの熱心なプレーヤーでした。でも、このトランプのゲームにふたたびハマるまでに三年かかりました。身体的な面では、滑らかなリズムで歩けるようになるまで四年。その間じゅう、手に錘を持って、週に何回か、一日五キロも歩き続けました。四年目には、複数の作業を同時にできるようになりました。もっとも、電話で話しながらパスタをゆでるといった簡単なことでしたが。そのときまで、一度にひとつのことだけしかできませんでしたが、それは、ひとつのことに完全に集中する必要があったから。

でも、長い道のりの途中で不平を漏らすのはわたしの流儀じゃありません。脳卒中の直後に自分がどんな状態だったか、いつも思い出し、自分は何て幸せだろうと思うのです。そして、蘇《よみがえ》らせようとする努力にしっかりと応《こた》えてくれる自分の脳に、日に何千回も感謝するのです。ありえないような体験をしたせいで、人生に感謝する時間を惜しまなくなりました。

数学的なものを理解する能力は、未来永劫《えいごう》、戻ってこないとあきらめていました。でも驚いたことに、脳卒中から四年目には、脳がふたたび足し算に挑む態勢を整えつつあったのです。そして四年半後には、引き算と掛け算もできるようになりました。でも割り算は、まる五年経《た》つまでよくわからなかった。フラッシュカード（数字のカードを瞬間的に読み取る訓練）に取り組んだことが、基本的な数学を、ふたたび頭に叩《たた》き込むのに役立ったようです。現在は、任天堂の脳トレのゲームを利用しています。脳卒中を経験した人はもちろん、四〇歳を過ぎたら誰でも、この種の脳トレは非常に役に立つと思います。

五年目の終わり頃には、メキシコ南東部カンクンの海辺に沿って、岩から岩へと、足が地に着く場所を見ないで跳ぶことができるようになりました。とても意味のあることを達成したのです。なぜならこの時点までは、足元を見ないとダメだったんだから。脳卒中から六年目の出来事のハイライトは、「よいしょ力」をためて、一段飛ばしで階段を上るという夢が達成できたこと。いろいろと夢想することは、からだの機能を取り戻すのに役立ちます。ある特定の課題を成し遂げたときにはどんな気がするか、ということに心を集中することが、より早く機能を回復する助けになるのです。わたしは脳卒中をおこして以来、毎日のように、スキップで階段を上がることを夢見ていました。自由気ままに階段を駆け上がったとき、どんな気持ちだったかを忘れずにいました。心の中で、その場面を何回もくりかえし再現し、頭とからだがそれを実現できるほどに調和していくまで、スキップで階段を上るための回路を失わないようにしていたのです。

何年にもわたって、専門を同じくする同僚は寛容であり続けました。初めのうち、脳卒中をおこしたので「アイツは使えない」と同僚たちに思われるんじゃないか、腫《は》れ物にでも触るように気を遣われるんじゃないか、あるいは差別されるんじゃないかと、不安でいっぱいでした。幸いにして、そんなことは起きませんでした。

この脳卒中は、人間の脳の素晴らしさと回復力に目を開かせてくれただけではなく、人々の心の寛容さに対しても目を開かせてくれたのです。美しい心をもった大勢の人々が、わたしの心を培《つちか》ってくれました。みんなから受けたあらゆる親切に、深く感謝しています。

脳卒中の翌年から、ハーバード脳バンクの歌う科学者として、パートタイムで全国を股《また》にかけてきましたが、七年目には、インディアナ大学の運動学療法科の非常勤講師を引き受けました。さらに、人体解剖学を教えるのが大好きだったので、地元のインディアナ医科大学の解剖学研究所のボランティアも始めました。ふたたび人間のからだに触れ、その奇跡的な仕組みを未来のお医者さんたちに教えることはドキドキするほど光栄なことだったのです。

脳卒中から七年目、必要とする睡眠時間が一一時間から九時間半に短縮されました。それまでは夜の長い睡眠に加え、心地よい昼のうたた寝もしていたのですが。初めの七年の間に見ていた夢は、脳の中で起きていた奇妙な出来事を反映していました。登場人物もストーリーも関係なく、脳はそれぞれ関係のないデータの小さな断片をスクロールしていたのです。これは、脳が混乱した情報をつなぎ合わせて、ひとつの完全なイメージにまとめる状態を反映したものだと、わたしは推測しています。夢で人々が登場する物語がはじまったことは、衝撃的でした。初めの頃、そういう場面はバラバラで無意味なものばかり。でも、七年目の終わりには、脳の中はひと晩じゅう騒がしくなり、目覚めの清々《すがすが》しさなんて感じないくらいでした。

そして八年をかけ、流体のように感じていたからだの感覚が、ようやく固体の感じに戻っていきました。スラローム・ウォーター・スキーを定期的に始めました。からだを限界まで使ったことが、脳とからだの結びつきを強化するのに役立ったようです。

からだの感覚が固体に戻ったのは嬉《うれ》しいのですが、流体のように感じることが全くなくなってしまったのは残念。わたしたちは宇宙とひとつなんだと思い出させてくれる能力を失ってしまったのです。

今では、これが完全な人生だと思える状態で生きています。まだ歌う科学者として、ハーバード脳バンクのために旅行を続けています。愛する神経解剖学とふつうの人体解剖学を、インディアナ医科大学で医学生たちに教えています。定期的に、インディアナ大学のサイクロトロン加速器が設置されているミッドウェスト陽子線治療研究所で、神経解剖学アドバイザーを務めており、そこで、正確に誘導された陽子のビームを利用して、患者さんのガンと闘っています。また、脳卒中からの他の生存者たちに役立てようと、バーチャル・リアリティのシステムを作ることにも取り組んでいます。ＶＤＩ（visually directed intention）という名前をつけているのですが、誰もが自分自身で神経学的なリハビリをおこなうことができる優れものです。

身体的な活動では、朝早くにモンロー湖を水上スキーで横切るのが大好き。そして毎晩のように、欠かさず近所を散歩します。創造性を身につけるために、自宅の美術室で、ステンドグラスの不思議なオブジェ（主に脳）の制作に取りかかっています。そしてギターは、いつまでもわたしの大切な伴侶《はんりょ》。今でも相変わらず、毎日のようにママと話しています。そして、地元の大ブルーミントン地区のＮＡＭＩの外郭団体の代表として、精神病への理解を求める活動を続けています。人々の心のうちにある喜びや安らぎを自由に解放することができるよう、手助けをしたいと思っています。[*5]

13章　脳卒中になって、ひらめいたこと

まったく予期していなかった脳の深部への旅のあと、からだの面でも、認識や感情や精神の面でも、完全に回復したことに感謝すると同時に驚いてもいます。数年にわたって、左脳の特殊機能の回復はいろんな理由でとても厳しい状態でした。左脳の神経学的なネットワークの機能を失ったとき、その機能だけでなく、適性の回路に関連した多様な人格的特徴も失ってしまいました。過去にもっていた、感情的な反発やマイナス思考と解剖学的につながる機能細胞を回復させる段になり、わたしは思わずハッとしました。基本的には、左脳の機能を取り戻したいと思っています。でもそこには、今のわたしが右脳の観点から「こうなりたい」と考えている性格とは正反対の性格が、まるで左脳の遺灰から復活しようとばかり、待ちかまえて

いたのです。神経解剖学や心理学の見地からは、わたしはまたとない魅惑的な数年間を過ごしたと言えるでしょう。

何度もくりかえし頭をよぎった疑問は、「回復したい記憶や能力と神経学的に結びついている、好き嫌いや感情や人格の傾向を、すべてそのまま取り戻す必要があるの？」ということでした。

たとえば自己中心的な性格、度を過ぎた理屈っぽさ、なんでも正しくないと我慢できない性格、別れや死に対する恐れなどに関係する細胞は回復させずに、（流体ではなく）固体のようで、宇宙全体とは切り離された「自己《セルフ》」を取り戻すことは可能なの？

あるいは、欠乏感、貪欲《どんよく》さ、身勝手さなどの神経回路につなぐことなしに、お金が大切だと思うことができるでしょうか？　この世界のなかでの自分の力を取り戻し、地位をめぐる競争に参加し、それでも全人類への同情や平等な思いやりを失わずにいられる？

末っ子ゆえの不満を思い出さずに、ふたたび家族としてふるまえるかしら？

そして最も重要なことですが、左脳の個性を前にしても、新たに発見した「宇宙との一体感」を保ち続けることができるのでしょうか？

知りたかったのは、左脳の機能を取り戻すために、せっかく見つけた右脳の意識、価値観、人格のどれくらいを犠牲にしなくてはいけないのか、という点でした。宇宙との結びつきを失いたくなかったのです。自分自身が周囲のすべてから切り離されたひとつの固体だなんて、感じたくなかった。頭の回転ばかりが速くなって、真の自分に触れることを忘れてしまうのは嫌でした。正直いって、涅槃《ねはん》（ニルヴァーナ）を諦《あきら》めたくなかったのです。周囲から「まとも」だと判定されるために、右脳の意識はどれだけの犠牲を払うことになるのでしょう？

現代の神経科学者たちは、右脳と左脳の非対称性を、神経学の面からのみ説明するだけで満足しているように思われます。左右の脳の構造に含まれる心理学的、人格的なちがいについては、ほとんど語られることがありません。よくあるのは、右脳の個性が、話し言葉や順序だった思考をよく理解できない、という理由だけで笑いものにされ、メチャメチャにけなされること。

『ジキル博士とハイド氏』の中でも、ハイド氏が象徴する右脳の個性は、制御不能で生まれつき凶暴な、卑《いや》しむべき無知な人格として描写されており、意識すら持っていないと非難され、いっそのこと右脳なんかないほうがいい！　とすら言われています。左脳はこれとは全く対照的に、言葉をあやつり、順序がわかり、方法を考え、理性があり、利口だと褒められ続け、意識の王座に君臨してきたのです。

脳卒中を体験する前のわたしは、左脳の細胞が右脳の細胞を支配していました。左脳が司《つかさど》る判断や分析といった特性が、わたしの人格を支配していたのです。脳内出血によって、自己を決めていた左脳の言語中枢《ちゅうすう》の細胞が失われたとき、左脳は右脳の細胞を抑制できなくなりました。その結果、頭蓋《ずがい》の中に共存している二つの半球の独特な「キャラクター」のあいだに、はっきり線引きできるようになったのです。神経学的な面においては、二つの脳は単に違う方法で認知したり、考えたりするだけではなく、この二つは認知する情報の種類にもとづいて、非常に異なる価値判断を示し、その結果、かなり異なる人格を示すことになります。

脳卒中によってひらめいたこと。

それは、右脳の意識の中核には、心の奥深くにある、静かで豊かな感覚と直接結びつく性質が存在しているんだ、という思い。右脳は世界に対して、平和、愛、歓《よろこ》び、そして同情をけなげに表現し続けているのです。

これはもちろん、わたしに解離性人格障害の傾向があるという意味ではありません。解離性人格障害は、わたしが経験したものよりずっと複雑なものです。これまでは、右と左の脳の性質を判別することは、不可能ではなくとも難しかったと言えるでしょう。その理由は単に、わたしたちが自分自身を、ひとつの意識をもった一人の人間だと感じているからです。しかし、ごくわずかな糸口があれば、自分自身は難しいにしても、両親や親しい人の中になら、よく似た二つの脳の性質を見つけるのは簡単だと思うのです。

あなたが、左右それぞれの「キャラクター」に合った大脳半球の住み処《すか》を見つけてやれば、左右の個性は尊重され、世界の中でどのように生きていきたいのか、もっと主張できるようになります。

わたしは、そのお手伝いがしたいだけ。

頭蓋の内側にいるのは「誰」なのかをハッキリと理解することによって、バランスのとれた脳が、人生の過ごしかたの道しるべとなるのです。

わたしたちは、頭の中に正反対の性格を抱え込んで、いつも苦労しているようです。実際、わたしが話をしたことがある人は誰でも、自分の個性に相反する部分があることに敏感でした。

多くの人が、頭（＝左脳）があることをしなさい、と伝えてくる一方で、心（＝右脳）が全く反対のことをしろ、と伝えてくると話しています。中には、考えること（＝左脳）と感じること（＝右脳）を区別する人もいます。また、頭の意識（＝左脳）に対する、からだの本能的な意識（＝右脳）について話す人もいます。ちっちゃな自我《エゴ》の心（＝左脳）と大きな自我の心（＝右脳）を比べたり、あるいは小さな自己《セルフ》（＝左脳）とホンモノの自己（＝右脳）について話す人も。ある人は、仕事の心（＝左脳）と休暇の心（＝右脳）のあいだに一線を引いています。またある人は、研究室に閉じこもる心（＝左脳）に対して社交的な心（＝右脳）を引き合いに出します。そしてもちろん、男性的な心（＝左脳）に対する女性的な心（＝右脳）というのもあります。陽（＝左脳）は陰（＝右脳）と対《つい》になります。もしあなたがカール・ユングのファンなら、そこには思考型の心（＝左脳）に対する直観型の心（＝右脳）があり、感情型の心（＝左脳）に対して感覚型の心（＝右脳）があるはずです（ちょっと紛らわしいが、ユング心理学のタイプ理論の定訳にしたがった。たとえば音楽を聴いたときに、その意味を考えるのが「思考型」、好き嫌いを決めるのが「感情型」。インスピレーションを得るのが「直観型」、ありのままの音に浸るのが「感覚型」。思考型と感情型は判断を下すので左脳的であり、直観型と感覚型は右脳的とされる）。二つの相反する存在を説明するのにどんな言葉を使おうとも、これは解剖学的に、頭の中にある二つのきわめて独特な大脳半球に起因するのだと、わたしは、経験上信じています。

回復するまでのわたしの目標は、二つの大脳半球が持っている機能の健全なバランスを見つけることだけでなく、ある瞬間において、どちらの性格に主導権を握らせるべきか、コントロールすることでした。これはきわめて重要なことだと思っています。

なぜなら、右脳の個性の最も基本的な特色は、深い内なる安らぎと愛のこもった共感だからです。内なる安らぎと共感の回路を動かせば動かすほど、より多くの平和と共感が世界に発信され、結果的により多くこの地球上に広がるでしょう。

脳のどちら側が、どんな種類の情報を処理しているかをハッキリさせることにより、個人としてだけでなく、人類の一員としてどのように考え、感じ、行動するかについて、より多くの選択ができるようになるはずです。

神経解剖学的な見地からは、左脳の言語中枢および方向定位連合野が機能しなくなったとき、わたしは右脳の意識のなかにある、深い内なる安らぎを体験することができたのです。二〇〇一年以降、アンドリュー・ニューバーグと故ユージーン・

方向定位連合野
（からだの境界、空間と時間）

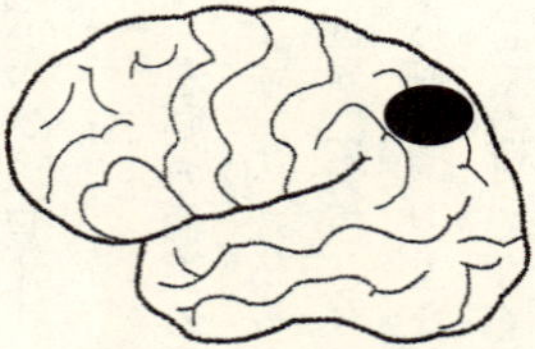

ダキリ両博士によって行なわれた研究[*6]が、わたしの脳の中でなにが起きているかを正確に理解する助けになりました。ニューバーグとダキリはSPECT技術（単一光子放射断層撮影法。体内に注入した放射性同位体から出るガンマ線を利用して、脳やからだの輪切り映像を撮影する）を利用して、宗教的もしくはスピリチュアル（神秘）体験をもたらす神経構造を明らかにしました。ニューバーグとダキリは、脳のどの領域が意識の変容をもたらし、個人の意識から離れて、宇宙と「ひとつ」であるという感じ（神、ニルヴァーナ、幸福感）を生み出すのか、知りたいと思ったのです。

チベットの僧侶《そうりょ》とフランシスコ会の修道女が、ＳＰＥＣＴ装置の中で瞑想《めいそう》あるいは祈るために招かれました。彼らは、瞑想のクライマックスに達するか神と一体になったと感じたときに、ひもを引くように指示されました。こうした実験によって、脳の中の非常に特殊な領域で、神経学的な活動が変化することが明らかになりました。まずはじめに、左脳の言語中枢の活動の減少が見られ、脳のおしゃべりが沈黙します。次に、左脳の後部頭頂回にある方向定位連合野の活動の減少が見られました。この部分は、その人の肉体の境界の判別に役立っています。この領域が抑制されるか、感覚系からの信号の流入が減少すると、まわりの空間に対して、自分がどこから始まりどこで終わっているかを見失ってしまうのです。

こうした最近の研究のおかげで、左の言語中枢が沈黙してしまい、左の方向定位連合野への正常な感覚のインプットを妨げられたとき、わたしに何が起きたのかを、神経学的に説明することができます。わたしの意識は、自分自身を固体として感じることをやめ、流体として認知する（宇宙とひとつになったと感じる）ようになったのです。

14章 わたしの右脳と左脳

大脳の左右の半球のそれぞれで、どんな情報が処理されているか（あるいは、処理されていないか）にかかわらず、自分全体を、ひとつの心をもった、統一された存在として体験していることは、充分にわかっているつもりです。

そもそも意識とは、機能している細胞による集合的な意識にほかならないとわたしは考えています。そして大脳半球の両方が補い合い、継ぎ目のないひとつの世界という知覚を生じさせるのだと、確信しています。

もし、顔を見分ける細胞と回路が正しく機能していれば、あなたのことを顔で認識することができます。もしそれがなければ、あなたの声や癖や歩きぶりといった他の情報を利用して認識するでしょう。もし、言語を理解する細胞の回路が無傷なら、あなたの話を聞くことであなたを理解できます。自分が誰でどこに住んでいるかをいつも思い出させる細胞と回路が破壊されると、わたしは自分自身を永遠に見失ってしまうのです（これは、そういった特殊な機能を他の細胞が肩代わりしない場合の話です）。ちょうどコンピューターにワープロのプログラムがなければ、文書作成という機能を実行できないのと同じです。

右脳と左脳はそれぞれユニークな特徴をもっており、ちがったやり方で情報を処理するわけですから、それが別々の価値体系となってあらわれ、結果的に非常に異なる人格が生じるのは、あたりまえかもしれません。左右の脳が持つ両方の性格を育て、脳の両側の機能と個性をうまく利用し、人生の中で両方がお互いに支え合い、影響し合い、調節し合うようにできる人もいます。

でも、ほとんどの人は、どちらか一方に考え方が偏《かたよ》り、常に分析し、批判的になり、柔軟さに欠けるパターン（極端な左脳状態）を示すか、あるいは、周囲とほとんど現実を分かち合うことなく、ほとんどの時間を「うわのそら」（極端な右脳状態）で過ごしています。

二つの性格のあいだの健全なバランスを生み出すことによって、初めて、変化に対して柔軟に対応できる（右脳）認知力を持ちながら、同時に道を踏み外さず具体的に行動できる（左脳）ようになります。与えられた認知能力を一〇〇パーセント大切にし、うまく使うことにより、まさに「生命の傑作」とも言えるわたしたちに見合った人生への道が開けます。決意しさえすれば、慈愛に満ちた世界をつくることが可能なのです。

悲しいかな、わたしたちの社会では思いやりが示されることは滅多にありません。「間違った」あるいは「悪い」判断をした自分や他人を見下げたり、侮辱したり非難することばかりに、あまりにも多くの時間とエネルギーを費やしてしまうのです。

あなたは自分自身を厳しく責め立てるとき、こんな質問をしたことがありますか？「あなたの中の誰が怒鳴ってるの？　あなたは誰に対して怒鳴っているの？」こうした否定的な思考パターンには、内なる敵意と不安の増加を助長する傾向があることに気づきませんか？　さらに厄介なことに、心の中での否定的な対話が、他の人たちへの態度にも、ひいてはあなた自身の魅力にも悪い影響を及ぼすことに気づいたことがありますか？

生き物として、わたしたちは底知れぬほど強力です。神経ネットワークは、ニューロンが他のニューロンとコミュニケーションをとる回路からできているので、そのふるまいは充分に予測できます。特定の回路に意識的な注意を払えば払うほど、あるいは特定の思考により多くの時間を費やすほど、そういった回路や思考パターンは、外部からのほんのちょっとの刺激によって容易に働くようになります。

わたしたちの心は、高度に進んだ「求めよ、さらば与えられん」式の器械なのです。心は、探しているものに集中するようにできています。もし世界の中で赤を求めようとすれば、それをどこでも見つけられるようになります。最初は見つけにくくても、ずっと赤を求めることに集中していると、意識せずとも赤をいろんなところで見ることになるのです。

脳の左右の人格は、物事に対して違う考えを持つだけでなく、感情を処理し、すぐにわかる方法でからだを動かします。肩のすぼめ具合で誰が部屋に入って来たかわかるし、額のしわの深さで何が起きているかを知ることができます。右脳はすべて、「いま、ここで」に関係しています。それは歯止めなく熱狂し、はねまわり、どうなろうと知ったこっちゃありません。よく微笑《ほほえ》み、やたらとフレンドリーです。

それと比べて、左脳は細部で頭が一杯で、分刻みのスケジュールで人生を突っ走ります。左脳はクソ真面目《まじめ》なのです。歯ぎしりしながら、過去に学んだことに基づいて決断を下します。一線を越えることなく、あらゆる事を「正しい・間違っている」、あるいは「良い・悪い」で判断します。あ、それから、その判断はわたしの場合眉《まゆ》の形にあらわれるんですよ。

右脳はとにかく、現在の瞬間の豊かさしか気にしません。それは人生と、自分にかかわるすべての人たち、そしてあらゆることへの感謝の気持ちでいっぱい。右脳は満ち足りて情け深く、慈《いつく》しみ深い上、いつまでも楽天的。右脳の人格にとっては、良い・悪い、正しい・間違いといった判断はありません。

これを右脳マインドと呼ぶことにしましょう。ですから右脳マインドでは、あらゆることが相対的なつながりの中にあるのです。ありのままに物事を受け取り、今そこにあるものを事実として認めます。

昨日より今日のほうが涼しい。ただそれだけ。今日、雨が降る。特に問題なし。右脳マインドは、ある人が別の人より背が高いと観察するでしょうし、この人はあの人よりお金を持っている、などと観察しますが、こうした観察結果は判断にはつながりません。右脳マインドにとっては、わたしたちはみんな、人類という家族の平等な一員なのです。右脳マインドは国境や、人種や宗教のような人工的な境界などわからないし、気にもとめません。

今回の脳卒中の体験から得た最も大きな「恵み」は、純粋な内なるよろこびの神経回路を若返らせ、さらに強められたこと。脳卒中のおかげでわたしは、子供のような好奇心をもって、ふたたび自由に世界を探検するようになりました。差し迫った危険はなく、世界中が安全に感じられ、自分の裏庭のように地球を闊歩《かっぽ》しました。右脳の意識の中では、わたしたちは人類の可能性を秘めた宇宙のタペストリーに織り込まれているのだと感じ、人生の素晴らしさを感じ、ありのままを美しく感じます。

右脳マインドの性格は冒険好きで、豊かさを喜び、とても社交的。言葉のないコミュニケーションに敏感で、感情移入し、感情を正確に読み取ります。宇宙とひとつになる永遠の流れを気持ちよく受け入れます。それは聖なる心、智者《ちしゃ》、賢人、そして観察者の居場所なのです。直観と高度な意識の源泉です。右脳マインドは常にその時を生きていて、時間を見失います。

右脳マインドの自然な機能のひとつは、時代遅れの情報が入っている古いファイルを最新のものに更新できるように、今この瞬間に新しい発見の機会を与えてくれることです。

たとえば、わたしは子供のころから南瓜《かぼちゃ》や瓜《うり》があんまり好きではありませんでした。でも、右脳のおかげで、南瓜にもう一度チャンスをあげてもいいかな、と思うようになって、今では南瓜が大好き。

わたしたちは左脳のところで決断してしまい、なかなか最新のファイルを探すために右へ一歩（つまり、右脳の意識の中へ）進もうとはしないのです。というのも、いったんある決定をしてしまうと、いつまでもその決定に執着するから。支配権を確立した左脳にとって、自由奔放な右の伴侶《はんりょ》と狭い頭蓋《ずがい》のスペースを分け合うなんて、そりゃもう、許せないことなんだと思います。

右脳マインドは新しい可能性を受け入れて、枠にとらわれず自由に考えます。左脳マインド（とこちらも同様に呼ぶことにします）が決めた枠内の規則や規制なんかには縛られません。ですから右脳マインドは、新しいことにトライしようという意欲があり、とても創造的なのです。それは混乱《カオス》さえも、創造的なプロセスの第一歩として評価します。運動感覚があり、機敏で、世界の中で流体のように動くからだの能力が大好き。細胞が「直観」として伝える微妙なメッセージにも耳を傾けます。右脳マインドは触って体験して学習するのです。

右脳マインドはひたすらに自由な宇宙を求め、過去や未来の不安によって身動きがとれなくなることはありません。わたしの生命と、あらゆる細胞の健康を讃《たた》えます。気遣うのは自分のからだだけじゃありません。あなたのからだが健康かどうか、社会の精神的な健康、そして母なる地球とわたしたちの関係までも気にするのです。

右脳マインドは、（赤血球を除いた）すべての細胞が母親の卵細胞と父親の精子細胞が結ばれてできた細胞であり、どれもが天才的な資質をもつ五〇兆もの細胞の生命力によって巧《うま》くつくられていることを知っています！（そしていつも、右脳マインドはそのことを歌っている！）右脳マインドは、宇宙が織物のように複雑にからみあい、お互いに結びついていることを理解しています。そして自分のドラムのビートに合わせて熱狂的に行進するのです。

境界についての知覚が全くないので、右脳マインドはこんなふうに言います。「わたしは全《すべ》ての一部。わたしたちは、この惑星上の兄弟姉妹。わたしたちは、この世界をもっと平和で温かい場所にするのを手伝っている」。

右脳マインドは、生きとし生けるものがひとつに調和することを思い描きます。そして、自分自身の中のこうした性格を、あなたにもっと知ってほしいと願っているのです。

わたしはたしかに、右脳マインドが生命を包みこむ際の態度、柔軟さ、熱意が大好きですが、左脳マインドも実は驚きに満ちていることを知っています。なにしろわたしは、一〇年に近い歳月をかけて、左脳の性格を回復させようと努力したのですから。左脳の仕事は、右脳がもっている全エネルギーを受け取り、右脳がもっている現在の全情報を受け取り、右脳が感じているすばらしい可能性のすべてを受け取る責任を担《にな》い、それを実行可能な形にすること。

左脳マインドは、外の世界と意思を通じ合うための道具《ツール》。ちょうど右脳マインドがイメージのコラージュ(さまざまな断片の集まり)で考えるように、左脳マインドは言語で考えてわたしに話しかけます。脳のおしゃべりを利用することにより、人生の荒波を乗り越えることができるし、わたしのアイデンティティーも顕《あらわ》してくれるのです。左脳の言語中枢《ちゅうすう》の、「わたしである」ことを示す能力によって、わたしたちは永遠の流れから切り離された、ひとつの独立した存在になります。全体から分離したひとつの固体になるわけです。

左の脳は、情報をまとめる面では宇宙の中で最も優れた道具《ツール》です。左脳のキャラクターは、あらゆるものを分類し、組織化し、記述し、判断し、批判的に分析する能力を誇っています。左脳はいつも熟慮と計算によってうまく立ち回ります。口が動いていてもいなくても、左脳マインドは理論化し、合理化し、記録化するために忙《せわ》しなく働いています。

左脳マインドは完全主義者で、まるで会社や家の管理人のよう。それはこう言い続けています、「全てのものには決まった場所があり、全てのものはその場所に属す」と。右脳マインドのキャラクターは人間性を重視しますが、左脳マインドのキャラクターは財務や経済を重視します。

何かをするとき、左脳マインドは複数の仕事を見事にこなし、同時にできるだけ多くの機能を演じるのを好みます。左脳マインドは、そりゃもう働き者で、やらなくちゃいけない日課の項目をどれだけ線を引いて消せたかで、その価値を測ります。左脳マインドは物事を順序だてて考えるので、機械的な操作に優れています。違いに注目して特徴を見分ける能力は、生まれつきの組立屋さんといってもいいでしょう。

左脳は、パターンを判別する特殊な才能を授けられています。ですから、迅速に大量の情報を処理するのが得意なのです。外の世界で起こるできごとに遅れをとらないよう、左脳マインドはものすごく速い情報処理をします。対照的にゆっくりしている右脳の速さをはるかにしのいでいるのです。左脳マインドは躁《そう》状態になる可能性がありますが、これに対し右脳マインドは、怠惰になる可能性を抱えています。

二つの大脳半球のあいだの思考、情報処理、言葉、行動面での速さの差は、異なる種類の感覚情報を処理するときのそれぞれの能力の差なのでしょう。右脳は、長い波長の光を知覚します。ですから右脳マインドの視覚的な知覚はやや溶けて柔らかい感じになります。知覚が鈍いことで、右脳マインドは事物がどんなふうに関係しているかという、より大きな絵（心の像）に集中できるのです。同様に、右脳マインドは低周波の音に同調しますが、それはわたしたちのからだ（お腹《なか》がグーと鳴ったり）や自然の中で普通に発生するものです。そのために右脳マインドは、生理機能にすぐに耳を傾けるよう、生物学的に設計されているのです。

対照的に、左脳は短い波長の光を知覚して、明確に線を引いてはっきりした境界をつくる能力を高めます。その結果として、左脳マインドは生物学的に、隣り合った物体のあいだを分かつ線を認識する能力が高いのです。同時に、左脳の言語中枢は高い音に耳を傾けますが、通常は話し言葉が高い音であることが多いため、言葉を検出し、識別し、解釈することができるのです。

左脳の最も顕著な特徴は、物語を作り上げる能力にあります。左脳マインドの言語中枢の物語作りの部分は、最小限の情報量に基づいて、外の世界を理解するように設計されています。それはどんな小さな点も利用して、それらをひとつの物語に織り上げるように機能するのです。

最も印象的なのは、左脳は何かを作るとき、実際のデータに空白があると、その空白を埋めてしまう能力があること。そのうえ、ひとつの話の筋をつくる過程で、シナリオの代替案を用意する天才的な能力まで持っています。もし、あなたが、物語を書くことに情熱を燃やしているのであれば、うまいか下手かは別にして、その感情の回路とつなげて、「もしも〜だったら?」という可能性を網羅するのがとても効果的でしょう。

左脳の言語中枢が回復してふたたび機能し始めたので、わたしは長い時間をかけて、最小限の情報をもとに、どのようにしてわたしの中の物語作家が話を完結させるのか観察してみました。長いあいだ、自分の物語作家が妙なことばかりするので、ふざけているんじゃないかと思っていました。ですがとうとう、左脳マインドは脳の残りの部分に、完成しつつある物語を信じさせようと心から願っていることに気づいたのです！ 左脳マインドの性格と機能が復活するまでのあいだ、自分の脳が最善の仕事をしていると思い続けることがとても重要でした。

しかし、知っていることと、知っていると思っていることのあいだに大きな隔たりがあることを忘れてはいけません。自分の物語作家が、ドラマやトラウマ（心的外傷）を引き起こしかねないことにもっと注意を払うべきだったのです。同じ調子で、左脳が真実だと信じこんで作る物語には、冗長な傾向も見られました。まるで反響しているかのように、心にくりかえしこだまする、思考パターンのループができてしまうのです。ふつう、こういう思考のループは頭の中に「はびこって」しまいます。そしてわたしたちは知らず知らずのうちに、最悪の事態ばかり考えるようになります。

残念なことに、社会は子供たちに「心の庭を注意深く手入れする」必要をちゃんと教えません。

　なんらかの骨組みや検閲や規律がないと、思考は自動操縦で勝手に動きまわります。わたしたちは、脳の内側で起きていることを注意深く管理する方法を学んでいません。ですから、自分について他人が考えていることだけでなく、広告や政治による操作に対しても、無防備でなされるがままなのです。

　わたしがあえて回復しないようにしたのは、自分や他人に対して意地悪になったり、絶え間なく不安になったり、あるいは、口汚くののしってしまうような左脳の一部でした。はっきり言って、生理的に感じるこんな感情が嫌でたまらなかったのです。胸は苦しくなり、血圧が上がるのを感じ、眉根が寄って頭痛がします。痛ましい過去の記憶をその場で再生しようとする古い感情的な回路なんか、みんな捨ててしまいたかった。過去の苦痛に心を奪われるには、人生はあまりにも短いことを知ったから。

　回復するまでに、頑固で傲慢《ごうまん》で皮肉屋で、嫉妬《しっと》深い性格が、傷ついた左脳の自我《エゴ》の中枢に存在することを知りました。エゴの心の部分には、わたしが痛手を負った負け犬になり、恨みがましくなり、嘘《うそ》をつき、復讐《ふくしゅう》さえしようとする力が残っていました。こんな人格がまた目覚めたら、新しく発見した右脳マインドの純粋さを台無しにしてしまいます。

だから、努力して、意識的にそういう古い回路の一部を蘇《よみがえ》らせずに、左脳マインドの自我の中枢を回復させる道を選んだのです。

15章　自分で手綱を握る

わたしは、反応能力を、「感覚系を通って入ってくるあらゆる刺激に対してどう反応するかを選ぶ能力」と定義します。自発的に引き起こされる（感情を司《つかさど》る）大脳辺縁系のプログラムが存在しますが、このプログラムの一つが誘発されて、化学物質が体内に満ちわたり、そして血流からその物質の痕跡《こんせき》が消えるまで、すべてがい、い、い、九〇秒以内に終わります。

たとえば怒りの反応は、自発的に誘発されるプログラム。ひとたび怒りが誘発されると、脳から放出された化学物質がからだに満ち、生理的な反応が引き起こされます。最初の誘発から九〇秒以内に、怒りの化学的な成分は血液中からなくなり、自動的な反応は終わります。もし九〇秒が過ぎてもまだ怒りが続いているとしたら、それはその回路が機能し続けるようにわたしが選択をしたからです。瞬間、瞬間に、神経回路につなげるか、それとも、現在の瞬間に戻って、つかの間の生理機能としてその反応を消散させるかのどちらかの選択をしているんです。

右と左の性格を認めることで、ワクワクするような可能性が開けます。どんな状況にもつねに違った見方がある。つまり、グラスに中身が半分入っているのか、そうじゃなくて半分空なのか？ といった具合に二つの見方ができるのです。あなたが、怒って苛立《いらだ》ちながら近づいてくる場合、わたしは、あなたの怒りを反映して論争（＝左の脳）を始めるか、あるいは感情移入をして、同情的な気持ち（＝右の脳）で対応するかのどちらかを選びます。

ほとんどの人は、自分がどう反応するか、無意識のうちに選択をしていることに気づきません。（辺縁系の）プログラム済みの反応に身をゆだねるのは楽なので、自動操縦にたよって快適なペースで生活しがちなのです。辺縁系の中で起きていることに大脳皮質の細胞が注意を向ければ向けるほど、考えたり、感じたりすることに口出しができるようになります。

自動回路が行なっている選択に注意を払うことによって、自分で手綱を握り、意識的な選択を増やすことができます。長期的に、自分の人生全般に責任を負うのです。

このごろわたしは多くの時間を使って、「考えること」について考えています。その理由は、脳の素晴らしさがわかってきたから。ソクラテスが述べているように「考察のない人生は、生きる価値がありません」。自分に苦痛を与えるような思考を巡らす必要なんかないんだと気づいたことが、一番元気をくれました。もちろん、苦痛を与える思考を巡らすことは、自分でその回路を選んだと承知しているかぎり、悪いことじゃありません。

それと同時に、そうした思考に飽きてきたら意識的に止められる、という能力を持っているんだと知ることが、解放感につながるのです。肉体や精神の環境がどうであれ、右脳の領域に踏み込んで、思考を現在の瞬間に引き戻し、平和と愛の心（右脳マインド）に戻れることを知っていれば、束縛から解放されます。

わたしはいつも、個人的判断を避けるという右脳マインドの目を通して、周囲の状況を観察しています。そして、内なる喜びを大事にして、感情的な重荷を負わせる回路からなるべく離れるようにしています。

精神生活にとって何がプラスの影響を与えて何がマイナスの影響を及ぼすかは、自分自身で決める。

最近のことですが、わたしはお気に入りのジンジャー・カリー（インディアナ州ブルーミントン在住の歌手。ルイビルに生まれ、ルイビル大学で音楽教育の学位を得る。サザン・バプチスト派の牧師を父にもつ、ゴスペル風のシンガーソングライター）のCDをかけて「心の底から嬉《うれ》しいの！」と、熱唱しながら、車で道路を飛ばしていました。が、無念！ スピード違反で、車を道路の片側に寄せるはめになったのです（どうやら、ハンドルを手にして熱狂しすぎたようです！）。違反切符をもらってから最低一〇〇回は、こんなことで気落ちするものですかと心に言い聞かせました。ちっぽけなマイナスの囁《ささや》きが、しつこく頭をもたげては、わたしを落ち込ませようとするからです。その囁きは、悪夢のドラマを心の中でくりかえし再現させ、あらゆる角度から考え抜くように仕向けました。

でも、いくら考えたって結果は同じなのです。ぶっちゃけた話、左脳の物語作家がくれる、こんな強迫観念なんて時間の無駄だし、感情面で人を消耗させるだけ。わたしは脳卒中のおかげで、自分で手綱を握って、意識的に自分自身を現在に引き戻すことにより、過去の出来事を考えるのを止められると学んだのです。

とはいえ、わたしが流体ではなく一つの固体として、つまりあなたとは別の、自我の中枢として、あえて世界へ踏み込もうとすることがあります。単に純粋な満足を追求するために、わたしの左脳の中身と態度を、あなたの左脳の中身と態度に「ぶつけて」、言い争ったり、熱のこもった議論をする場合もあります。でも、からだのなかで攻撃的な感情を感じるのは好きじゃありません。ですからわたしは、たいていの場合、敵意のある対決を避け、共感を選ぶようにしています。

「あらゆることを完璧《かんぺき》にこなすためのマニュアル」を抱えてこの世界に生まれて来た人なんて、いやしない。

そう考えれば気が楽になり、他人に優しくすることが容易になります。わたしたちは、つまるところ、生物学と環境の産物にすぎません。痛みをともなう感情的な重荷を背負い続けるよう、生物学的にプログラムされていることがわかっているから、わたしは他人に同情することを選びます。まちがいはつねに起きるものですが、だからといって、自分を責めたり、あなたの行動や誤りをたしなめる必要があるわけじゃない。

あなたのことはあなたの問題であり、わたしのことはわたしの問題。それでもあなたもわたしも、深い内なる安らぎを感じ、そして優しさを共有することができるのです。つねに、他人を許し、そして自分を許すことができるのです。この瞬間を完全な瞬間として見ることが、つねに可能なのです。

16章　細胞とさまざまな拡《ひろ》がりをもった回路

「安らかさは、ゴールではなくスタートだ」という哲学で、親友のジェリー・ジェシーフ博士は人生を過ごしています。わたしはこれを、まず右脳マインドの安らかな意識から始めて、次に外部の世界とかかわるために左脳マインドの機能を利用すべきだ、という意味に解釈しています。彼はまた、左右の脳の関係を説明するのに「相互浸透する〝気づき〟」という言葉をつくりました。これは深遠で正確な見方です。脳梁《のうりょう》のおかげで、二つの半球は複雑にからみあっており、われわれはひとつの個性しかもたないんだと思えてしまうほど。でも、わたしたちにはこの世界で生きるうえで二種類の異なった存在の仕方があることが徐々に明らかになりつつあります。これからは、今までよりずっと、脳の中で起きていることに「口出しをする」

という選択ができるはずなのです。

わたしの左脳は、情報の高速処理能力を取り戻すと、ふたたび「やり手」になりました。左脳は完全に機能を回復し、まるで時速数百万キロのスピードで人生に再び取りかかったかのように感じます。言うまでもありませんが、左脳の言語中枢《ちゅうすう》と右脳の内なる安らぎの体験が自然に競合することにより、わたしはふたたび、正常な人間の状態に舞い戻ることができました。わたしは一方では、ふたたび機能満載になったことにスリルを感じています。でも他方では、そのことを怖《おそ》れてもいるのです。

左脳を損なうという体験を通じて、わたしはさまざまな脳の外傷を体験した人々のことを、これまでより肯定的にとらえるようになりました。

言語を失ったり、あるいは他人とふつうの方法で意思を伝え合う能力を失った人は、いったい、どんな新しい発見をし、どんな別の能力を身につけたのでしょう？　他の人と違ったり、あるいはもはや正常でないとみなされた人を気の毒だとは感じません。憐《あわ》れみを感じるなんて、まちがっています。ふつうと違う人に憐れみを感じる代わりに、わたしは優しさと好奇心をもって近づきます。そういった人の独特

（ユニーク）さに惹《ひ》かれ、意味のある結びつきを持ちたいと強く思うのです。たとえそれが、目と目を合わせたり、優しく微笑《ほほえ》んだり、ちょっと触れたりするだけのことでも。

自分がおかれている状況に責任をとるため、わたしは自らを人生の運転席に座らせ、能力を思うままに操って人生の舵《かじ》取りをします。危険なほど速く回転しているような世界の中で、自分の正気（平和な心）を保つために、右と左の心の関係を健全に保つよう、懸命の努力を続けています。（どちらの大脳半球で考えるかによって）わたしは宇宙と同じように大きくもあり、同時に、小さな星屑《ほしくず》でもある。それがわかることが大好き。

世の中には、どれひとつとして同じ脳は存在しません。でも、わたしの脳にとって真実だと思われることをあなたに教えてあげたい。自分がどんなふうに周囲のエネルギーに影響を及ぼしているかに気づけば、自分に降りかかるできごとをコントロールできるようになる。人生で何が起きているのかを監視するために、わたしはまわりの世界で何が起きていて、何が起きていないかに、すごく気をつけています。

自分の身に何がふりかかるかに応じて、事態のなりゆきに責任をもち、意識的になりゆきを微調整するのです。これは、自分にふりかかるすべてのことを完全にコントロールしている、という意味ではありません。むしろ、そうした出来事についてどう考えたり、感じたりするのかをコントロールしているのです。たとえ不愉快な出来事でも、右の脳の領域に一歩踏み込んで、共感をもってあたれば、人生の価値ある教訓として受け止めることができます。

左脳マインドの言語中枢と物語作家が正常に機能するようになったことで、わたしの心はありえない話をするだけでなく、マイナスの思考パターンにつながろうとするようになりました。マイナスの思考や感情が頭の中で反響してしまうループから逃れる第一歩は、どんなときにそういうループにつながるのかを知ること。脳が話しかけてくることに自然に耳をかたむけることができる人もいます。でも、わたしのカレッジの学生の多くは、脳が話していることを観察するだけで、すごく頭が疲れてしまうと文句を言います。冷静な第三者の目で脳の話を聞くためには、それなりの訓練と忍耐が必要になるでしょう。しかしいったん、そのことに気づいてしまえば、あなたは、物語作家が捏造《ねつぞう》する厄介なドラマやトラウマを自由に超えて行かれるようになるのです。

　脳がどの認知のループを働かせているかに気づくようになれば、次に、そうしたループがからだの中で生む生理的な感じに焦点を合わせます。警戒してるの？　目はまん丸になってる？　呼吸は深い？　浅い？　胸は重苦しい？　頭はスッキリしてる？　胃の調子は悪い？　そわそわしたり、心配したりしてる？　貧乏ゆすりしてる？　恐怖や心配や怒りのループは、さまざまな刺激によって誘発されます。ですがひとたび誘発されると、それぞれの感情は予測されうる生理的な反応を示すため、意識的に観察することが可能になります。

　脳がとても批判的で非生産的な、あるいは制御不能のループを働かせているとき、わたしは感情的・生理的な反応が去っていくのを九〇秒間じっと待ちます。それから、脳を子どもの集まりみたいなものだとみなし、誠意をもって話しかけます。「いろんなことを考えたり、感じたりするあなたの能力はありがたいわ。でもわたし、この考えや感じには、あまり興味がないの。だから、もうこの話はおわりにしてちょうだい」。

　ようするに、特殊な思考パターンとのつながりを断ち切るよう、脳に頼んでいるわけです。もちろん、人によって頼み方はちがうでしょう。たとえば、「キャンセル！ キャンセル！」という人がいるかと思えば、「オレは忙しいんだよ！」と叫ぶ人もいるでしょう。あるいは、「充分、充分、もう充分だから！ いい加減に止《や》めて！」という具合に。

けれども、自分の内部の声で考えを表明するだけでは、仕事をこなすことに血眼になっている物語作家にわからせるには充分じゃありません。わたしは、言葉に適切な感情をこめて、情緒たっぷりに物語作家に語りかければ、もっと話が通じることを発見しました。脳が聞く耳をもたないようなときには、メッセージに何か「動き」の要素をつけくわえます。人差し指を振りまわしたり、両手を腰にあてて仁王立ちしてみたり。母親が子供を叱《しか》る場合、言いたいことに情熱をこめて、身振りを交えるなど、いろいろな方法で同時にメッセージを伝えたほうが効き目がありますよね。

脳とからだの中の細胞の九九・九九九％は、わたしが幸福で健康で成功することを望んでいるはずです。でも、ほんの一握りの物語作家は、わたしが喜ぶことと無条件にはつながっておらず、内なる安らぎの感覚を台無しにする可能性をもつ思考パターンばかり試そうとするのです。この細胞のグループを、いろんな名前で呼んでいます。わたしが好きな呼び名はこんな感じ。「ピーナッツ・ギャラリー」（劇場の最上階最後部席）、「役員会の面々」、「ちっぽけなクソ委員会」などなど。この連中は頭の中の言葉を使って、悲観に満ちたループを走らせることに情熱を燃やします。この連中は、嫉妬《しっと》、恐れ、怒りといったマイナスの属性を利用します。この連中は、しくしく泣いて、不平を並べ、あらゆることがいかに酷《ひど》いかをみんなに言いふらすのが生きがいなのです。

細胞が傍若無人で手に負えなくなると、わたしは（頭の中ではなく口から出る）声で、ピーナッツ・ギャラリーに厳しいタイム・スケジュールを課します。左脳マインドの物語作家に、午前九時から九時半までと、午後九時から九時半までのあいだは好きなだけぼやいてもいいわよ、と言い渡すのです。物語作家がうっかりその時間を忘れても、次の割当時間までは、ぼやきは禁止。こうすると、細胞たちはマイナス思考のループにつながっちゃだめよ、という真剣なメッセージをすぐに読み取るようになりました。でも、わたしは辛抱強く、しっかりと、どの回路が脳の中で働いているかに目を光らせていなくてはいけないのです。

頭の中の独り言に注意を払うのは、精神の健康のためにとても大事なことだと考えています。心の中の言葉でも、口汚くののしるのはダメ、と決断することが、深い内なる安らぎを見いだす第一歩につながります。否定的な脳の物語作家が占める部分は、ピーナッツほどの大きさしかないと気づいたことが、わたしをこの上なく元気づけてくれました！　そういう偏屈な細胞が鳴りを潜めていたとき、人生はなんと平穏だったことか！

左脳マインドを回復させることは、わたしがふたたび、すべての細胞に発言権を与えることを意味していました。ですが健やかな精神を守るためには心の庭を育て、マイナス思考の細胞を見張っておく必要があるのです。物語作家には、わたしが望むことと許せないことについて、ちょっとした躾《しつけ》が必要です。コミュニケーションが円滑になったので、この特殊なグループの細胞で起きていることに対して、わたしの本当の自己《セルフ》はきちんと注文をつけることができるようになりました。望ましくなかったり不適切な思考パターンには、ほとんど付き合いませんでした。

そうは言っても、躾に反応する物語作家の滑稽《こっけい》なふるまいには、思わず吹き出しそうになります。マイナス思考の細胞たちは、幼い子供のようにわたしの言うことを聞かず、わたしがどれくらい本気なのか試そうとするのですから。いったん、静かにするように言われると、細胞たちは一瞬だけ沈黙し、またすぐ禁じられた回路を作動させます。他のことを考える欲求が弱かったり、新しい思考回路を意識的に始めないでいると、招かれざるループはふたたび勢いを盛り返し、心を独占し始めます。そんな細胞の活動に対抗するため、意識を振り向けるべき三つのリストが必要に応じて用意してあります。（Ⅰ）魅惑的で、もっと深く考えを巡らせたいことを思い出す。（Ⅱ）ものすごく楽しいことを考える。（Ⅲ）何かやりたいことを考える。自分の心を変えたくてたまらないとき、わたしはこの三つの武器を利用するのです。

からだが疲れていたり、精神的に参った状態にあるとき、つまり、油断しているときを狙《ねら》って、否定的な思考回路が人を傷つけようと頭をもたげることに気づきました。脳が言っていることに注意し、その考えがからだにどのような感覚をもたらすかに気づけば、自分が本当は何を考えたり感じたりしたいのか、意のままに選べるようになります。もし内なる平和を保ちたいなら、ぶれることなく、いつでも心の庭を育てなければなりません。そして、一日に何千回も、決意を新たにする必要があるのです。

わたしたちの思考パターンの基礎は、さまざまな拡《ひろ》がりをもった回路に支えられていて、わたしたちは練習により、それを細かく調べることができるようになります。まず第一に、それぞれの思考パターンには主題があります。主題とは、意識的に考えていることですね。たとえば、わたしが小さな犬、ナイアのことを考えているとしましょう。ナイアは天国に行くまでの八年間、この本を書くのを手伝ってくれ、いつもわたしの膝《ひざ》のうえに座っていました。ナイアについて考えるのは、脳の中の特殊な回路です。第二に、それぞれの思考パターンには、感情の回路がつながっていることがあります。ナイアは素敵な可愛《かわい》い生きものでしたから、ナイアのことを考えるといつも大きな喜びを感じます。脳の中で、ナイアが主題の回路と喜びの感情回路が密接につながっているのですね。最後に、こういった思考と感情の特殊な回路は、複雑な生理回路にもつながっています。生理回路は、刺激を受けると予測可能な行動をもたらすのです。

たとえば、ナイアについて考えるとき（＝思考の回路）、喜びを感じますが（＝

感情の回路)、しばしば強い興奮も体験し(＝生理的な回路)、仔犬(こいぬ)のような行動をとります（＝さまざまな拡がりをもつ回路）。わたしはたちまち子供のような声になり、目はまん丸になります。喜びはあっという間にわたしを満たし、まるで尻尾《しっぽ》を振るようにからだをゆすります。

しかし、このワクワク活《い》き活《い》きした回路に加えて、ナイアのことを考えると、愛犬の死による喪失感に襲われ、激しい悲しみの反応を示す傾向があるのです。こうやって考えが変化すると、その基礎をなす感情的・心理学的な回路のせいで、あっという間に目には涙があふれます。深い悲しみのループに捕まって胸は重苦しくなり、呼吸は浅くなり、感情的に落ち込んでいく。膝の力が抜けて、エネルギーは弱まり、暗黒のループに屈服するのです。

こういった情熱的な思考や感情は、たちまち心の中へ飛び込んでくる可能性をはらんでいます。でも、その持ち時間の九〇秒が過ぎれば、意識的にどの感情・心理ループに接続したいかを選ぶことにしています。怒りや深い絶望の回路の中にどれくらいの時間、とどまるべきかに気をつけることは、健康にとってとても重要です。長時間にわたってマイナスの感情に染まったループに捕らえられてしまうと、それが感情的・生理的な回路に対してもっている力のせいで、からだや精神には大きな打撃となります。

とはいえ、マイナスの感情が押し寄せたときに、その感情を尊重することも大切ではあるのです。自動回路によって心を動かされるとき、わたしはその感情を体験できたことを細胞に感謝し、それからおもむろに、思考を現在の瞬間に戻す選択をします。

回路を観察することと、回路に関与することのあいだのバランスが大切です。このバランスが治療には欠かせません。あらゆる感情を体験できる脳の能力には感謝していますが、特定の回路にどのくらい留まるかについては、気をつけないといけません。感情をうまくコントロールするには、生理的なループがやって来たときは、それがもたらす感情にすべてを委《ゆだ》ねるのが一番。九〇秒間、その回路がやりたいようにさせればいいのです。子供と同じで、感情は聞いてもらったり認めてもらったりすると収まるものです。時間がたつと、こうした回路の強さと発生の頻度は弱まります。

想《おも》いが強いことにも理由があります。それは感情と心理の回路を同時にたくさん働かせるから強い想いになるのです。ふつうの想いは、複雑な回路を刺激しないので、それほどでもないのです。今、どの回路の流れが機能しているかに注意すれば、心の基本的な配線がどうなっているかが、パッとわかるようになり、心の庭を効率よく耕す方法もわかってくるのです。

脳の細胞との会話に多くの時間を費やすのに加えて、わたしはからだをつくっている五〇兆もの細胞という天才たちと、和気藹々《わきあいあい》とした関係を結んでいます。細胞たちが元気で完全に調和しながら働いていることに、感謝しています。そうすることで、細胞たちが健康をもたらしてくれるのだと信じているから。一日の始まりと終わりに、わたしはきまって枕《まくら》を抱きしめ手を合わせて、次の新しい日を迎えられることを、自分の細胞に心から感謝します。これはとても大切なことだから、「みんな、ありがとう。新しい明日を迎えられることに感謝しています」と、声に出して、深く感謝の気持ちを感じながら語りかけるのです。次に、細胞にお願いをします。

（どうか、わたしを治してね！）

そして、免疫《めんえき》細胞が反応する様子を心に思い描くのです。

わたしは自分の細胞を、率直な気持ちと感謝の心をこめて無条件に愛しています。一日を通じて彼らの存在を自然に察知して、情熱的に応援しています。人間はエネルギーを世界へ放出できる素晴らしい生き物ですが、それというのも、細胞がいるおかげです。腸が動くときには、いらなくなったものをからだからきれいに出してくれるように、細胞を励まします。おしっこが出ると、膀胱《ぼうこう》の細胞が蓄えることのできる量の多さを誉《ほ》めてあげます。すごくお腹《なか》がすいているのに、いろいろな事情で食べられないときは、細胞に、エネルギー源（脂肪）をお尻《しり》に蓄えていることを思い出させます。何かに脅《おびや》かされたと感じるときは、戦ったり逃げたり死んだ振りができる細胞の能力に感謝します。

同時に、からだが痛みをもってわたしに話しかけるとき、それに耳を傾けます。もし疲れたと感じたら、細胞に睡眠を与える。気怠《けだる》いときは、細胞に運動をさせる。痛みを感じるときは、安静にして傷口を注意して扱い、意識的に苦痛に身を委ねる。

そうすると痛みは和らぎます。苦痛は、からだのどこかに外傷があることを細胞が脳に伝える手段です。細胞は脳の注意を引くために、苦痛の受容器を刺激するのです。ひとたび脳が苦痛の存在を知ると、目的は達成され、痛みは軽くなったり消えたりするわけです。

何かに焦点をさだめて集中する人間の心は、宇宙で最も強力な道具だとわたしは思います。そして言語を使うことによって、左の脳はからだの治癒と回復を早める（あるいは遅らせる）ことができます。言葉を話す左脳の自我《エゴ》の心は、五〇兆の細胞の天才たちのチアリーダーの主将として機能します。そして、自分の細胞に「さあ、がんばって行こうね！」と、くりかえし励ますとき、体内には治療環境を改善するなんらかの振動が引き起こされるように思えてならないのです。細胞が健康で幸せなら、わたし自身も健康で幸せになれるはず。

これは、精神病を患《わずら》っている人たちが、彼らの脳の内側で起きていることを完全に選択する能力を持っているという意味ではありません。でも、重い精神病のあらゆる症状は、生物学的な基礎から生じるものだとわたしは信じています。つまり、どの細胞がどの細胞とコミュニケーションをとっているか、どのような化学物質がどれくらい使われているかが関係しているのです。脳の研究は、精神病につながる神経回路を理解する最先端の分野です。脳に関する知識が増えるにつれ、より効果的に心の健康をチェックし、看護するためには、どうすればいいのかもわかってくるにちがいありません。

治療法にもいろいろあります。脳の細胞に影響を与えるには、化学的には薬物療法があり、電気的には電磁刺激療法があり、そして認知の面では心理療法という手段を用いることができます。医学的な治療の目的は、「ひとつの共通した現実を分かち合う能力を高めること」だとわたしは考えています。もっと簡単に、患者さんたちの現実をわたしたちの現実に近づけるには何が必要なのか。その研究に携わっている人々を、心から応援しています。残念なことに、統合失調症と診断された人の六割は、自分が病気であることを自覚していません。その結果、彼らは治療を受けずに、麻薬やアルコールを濫用《らんよう》して、自分で治そうとします。でも、麻薬やアルコールは、たとえ遊び半分にしても、共通な現実を共有する能力を減らすため、百害あって一利なしなのです。

精神疾患であることの権利を主張する人もいますが、わたしはこう思います。たとえ、彼らの脳の病や外傷の原因が何であれ、健全な精神を体験して共通の現実を分かち合うことは、万人に与えられた平等な権利なのです！

17章　深い心の安らぎを見つける

脳卒中により、わたしは内なる自分を発見しました。ほんの少し、考え方や感じ方を変えるだけで、深い心の安らぎが得られることに気づいたのです。安らぎを体験するといっても、人生がいつも歓喜に満ちあふれている、という意味ではありません。あわただしい人生の、あたりまえの混乱の中にあっても、心の歓《よろこ》びに触れることができるという意味なのです。多くの人にとっては「考える頭」と「思いやる心」のあいだの距離は、ときとして遠く離れているように感じられるでしょう。ある人は、この距離を思いのままに横切って進みます。またある人は、絶望や怒りやみじめさに深くとらわれて、心の安らぎなんて別世界のものです。

左脳マインドを失った経験から、深い内なる安らぎは、右脳にある神経学上の回路から生じるものだと心の底から信じるようになりました。この回路はいつでも機能しており、いつでもつなげることができます。

安らぎの感覚は、現在の瞬間に起こる何かです。それは過去を反映したものや、未来を投影するものではありません。内なる安らぎを体験するための第一歩は、まさに「いま、ここに」いる、という気になること。

どんなときに、深い心の安らぎのループが働いているのかに気づくことができれば、その回路に意識的につなげることが容易になります。どんなときにこの回路が働いているのかわからず、悪戦苦闘している人もいるでしょう。その唯一《ゆいいつ》の理由は、他の思考に心が向かっているせいです。これは、当然のことです。なぜなら、西洋の社会は左脳の「する」(doing)機能を右脳の「ある」(being)機能よりずっと高く評価し、報酬を与えるものだから。あなたが右脳マインドの意識に近づくのが難しいのは、あなたが成長するあいだに「こうしなさい」と教えられたことを、実にうまく学んできたからにほかなりません。細胞たちのこれまでの成功を、褒めてあげてください。そのうえで、わたしの仲の良い友人、カット・ドミンゴ博士が宣言しているように、「悟りは、学ぶことではなく、学んだことを忘れること」だと知りましょう。

大脳半球の両方が一緒に機能して、瞬間ごとに「現実」という知覚を生み出します。わたしたちはしょっちゅう、右脳マインドを使っているわけです。「現在の瞬間」の回路につながったときにからだをよぎる、微妙な感覚（そして生理機能）に気づくことさえできれば、その回路を自由自在に操ることができます。「今」と「ここ」しかない、安らかな右脳マインドの意識と人格を思い起こすさまざまな方法を、あなたにも教えてあげたい。

内なる安らぎを体験するためにわたしが最初にするのは、自分がより大きな構造の一部であることを思い出すこと。いいかえると、決して自分と切り離すことのできないエネルギーと分子の、永遠の流れの一部であることを思い出すこと（巻末の「脳についての解説」のⅡを参照）。自分が宇宙の流れの一部だと気づくことによって、わたしは生まれながらに安全だと感じ、地上の天国としての人生を体験できるのです。自分を包み込む全体と一心同体なのですから、自分が脆《もろ》いなんて感じるはずがありません。

左脳マインドはわたしを、いずれ死にいたる一人の脆弱《ぜいじゃく》な人間だと見ています。

右脳マインドは、わたしの存在の真髄は、永遠だと実感しています。いずれ、わたしは自分をつくっている細胞を失い、三次元の世界を知覚する能力を失うかもしれませんが、このエネルギーはただ、幸せに満ちた穏やかな海に還《かえ》ってゆくだけ。このことに気づき、ここにいる間はずっと感謝し続けると同時に、命をつくってくれる細胞たちが満足した状態にあるよう、わたしは熱意をもって努力しています。

現在の瞬間に戻るためには、心を意識的にのんびりさせる必要があります。それには、急ぐ必要はない、とまず決めることです。左脳マインドが慌《あわ》てふためいて、思いを巡らせ、熟考し、分析しているときでも、右脳マインドは、ゆっくりくつろいでいるのです。

ちょうど今、この本を読みながら、あなたは他に何をしていますか？　読書に加えて、認知的なループをどれか働かせていますか？　時計を見ていたり、あるいは、にぎやかな場所に座っていますか？　脳内の異質な思考に気づいたら、その努力には感謝したうえで、しばらくの間黙ってくれるように頼んでみましょう。どこかに行ってしまえ、というわけではありません。ただ、ほんの数分だけ、停止ボタンを押すだけ。しつこいようですが、思考がどこかへ行くことはありません。あなたがふたたび物語作家と話がしたくなったら、すぐにでもオンラインに戻ってくることでしょう。

認知的な思考につなぎ留められ、精神的なループを働かせているときは、厳密に言えば、現在の瞬間にいるわけではありません。すでに起きたこと、あるいはまだ起きていないことを考える可能性が残っています。そしてからだは今ここにあっても、心はどこかほかのところにあります。現在の瞬間の体験に戻るためには、今起きていることから心をそらすような認知ループから、意識を切り離しましょう。できれば、呼吸について考えてみませんか？　あなたはこの本を読みながら、たぶんゆったりと腰かけているでしょう。さあ、深呼吸をしましょう。そう、いいですよ。お腹《なか》が膨れるまで、空気をからだ一杯に吸い込みましょう。からだの中では、何が起きているのでしょう？　快適ですか？　胃は大丈夫ですか、それとも吐き気がしますか？　お腹は減ってない？　膀胱《ぼうこう》は、どのくらいおしっこを溜《た》めてる？　唇は乾いてない？　細胞は疲れてる？　それとも元気一杯に感じる？　首のあたりはどう？　気をそらすような思考はちょっとお休みにして、一瞬のあいだ、人生を観察してみませんか？　あなたは、どこに座ってる？　灯りはどう？　座っているところはどんな感じ？

もう一度、深呼吸して。そして、もう一度。からだをリラックスさせて、顎《あご》を緩めて、眉間《みけん》のしわをなくしましょうよ。この瞬間あなたは生きている、成長している人間だということを、受け入れましょう。祝福と感謝の気持ちで意識を満たしましょう。

安らかな右脳マインドに戻る方法を見つけるため、わたしは、からだが情報をシステム化する方法に注目し、すでに確立された回路を利用します。感覚情報がからだに流れ込むとき、それに注意を払うことがとても役立つことに気づいたのです。でも、その感覚情報に注意の焦点を絞るだけではダメ。その情報回路の基礎をなす、生理的な体験にも注意を払わないと。わたしはくりかえし、こう自問します、ここにいて、これをやってることを、どう感じてるの？

飲んだり食べたり楽しんだりすることは、現在の瞬間に起きています。口にはいろいろな感覚受容体があって、味がわかるだけじゃなく、独特な舌触りや温度のちがいだってわかるんです。いろんな食べ物がそれぞれどんな味なのか、もっとよく味わってみませんか。いろんな食べものの感触と、それが口の中でどう感じられるかに注意してみませんか？　どんな食べ物を楽しみにしていますか？　そして、その理由は何ですか？

わたしはタピオカプディングの、ひとつひとつの小さな粒を見つけるのが大好き。スパゲティーも、食べるのにかなり面白い舌触りを感じます。いちばんの食べる楽しみといったら、半分凍ったエンドウのさやから豆を押し出したり、マッシュポテトを歯のあいだですりつぶすこと。あなたのお母さんは、あなたが若い頃には、「そんな、はしたないことするんじゃありません」と叱《しか》ったことでしょう。でも、自分の家にいて、個人的な趣味としてなら、かまわないんじゃないかしら。ともかく、あなたが食べ物を楽しんでいるとき、ストレスを招くような思考を心に抱くのは難しいですよね。

食べものをとるときにからだが感じることはさておき、食物がからだと心に与える生理的な影響もとても大切です。滋養面での価値ばかりに重きをおく従来の考え方を脇《わき》において、どの食品がからだをどんな感じにするか、注意してみてください。わたしは砂糖もカフェインも、食べたり飲んだりしたらすぐに、肌がむずむずしてきます。あまり好きな感覚じゃないので、できるだけ摂《と》らないようにしています。トリプトファンという化学物質を含んでいる食物（ミルク、バナナ、七面鳥）を摂ると、脳の中の神経伝達物質のセロトニンのレベルが急速に高まり、気分をほぐしてくれます。集中したり、気を鎮《しず》めたいとき、わたしはあえてこうした食品を口に入れます。

一般的に炭水化物はすぐに糖になるので、わたしの場合は、からだがだるくなり、脳が痙攣《けいれん》する感じがします。それに、炭水化物が糖・インスリン反応（血糖値が上がるとインスリンが分泌され、からだに糖を取り込んでくれる）を引き起こし、もっと炭水化物が欲しくなる感じが好きじゃありません。タンパク質が、感情の変化を引き起こすことなく活気づけてくれ、エネルギーを与えてくれるほうが好き。あなたはわたしと違う反応を示すかもしれませんが、それはそれでかまいません。バランスのとれたダイエットは大切ですが、食物によって自分がどのようにエネルギーを燃焼し、肌の内側でどのように感じるかを優先して考えるべきなのです。

気分を（よいほう、または悪いほうへ）一転させるには、鼻を刺激するのが一番手っ取り早いかも。もしあなたが過敏症なら、現実の世界での生活は堪え難いものになってしまいます。嗅覚《きゅうかく》を利用して、自分を現在の瞬間に戻すのは簡単。よい香りがするキャンドルを灯《とも》したり、バニラや薔薇《ばら》、アーモンドを使って、ストレスの記憶を抑えて気持ちを高揚させてみましょう。何かの匂《にお》いがふんわりと通り過ぎるとき、それを認知のループに留めて、じっくり時間をかけて、匂いの正体をつきとめてみる。それを、いい香りから悪臭までの一〇段階のレベルで記録しておきましょう。いろんな匂いの根底にある生理機能を感じ取るのを忘れずに。気持ちのいい匂いで、自分を「いま、ここに」移動させましょう。

もし、匂いを嗅《か》ぐ能力に何らかの支障がある場合でも、関係する回路が永久に切断されたのでなければ、感度を高める方法はあります。周囲の香りに注意を向けるとき、あなたは脳に、「その香りとつながる回路が大切だ」というメッセージを送っているわけです。もし、嗅覚をよくしたいと思うなら、いろんな香りを何度も嗅いでみて、脳に話しかける！　自分がそうした能力を高めたいんだと、脳にわかってもらうのです。もし匂いを嗅いで、いろんな感覚を味わうという習慣を身につけ、そして匂いを嗅ぐという行為に心を集中したいと思うなら、その神経のつながりは強化されうるのです。

視覚の場合を考えてみましょう。何が見えますか？　実は、目には二つの使い方があります。目の前の景色を見てみましょう。右脳マインドは、全体像を取り入れます。景色全体を見ており、すべての物の関係をとらえます。右脳マインドは全体の広がりを観察し、細かい点には注意を集中しません。左脳マインドはすぐ、個々の対象物の輪郭に焦点を絞り、景色を作り上げている特定の物のあいだに線引きをします。

山の頂上に立って目をリラックスさせるとき、右脳マインドは、開けた展望の偉大さに目を向け、生理機能として、広がる全景の威厳を肌で感じ、この惑星の類《たぐい》まれな美しさに心うたれます。この瞬間を記憶に留めるには、その光景を再生するか、それがかもし出す感触を思い出すかのどちらでもいい。左脳マインドは、右とは全く違っています。左脳マインドは、あくまでも特定の種類の樹木や空の色に注意を振り向け、特定の鳥の声を分析します。左脳マインドは雲の種類を見分け、高木限界（山、砂漠、極地、湿地などで、そこから先は、高木が直立して生育することができなくなる境界のこと）を線引きし、あたりの空気の温度を記録します。

さてここで、本を読むのに一息入れませんか？　目を閉じて、聞こえる音を三つだけ確かめましょう。さあ、続けてください。気持ちを楽にして、知覚の範囲を広げましょう。何が聞こえますか？　近くに、遠くに、聞き耳を立ててみます。わたしはここ、エステスパークに近い、ロッキー山脈のロッキー・リッジ・ミュージック・センターのディッパー・キャビンに座っていて、大きな窓のすぐ向こうを流れる小川のせせらぎに耳を傾けています。遠くの音に心を向けると、子供たちが練習しているクラシック音楽の調べが、とぎれとぎれに聞こえます。近くからは、キャビンの中のすぐそこで、暖かいヒーターがブンブンうなる音が聞こえます。

頭で分析したり良《よ》し悪《あ》しを判断したりせずに、好きな音楽を聴くことも、「いま、ここに」返るために非常に役立つ方法です。音によって、感情だけでなくからだも変化します。リズムに合わせてからだを揺すったり、踊ったり演奏してみる。あなた自身を束縛から解いて、からだを流れに任せましょう。

もちろん、音がないことも気持ちがよいもの。わたしは耳をバスタブの水の中に沈めて、音を遮断した空間をつくるのが好き。また、からだの中でグーグーと音がするときには、耳を澄まし、細胞がやっていることに賞賛の言葉を贈ります。わたしの頭は聴覚的な刺激が多いと、すぐかき乱されてしまう。だからわたしは仕事や旅行の間は、よく耳栓をしています。脳の中の刺激の過負荷を防ぐのは、自分の責任。耳栓のおかげで頭が爆発せずにすんだことが何度もあります。

皮膚は、からだの中でもっとも大きくて多様な感覚器官です。ちょうど、脳が考えたり、感情を体験したり、あるいは特殊な組み合わせの生理反応に関わる回路を働かせるように、皮膚には、特殊な形態の刺激を感知できる、きわめて独特な受容器がちりばめられています。他の感覚と同様、肌に対する接触や圧力、暑さ寒さ、振動や痛みにどの程度敏感かは、大きな個人差があります。ある人は他の人より、ずっと速く刺激に順応します。

ふつう、洋服を着た後は、服のことなんかあまり気にしませんが、敏感なあまり、洋服の肌触りや重さで頭がいっぱいになってしまう人もいるのです。わたしはいつも、入ってくる刺激に順応する細胞の能力に感謝しています。もし順応できなければ、心がどんなふうに上の空になるか、想像してみてください。

できれば、わたしに合わせて、読書をもう一度、中断してみてください。今度は目を閉じて、いま肌から検出している情報について考えてみて。気温はどれくらい？　洋服の肌触りは柔らかい？　チクチクする？　軽い？　それとも重たい？　何かがからだを押してる？　それは飼っているペット？　それとも枕《まくら》？　ちょっとのあいだ、皮膚のことだけ意識してみて。腕時計や、鼻の上に乗っている眼鏡を感じることができる？　肩にかかっている髪の毛はどう？

治療という観点から見れば、それが人間であれ、「毛むくじゃらの友人」や草花との関係であれ、スキンシップ以上に効き目のあるものは、おそらく他にはないでしょう。育《はぐく》み、育まれることがからだに与える恩恵は、はかりしれないものです。

ただシャワーを浴びて、水がからだの上ではね返るのを感じるだけで、あなたはいきなり現在の瞬間に引き戻される。お風呂《ふろ》に入ったりプールで泳いだりして、水の圧力を肌に感じることは、適度な軽い圧力と温度の刺激になります。こうした活動を利用して、「いま、ここに」の状態に戻ってみましょう。どんなときにどんな回路が刺激されるかに注意するよう、訓練するんです。そうすれば、うまく回路を働かせることができるようになります。

手厚いマッサージもまた、多くの理由で大きな効き目があります。それは筋肉の緊張をほぐすだけじゃなく、循環する体内の細胞を動きやすくしてくれます。からだの中の世界では、どんなふうに細胞が栄養を摂り、どうやってその残りかすを掃除するかが大問題。ですから、細胞の生活水準を高めるならどんな種類の刺激も大歓迎なのです。

わたしが大好きな、スキンシップを利用した「いま、ここに」へ戻るための方法は、雨粒を浴びること。雨の中を歩くと、いろいろな拡《ひろ》がりをもった体験ができて、まさに感動ものです。顔に降りかかる水滴は、わたしを右脳マインドにある美と無《む》垢《く》の世界へといざないます。そして、深い清めの感覚に包まれたように感じます。顔の上に陽光の暖かさを感じたり、頬にそよ風のくちづけを感じると、あらゆる存在とひとつだと感じる自分自身の一部につながるのが、よくわかる。海岸線に立って、腕を一杯に広げて、そよ風の中を飛ぶような気持ちになるのがたまらなく好き。香り、音、味、そしてどんなふうに心の底で感じたかを思い出すことで、わたしは即座に、ニルヴァーナに戻ることができるのです。

皮膚がどんなふうにものごとを確かめ、聞き、味わい、匂いを嗅ぎ、感じるか、そしてからだの内側では生理的にどんなふうに感じているのか、こまかく意識するようになると、脳はもっと楽に、あらゆる瞬間を再構築できます。好ましくない思考パターンをビビッドなイメージに置き換えることで、意識を深い心の平和に戻すことができます。ある体験を再現するために感覚を利用するのは重要なことですが、経験を再構築するのに一番いいのは、背後にある生理的な感触を思い出すこと。

ここまで、感覚刺激を利用して「現在の瞬間」へ戻る方法について語ってきましたが、エネルギーの動きや直観について触れないで済ますわけにはいきません。敏感な右脳を持つ人は、わたしが言いたいことをわかってくれるでしょう。でも、左脳マインドが何かを嗅いだり、味わったり、聞いたり、見たりできず、あるいは、それに触れることもできない場合、「そんなものは存在しない」と決めつける人もいます。でも、右の脳は、左の脳の限界を超えてエネルギーを検知することができるよう設計されているのです。二つの異なる働きをもつ大脳半球が力を合わせて働いて、ひとつの現実認識をつくる。それがわかってくるにつれて、エネルギーの動きや直観といった言葉に対するあなたの拒絶反応も緩和されるにちがいありません。わたしたちがエネルギー的な存在で、エネルギーを感じ、それを神経の暗号に翻訳するように設計されていることを思い起こせば、自らのエネルギーの動きと直観についてもっと敏感になれるでしょう。部屋に足を踏み入れたとき、その部屋の空気を察知することができますか？　満ち足りていると感じていたのに、突然、不安でいっぱいになる理由を考えたことがありますか？　右脳は、直観的に知覚する微妙なエネルギーの動きを認め、そして解読します。

脳卒中を起こして以来、わたしは人生の大半を、人々や場所や物事が、どんなエネルギーとして感じられるかに注意しながら過ごしています。しかし右脳マインドの直観的な知恵に耳を傾けるためには、意識的に左脳マインドをもっとのんびりさせる必要があるのです。それによって、おしゃべりな物語作家に振り回されることがなくなります。なぜ自分が直観的に、ある人や状況には惹《ひ》かれるけれど、別の人や状況には反発するのか、わたしはその理由は問いません。単にからだの言うことを聞いて、そっと自分の本能を信じるだけ。

同時に右脳マインドは、因果関係が引き起こす現象を全面的に賞賛します。全《すべ》てが全てに影響を及ぼすエネルギーの世界で、右脳マインドの洞察力（insight）を無視するなんて、バカげています。たとえば矢を射るとき、的に焦点を合わせるだけじゃなく、矢の先と標的の中心の間の経路を目で追いますよね？　矢を後ろに引くとき、筋肉によって生み出される充分な力の量を心に描き、そして心を、最終的な結果よりも、そこにいたるまでの流動的な過程に集中させます。知覚力を広げ、体験することを心に思い描けば、正確さが高まることに気づくはず。あなたがスポーツをするとき、標的あるいは目標との関係で、自分自身をどうとらえるかを選ぶことができます。あなたは自分自身を孤立した存在――つまり、あなたはA地点にいて、標的はZ地点にある――と考えることもできるし、あるいは自分が標的と一体であり、「流れ」の中にいて、すべての原子や分子が間の空間を埋めている、と考えることもできます。

右の脳は全体像を感じ取り、自分の周囲や、自分の内部のすべてのものは、宇宙という織物に織り込まれたエネルギーの粒子で作られていることを理解しています。あらゆるものがつながっているので、わたしの周りと内側の原子の空間と、あなたの周りと内側の原子の空間との間には、わたしとあなたがどこにいても密接な関係が生じます。エネルギーのレベルでは、もしわたしがあなたを思いやり、好ましい雰囲気を伝え、あなたを精神的な光で包み、あるいはあなたのために祈れば、わたしは意識的に癒《いや》す目的でエネルギーを送っていることになります。あなたのために、あるいはあなたの苦痛を取り去るように祈るとき、わたしという存在のエネルギーを意識的に誘導して、あなたの治療に役立てようとしているのです。ほんの一例ですが、レイキ（霊気）、風水、鍼灸《しんきゅう》の技術や瞑想《めいそう》がうまくいく理由は、医学的には謎《なぞ》のまま。これは、いかに右脳が機能しているかという事実に、左脳や科学が未《いま》だに追いついていないからでしょう。でも、右脳マインドが直観的にエネルギーの動きを感じ、取り入れていることは、ほぼたしかだと思います。

感覚系の話はこれくらいにして、運動系の機能を利用して、「いま、ここで」の視点に移る方法を考えてみましょう。いつも緊張している筋肉を意識して脱力することも、閉じ込められたエネルギーを解放し、心地良くなるのに一役買っています。わたしは常に、頭の凝り具合を確かめています。夜になっても眠れないときは、意識しつつも自然と顎《あご》をゆるめるようにします。すると、あっという間に意識が薄れ、眠りに落ちるのです。筋肉の状態に気を配るのも、心を現在の状態に戻すのに大きく役立ちます。システマチックに筋肉を圧迫したりゆるめたりすれば、「いま、ここに」戻ることができるはず。

多くの人が、頭を切り替えるために運動を利用しています。ヨーガやフェルデンクライス法や太極拳《たいきょくけん》は、人格を鍛え、リラクゼーションと成長につながる、驚くべき道具になります。競技でないスポーツもまた、あなたをからだの内側に戻し、左脳マインドから解放する大きな手段となります。自然の中を散策し、歌い、創造し、音楽を演奏し、芸術に没頭することにより、視野をたやすく現在の瞬間に戻すことができるのです。

左脳の認知的な心がグルグルかき回しているループから、焦点を転じさせるもうひとつの方法は、気が散ってしかたがない、あの煩《わずら》わしい思考パターンの悪循環を、意識的に声を出して断ち切ることです。それには、マントラ（真言、「頭を休める場所」を意味する）のような、繰り返しの音のパターンを利用するのが非常に役立つと思います。息を深く吸って、次のような言葉を繰り返します。今この瞬間、わたしは心から喜んでいます。今この瞬間、わたしは完全で、ひとつで、美しい。そしてわたしは、宇宙の無垢で平和な子供です。こう唱えることによって、わたしは右脳マインドの意識に戻ります。

読経《どきょう》に聴き入ることは、感情と生理を伴う思考パターンに導くため、心を好ましくないループから抜け出させるもうひとつの重要な手段になります。祈りも、好ましくない思考パターンを、意図的に選んだ思考パターンに換えてくれるので、蜂《はち》の巣をついた騒ぎのような言葉のくりかえしから、意識的にもっと平和な境地へ導く手段となるでしょう。

わたしは、サウンディング・ボウル（日本なら仏壇の鈴（りん）を思い浮かべればよい）に声を合わせるのがとても好き。精妙な水晶で作られた大きなボウルがあって、上手に叩《たた》くと、骨身に響くほど強く共鳴します。心配事も、鳴り響くボウルの演奏中は心に忍び寄ることはできません。

わたしは、人生で大切だと信じていることに意識を集中させるため、一日に何回か、エンジェルカードを引いています。もともとエンジェルカードとはいろんな大きさのカードに、ひとつずつ言葉が書かれているものです。毎朝、起きるとすぐ、儀式として、一人の天使を人生にお招きします。一枚のカードを引くのです。その天使に、一日じゅう注意を集中するようにします。ストレスを感じたり、あるいは、重要な電話をしなければならないようなときは、心を右脳に振り向けるため、もう一枚カードを引いたりします。いつも、宇宙がわたしにもたらすものを受け入れやすい状態にしておきたいのです。

エンジェルカードを利用するのは、自分を寛容な心の状態に戻すためです。心を開いているときにわたしを惹きつけるものが、本当に好きだから。エンジェルには、次のようなものがあります。情熱、豊饒《ほうじょう》、教育、明瞭《めいりょう》、統合、遊戯、自由、責任、調和、優雅、そして誕生。エンジェルを引くことは、心を左脳の思慮分別から抜け出させるのに役立つ、最も簡単で最も効果的な方法なのです。

右脳マインドをあらわすキーワードをひとつだけ選ぶとしたら、わたしは迷わず「思いやり」を選ぶでしょう。あなたにとって思いやりは、何を意味するでしょうか？　どんな状況下で、あなたは人を思いやり、そして思いやりは、からだの内部でどんな感じがしますか？

わたしたちは一般的に、同等だと思っている人たちに共感します。自我《エゴ》というのは、えてして優越感に浸りたがるものですが、その誘惑に打ち勝てば、他人に対してもっと寛容な心をもつことができます。他人を思いやるとき、分別をもって相手の境遇を判断するよりも、愛情をもって考えますよね。ホームレスの人や精神病の人を思いやるとき、恐れや嫌悪《けんお》や攻撃的な気持ちではなく、心を開いた受け入れる気持ちで、その人たちに近づきます。

最近、誰かに本当の思いやりの心で接したのは、いつのことですか？　そのとき、どんな気持ちになりましたか？　思いやりを持つということは、開かれた意識と人助けの気持ちで「いま、ここに」来ることにほかなりません。

もし、右脳マインドの奥底で感じる気持ちを一言で選ぶなら、わたしは「喜び」と言うでしょう。

右脳マインドは、生きていることにスリルを感じている！　宇宙と「ひとつ」になれると同時に、わたしが「個」として存在することに、畏敬《いけい》の念さえ感じます。それにより、わたしは世界の中に入っていき、良い変化をもたらすことができるのです。

もし、あなたが喜びを体験する能力を失ったとしても、喜びの回路はまだ残っているから安心して。それは単に、不安と恐怖をあおる回路によって抑制されているだけ。あなたが心の重荷を捨て、自然な喜びの状態に戻れることを心から願っています！　わたしにできたのですから、きっとあなたにもできるはず。

安らぎの回路につなぐための秘訣《ひけつ》は、「いま、ここに」いるという運動と感覚の体験から気を逸《そ》らそうとする、思考や不安やその他の認知ループを止めてしまおう、と固く決意すること。でも、最も重要なのは、安らぎを求めること。惨《みじ》めさや自我《エゴ》や、正しくやろうとすることにこだわらないで。わたしは、次の古いことわざが好きです。

「あなたは、正しくありたいですか、それとも、幸せになりたいですか？」

個人的には、からだの中で幸せが感じ取れるような状態が大好き。だから毎日のように、そのループにつなげるようにしています。よく不思議に思うのはこんなことです。選ぶことができるのだとしたら、いったい誰が、幸せ以外のものを選ぶというの？　単なる憶測にすぎませんが、幸せ以外の選択をしてしまう理由は単に、多くの人々が自分たちが選べることに気づかないので、選ぼうとしないからでしょう。

脳卒中の前まで、自分なんて、脳につくられた「結果」にすぎないんだと考えていました。だから、押し寄せる感情にどう反応するかに口出しできるなんて、思ってもみなかったのです。頭では、認知的な思考を監視し、変えることができることには気づいていました。でも、感情をどう「感じる」かに口を挟めるなんて、まったく思いもよらなかったのです。生化学がわたしを捕らえている九〇秒間だけ我慢したら、その後は、さっさと解放してしまえばいいだなんて、誰も教えてくれませんでした。この事実に気づいたことが、人生の過ごし方に何と大きな変化を与えたことでしょう。

多くの人が幸せを選ぼうとしないもうひとつの理由。怒り、嫉妬《しっと》、あるいは欲求不満といった強烈なマイナスの感情を抱くとき、人は脳の中で積極的に複雑な回路を働かせているのです。それがあまりに「あたりまえ」に感じられ、自分が強くて力がみなぎっていると錯覚してしまうからではないかしら。毎日のように怒りの回路を働かせる人をわたしは何人も知っています。その理由？　怒りの回路を働かせると、自分らしくあることが再確認できるというんです！

でも、幸せの回路を働かせることは、わたしにとっては怒りの回路を働かせるのと同じくらい簡単なこと。実際、生物学的な観点からは、幸せは右脳マインドの自然な状態なのです。だからこの回路は常に動いており、使おうと思えばいつでも使えるんです。これに対し、怒りの回路はいつも作動しているわけではなく、ある種の脅威を感じるとスイッチが入ります。その生理的な反応が血流から消え去るや否《いな》や、わたしはふたたび喜びを取り戻すことができるのです。

結局のところ、わたしたちが体験するものはすべて、わたしたちの細胞とそれらがつくる回路の産物です。ひとたび、いろんな回路が、からだの内側でどんなふうに感じられるかに耳を澄ませば、あなたは世界の中でどうありたいかを選ぶことができます。個人的には、恐れや不安を抱くときのからだの中の感じが大っ嫌い。こうした感情が押し寄せるとき、わたしはいてもたってもいられず、自分の肌から抜け出したいとさえ思います。恐れや不安が引き起こす生理的な感覚が嫌なので、そうした回路にはあまり、つなぎたくありません。

わたしが一番好きな恐怖の定義は「誤った予測なのに、それが本当に見えること」。あらゆる思考が、単なる束《つか》の間《ま》の生理現象だということさえ忘れなければ、左脳の物語作家が「暴走」して勝手に回路につないでしまっても、慌《あわ》てる必要はありません。宇宙とひとつであることを思い出せば、恐怖の概念はその力を失います。

すぐに引き金を引きたがる怒りや恐怖の反応から身を守るために、わたしは、どの回路を動かしたり刺激するかに、責任を持つようにしています。恐怖と怒りの反応の力を減らす試みとして、わたしはできるだけ恐怖映画を見ないようにし、怒りの導火線にすぐ火がついてしまう人たちとつき合わないようにしています。わたしの回路に直接影響を与えるような選択を意識しているわけです。喜びで満たされるのが好きですから、それを尊重してくれる人々と付き合うようにしているのです。

前に述べたように、身体的な苦痛は、からだのどこかに組織の損傷が生じたことを脳に警告するように設計された生理現象です。苦しみにともなう感情ループにつなげなくても、からだに起きている苦痛を感じることができると知るべきです。重い病気にかかった子どもたちが、いかに勇気があるかをわたしは知っています。親たちは、苦しみと恐怖の感情回路につながってしまうようですが、子供自身は、そういったマイナスの感情的なドラマなしで、病気に順応するようです。

痛みは選ぶことができませんが、苦しみは、意識的な決断だと言えるでしょう。病気の子供たちにとっては、病気に耐えることよりも、親たちの嘆きに対処することの方が大変なことがあります。

同じことが、病気にかかっている誰についても言えるでしょう。あなたが健康のすぐれない人を訪ねる場合、どの回路を刺激するかには、充分、気をつけてください。死は、わたしたちみんなが体験する自然のなりゆきです。右脳マインドの奥深くに（あなたの心の意識の奥深くに）永遠の平和があることを、いま、実感してください。

謙虚な気持ちで、平和に恵まれた状態に返るために、わたしが発見した最も簡単な方法は、感謝すること。感謝の気持ちを抱くだけで、人生はすばらしいものになるのです。

18章　心の庭をたがやす

脳卒中の体験から多くのものを学んだせいか、なんだかこの旅が幸運だったと感じるようになりました。脳卒中のおかげで、普通では決して本当だなんて思えないようなたくさんのことを、じかに目撃する機会を得たのです。わたしは、単純だけれど新たな発見（insight）に、いつまでも感謝し続けることでしょう。自分のためだけじゃなく、わたしが発見した可能性が、脳に対する人類の見方や育て方を変え、ひいては、地球の上での人類の行動を変えてくれたら嬉《うれ》しい。

この過酷な旅を快く共にしてくれたあなたに感謝しています。あなたがどういう理由でこの本を読もうと思ったのかはわかりませんが、ご自分の脳や周囲の人々の脳について、なんらかの発見をし、これからの人生に活《い》かしてくれることを願っています。右脳の心の意識の奥底では、この本があなたの手から、いまこれを必要とする誰かの手にわたると信じています。

「未来の自分のためなら、今の自分を棄《す》てる覚悟がある」

これは、わたしがいつも電子メールのおわりにつけるアインシュタインの名文句です。アインシュタインにはわかっていたんですね。神経回路が全体としてうまく働くことで、世界を生き抜くために必要な能力が与えられる。わたしはそのことを遠い回り道をして学びました。

美しい細胞のひとつひとつ。ひとつひとつの神経回路。まさに驚くべき小さな部品が織り上げられて、「心」のネットワークをつくりだす。わたしが脳の中で体験する意識は、そうやって確立された集合的な「気づき」にほかなりません。神経の可塑性《かそせい》のおかげで、つまり、他の細胞とのつながり方を変える能力のおかげで、弾力的に考え、環境に適応し、世界の中でどう生きるかを選びながら、あなたとわたしは、地球上を歩くのです。幸いなことに、今日、どんな自分になるのかは、昨日、どんな自分だったかで決まるわけじゃありません。

心の中の庭園は、宇宙が生涯にわたって耕すことをわたしに託してくれた、宇宙の不動産屋さんの聖なる区画の一つ。このわたしだけが、DNAの分子の天才や周囲の環境要因と共に、わたしの頭蓋《ずがい》の中のこの空間を、好きに飾る権利をもっているのです。幼いころは、頭の中でどんな回路が育つかは関知できず、ほとんど自分では入力ができませんでした。わたしという存在は、遺伝によって受け継いだ土と種の産物にすぎなかったから。ですが運がよいことに、DNAの天才は独裁者ではなく、ニューロンの可塑性、考える力、そして現代医学の驚異のおかげで、遺伝的に動かせないものはほとんどありません。

どのような庭を受け継いだかに関係なく、いったん、意識的に心を育てる責任を引き受けた以上、わたしは成長させたい回路を選び、それなしに生きたいと思うような回路は意識的に刈り込んでしまいます。芽を出したばかりの蕾《つぼみ》のうちに雑草を刈り取るほうが簡単ですが、ねじれた蔓《つる》でさえ忍耐力をもって、エネルギー源を断ち切ればその強さを失い、崩れ落ちていくのです。

社会の精神的健康は、その社会を創《つく》り上げている脳の精神的健康によって決まります。残念なことに、西洋の文明は、愛すべき平和な右脳の特性が存続するためには、まったくもって挑戦的な環境です。こう感じるのは、決してわたしひとりではないでしょう。というのも、この社会の中の、何百万という美しい心をもった人々の例を見ているからです。彼らは違法な薬物やアルコールで自らを治そうとし、共通の現実から逃げる道を選んだのです。

「世界を変えたいのなら、わたしたちが変わらなくては」

このガンジーの言葉は的を射ていると思います。右脳の意識は、わたしたちが人類のために次の大きな飛躍をすることを強く望み、この惑星を、わたしたちが憧《あこが》れているような平和で慈愛に満ちた場所に進化させるために、わたしたちが右脳マインドに踏み入ることを期待しているのです。

あなたのからだは、五〇兆もの細胞の天才たちの生命力そのもの。あなただけが、一瞬ごとに、この世界の中でどのように生きるべきかを選ぶのです。どうか、ご自分の脳の中で起きていることに目を向けてください。自ら手綱を握って、人生という名の舞台に登場してください。明るく輝いてください！

回復のためのオススメ

附録A：病状評価のための一〇の質問

1 見たり聞いたりできているか、誰かに目と耳をチェックしてもらいましたか？

2 色が判別できますか？

3 三次元を知覚できますか？

4 時間についての何らかの感覚がありますか？

5 からだの全《すべ》ての部分を、自分のものだと確認できますか？

6 背景の雑音から、声を判別できますか？

7 食べ物を手に取ることができますか？　手で容器を開けられますか？　自分で食べる力と器用さがありますか？

8 **快適**ですか？　充分に暖かいですか？　喉《のど》が渇いていますか？　痛いですか？

9 **感覚的な刺激**（光や音）に対して**敏感すぎて**いませんか？　もし「敏感すぎる」なら、眠れるように耳栓をもってきて、そして、目を開けていられるようにサングラスをかけて。

10 **順序**立てて考えられますか？　靴下と靴が何であるかわかりますか？　靴の前に、靴下をはくという作業が理解できますか？

附録B：最も必要だった四〇のこと

1 わたしはバカなのではありません。傷を負っているのです。どうか、わたしを軽んじないで。

2 そばに来てゆっくり話し、はっきり発音して。

3 言葉は繰り返して。わたしは何も知らないと思って、最初から繰り返し、繰り返し、話してください。

4 あることを何十回も、初めと同じ調子で教えてくれるよう、忍耐強くなって。

5 心を開いて、わたしを受け入れ、あなたのエネルギーを抑えて。どうか急がないで。

6 あなたの身振りや顔の表情がわたしに伝わっていることを知っていて。

7 視線を合わせて。わたしはここにいます――わたしを見に来て。元気づけて。

8 声を大きくしないで——わたしは耳が悪いのではなく、傷を負っているのです。

9 適度にわたしに触れて、気持ちを伝えて。

10 睡眠の治癒力に気づいて。

11 わたしのエネルギーを守って。ラジオのトーク番組、テレビ、神経質な訪問者はいけません！　訪問は短く（五分以内に）して。

12 わたしに何か新しいことを学ぶエネルギーがあるときは、脳を刺激して。ただ、ほんの少しですぐに疲れてしまうことを憶《おぼ》えていて。

13 幼児用の教育玩具《がんぐ》と本を使って教えて。

14 運動感覚を通して、この世界を紹介して。あらゆるものを感じさせて（わたしは再び幼児になったのです）。

15 見よう見まねのやり方で教えてください。

16 わたしが挑戦していることを信じてください——ただ、あなたの技術レベルやスケジュール通りにいかないだけです。

17 いくつもの選択肢のある質問をしてください。二者択一（Ｙｅｓ／Ｎｏ）式の質問は避けて。

18 **特定**の答えのある質問をして。答えを**捜す時間**を与えて。

19 どれくらい**速く**考えられるかで、わたしの認知能力を**査定しない**で。

20 **赤ちゃんを扱う**ように優しく扱って。

21 わたしに**直接話して**。わたしのことについて他の人と話さないで。

22 **励まして**ほしい。たとえ二〇年かかろうとも、完全に回復するのだという期待を持たせて。

23 **脳は常に学び続ける**ことができると、固く信じてください。

24 全ての行動を、より**小さい**行動ステップに分けてください。

25 課題が上手《うま》くいかないのは何が**障害**になっているのか、見つけてください。

26 **次のレベルやステップ**が何なのかを明らかにして。そうすると、何に向かって努力しているかがわたしにもわかります。

27 次のレベルに移る前に、**今のレベル**を十分に達成している必要があることを憶えていてください。

28 **小さな成功を全て讃**《たた》**え**てください。それがわたしを勇気づけてくれます。

29 どうか、わたしの文章を途中で補足しないで。あるいは、わたしが見つけられない言葉を埋めないでください。わたしには脳を働かせる必要があるのです。

30 もし古いファイルを見つけられなかったら、必ず新しいファイルを作るのを忘れないで。

31 実際の行動以上にわたしが理解していることを、わかってもらいたいのです。

32 できないことを嘆くより、できることに焦点を合わせましょう。

33 わたしに以前の生活ぶりを教えてください。前と同じように演奏できないからと言って、もう音楽を楽しんだり、楽器を演奏したりしたくないなんて考えないでください。

34 一部の機能を失ったかわりに、わたしが他の能力を得たことを、忘れないで。

35 家族、友人たち、優しい支援者たちと親しい関係を保てるようにしてください。カードや写真を貼《は》り合わせたコラージュを作って見せてください。それらに見出しをつければ、わたしはゆっくり見ることができます。

36 大勢に助けを求めましょう。「癒《いや》しチーム」を作るように頼みましょう。みんなに伝言しましょう。そうすれば、みんなはわたしに愛を伝えてくれます。わたしの病状の最新情報を伝え続けて。そして、わたしを助けてくれるような特別なことを頼んでみて。わたしがらくに飲み込んでいるところや、からだを揺り動かして、上半身を起き上がらせるところを見せてあげて。

37 現在のわたしをそのまま愛して。以前のようなわたしだと思わないで。今では、前と異なる脳を持っているのです。

38 守ってください。でも、進歩を途中で阻《はば》まないで。

39 どのように話したり歩いたり、どんな身ぶりを見せたかを思い出させるために、何かをやっているわたしの古いビデオテープを見せて。

40 薬物療法が疲れを感じさせ、それに加えてありのままの自分をどう感じるかを知る能力をぼやけさせていることも、忘れないで。

脳についての解説

I　わかりやすい科学

二人の人間同士が互いに通じ合うためには、目の前の現実を分かち合うことが必要です。だから、外部の世界からの情報を知覚し、処理し、その情報を脳の中でまとめるといった面で、わたしたちの神経系ができることは事実上、誰でも同じでなくてはなりません。そして思考や言葉や行為といったアウトプットについても、誰でも同じである必要があります。

生命の誕生は、まさに目をみはるようなできごとでした。単細胞の有機体の出現により、分子レベルでの情報処理の新しい時代が幕を開けました。原子や分子を操作して、DNAとRNAの配列を決めることにより、情報が登録され、暗号化され、未来のために蓄えられます。瞬間ごとに、記録が生まれ、相次ぐ瞬間の連なりを織り交ぜることにより、細胞の生命は「時にかけられた橋」として進化します。やがて細胞は手に手を取り合って働く方法を見いだし、それが最終的に、あなたやわたしを創《つく》りだしたのです。

アメリカン・ヘリテージ辞典（American Heritage Dictionary、日本でいえば広辞苑のようなものだろうか）によれば、生物学的に進化することは、「原始的な形態から、より高度に組織化された形態に、進化論的な過程により発達すること」を意味します。*7

ＤＮＡという名の分子の脳は、地球上で強力かつ成功した遺伝プログラムです。絶え間のない変化に適応できるからというだけでなく、それが、何かもっと素晴らしいものに変化する機会を予期し、理解し、うまく利用するからです。人間の遺伝暗号が、この惑星上のあらゆる他の生命と同じように、きっかり同じ四つのヌクレオチド（複合分子）で書かれているという事実は興味深いことです。ＤＮＡレベルで見れば、わたしたちは、鳥類、爬虫類《はちゅうるい》、両生類、他の哺乳類《ほにゅうるい》、そして、植物の生命とさえ同類なのです。純粋に生物学的な観点からは、人類は、地球の遺伝学的な可能性の中の、この種だけに起きた突然変異体にすぎないのです。

人間という生命体は、完成された生物とも言える進化を遂げたものの、自分たちが思うほど完全な遺伝暗号をもっているわけではありません。人間の脳は、つねに進化し続けています。二〇〇〇年前から四〇〇〇年前のわたしたちの祖先の脳ですら、今のわたしたちの脳と同じではありません。たとえば言語の発達というできごとは、脳の解剖学的な構造や細胞間のネットワークを変えてしまったのです。

体内の多くの細胞は、数週間、あるいは数ヶ月ごとに死んで入れ替わります。ですが、神経系の主な細胞であるニューロンの大部分は、いったん死んだら再生することがありません。もう増えないのです。いいかえると、あなたの脳内のほとんどのニューロンは、あなたと同じ年齢なのです。一〇歳のときに心の奥底で感じた想《おも》いを、三〇歳や七七歳になっても同じように感じるのはなぜでしょう？　その理由のひとつが、ここにあります。脳の中の細胞はずっと同じだけれど、時が経《た》つにつれ、経験を積み重ねていくことによって、細胞同士のつながり方は変化していきます。

人間の神経系は、一兆個の細胞からつくられている非常にダイナミックな存在です。この一兆個という数がどれほど大きいかを実感するために、こんなふうに考えてみましょう。まず、地球上の全人口が、約六〇億です。その一人ひとりが細胞一個だとするとひとつの神経系をつくるためにつながっている細胞の数は、六〇億の全人類を一六六倍しなくちゃいけません。

もちろん、からだは単なる神経系じゃありません。実際、典型的な成人の人間の体はおよそ五〇兆個の細胞からできています。五〇兆というと、この惑星上の全人口である六〇億の人たちの、実に八三三三倍にもなるのです！　骨の細胞、筋肉の細胞、結合組織の細胞、感覚細胞といった巨大な細胞の集まりが仲良く手をつないで、一致団結して健康な肉体をつくり出していることは、よく考えれば驚異的です。

生物学的な進化は、ふつう、複雑でない状態から、より複雑な状態へ変化するとされています。自然は、効率よくできていて、新しい種《しゅ》をつくり出す場合、まっさらな状態から作り直したりはしません。たいていの場合、いったん生き物の存続を支える遺伝暗号のパターンが見つかると、そうした重要な特徴を持つ暗号は、未来の遺伝暗号プログラムの中にきちんと席が用意されるようになっています。たとえば、蜜《みつ》を運んでもらうための花びら、血液を流すための心臓、体温調節のための汗腺《かんせん》、見るための眼球といったようなものです。すでにうまく働いているプログラムの上にさらに新しいレベルのプログラムを加えることにより、新しくつくられた種は、時の試練を経た強いＤＮＡ配列に支えられることになります。こんな単純な方法で、自然は古《いにしえ》の生命に授けられた体験や知恵をその子孫へと伝えてゆくのです。

こうしてずっと行なわれてきた「すでにうまくいっているものの上に積み重ねる」という遺伝子工学的戦略は、遺伝子配列をほんの少し操作するだけで、大きな進化を遂げられるのが大きな利点です。信じられないような話ですが、人間の遺伝子をみてみると、全DNA配列の九九・四パーセントはチンパンジーと同じであることが科学的にわかっています。*8

もちろん、人間が木にぶらさがっている友人たちの直系の子孫、という意味ではありませんが、この事実は、わたしたちの分子暗号の特性が、長い時間をかけて築き上げられた、自然の大いなる進化論的な努力に支えられていることを意味します。人間のもつ遺伝暗号は、少なくともそのすべてが偶然の産物だったわけではなく、自然が遺伝学的に完成した身体《からだ》への進化を求め続けた結果だと考えたほうがいいようです。あなたとわたしは同じ人間の種として、〇・〇一パーセントを除いて、すべての遺伝子配列が同じになっています。だから事実上、生物学的には、あなたとわたしはひとつの種として、遺伝子レベルでは九九・九九パーセント同じなのです。そして、周囲を見渡せば明らかなように、残りの〇・〇一パーセントがあることで、見たり、考えたり、行動する場合、人によってきわめて大きく異なって、人類の多様性がつくり出されるのです。

人を他のあらゆる哺乳類と分けているのは、うねりのある外側と渦巻き状の中身をもつ大脳皮質です。他の哺乳類も大脳皮質を持ってはいますが、人間の皮質はほぼ二倍の厚さがあり、二倍の機能を果たすと考えられています。大脳皮質は左右の半球に分かれており、左右が互いに補いあうことで機能を完全なものにしているのです。

左右の大脳半球は脳梁《のうりょう》という名の情報伝達の高速道路を通して、互いに情報を伝えあっています。それぞれの大脳半球は特定の種類の情報については独自に処理しますが、二つの大脳半球がつながると、左右の半球は一緒に機能し、継ぎ目のないひとつの世界を知覚させてくれるのです。

複雑で入り組んだ、脳の細かい解剖学的特徴からすると、大脳皮質の繊細な配線は、個人差があるほうがふつうだといえます。この個人差が、個人的な好みや個性をつくり出しているのです。でも、脳のもっと大ざっぱな解剖学的特徴となると、あなたの脳の外見はわたしのものとほとんどそっくりです。大脳皮質の「回《かい》」と呼ばれる盛り上がった部分と、谷のような「溝《こう》」は明確に分かれていますから、脳は、外見や構造や機能において実質的には同じもの、といっていいでしょう。ちょっとした例をあげれば、大脳半球のそれぞれには、上側頭回、中心前回、中心後回、上頭頂回、そして外側後頭回が含まれており、これらの回のひとつひとつは、特有の機能とつながりを

人間の大脳皮質の全体

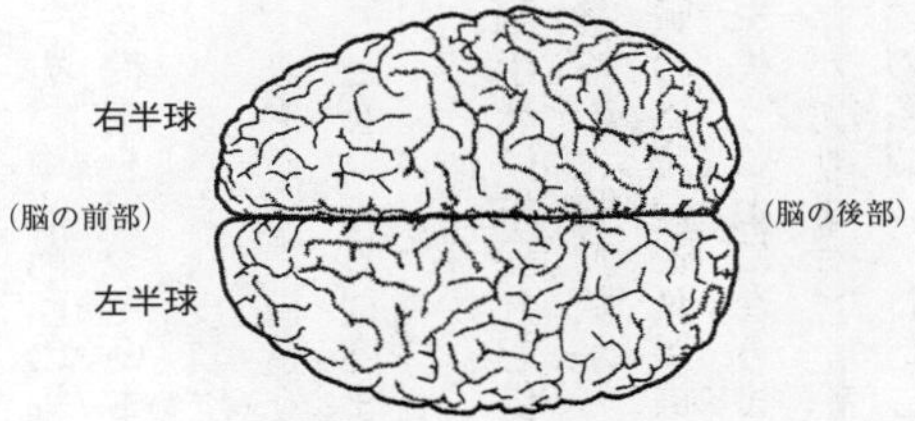

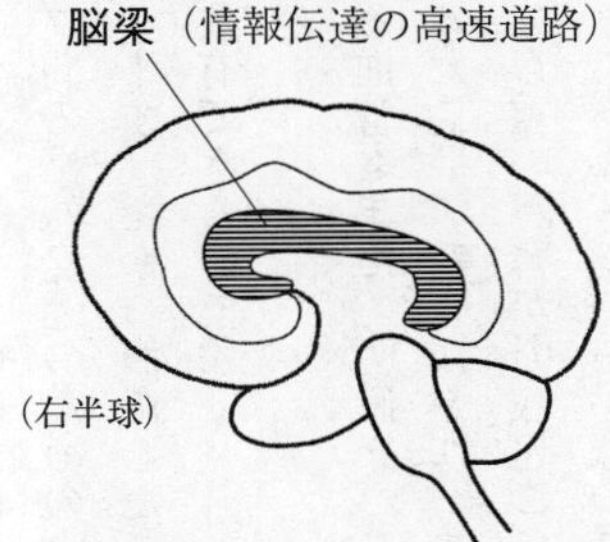

大脳半球

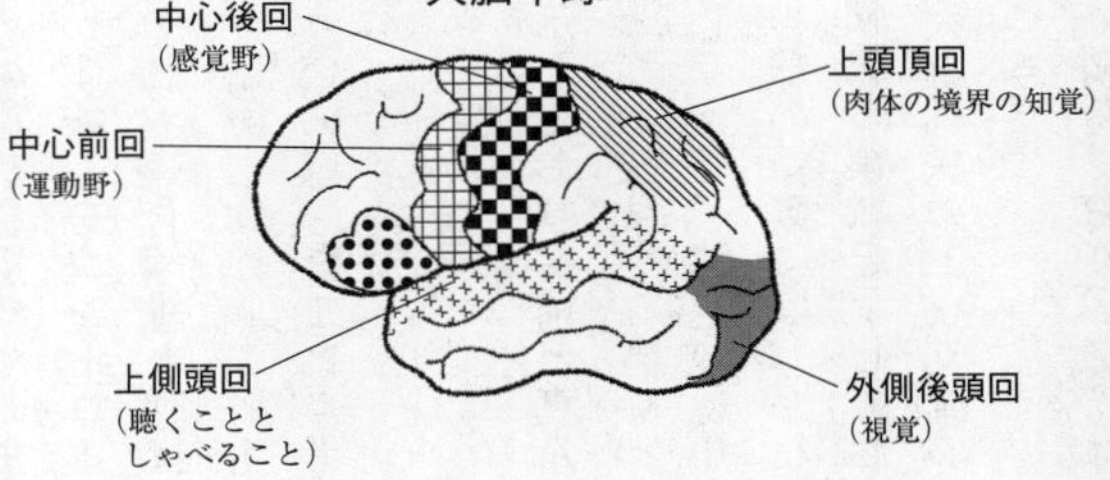

もつ非常に特殊な細胞で構成されています。

たとえば中心後回の細胞は、感覚的な刺激を意識的に知るための役割を担《にな》っています。一方、中心前回の細胞は、身体の各部分を自分の意志で動かす能力をコントロールする役割を担っています。二つの大脳半球の内部には、それぞれ、連合線維と呼ばれる、さまざまな皮質グループ間の情報伝達のための太い経路がありますが、これもまた、誰もが同じ構造をしています。だからわたしたちは、お互いの感じたことや考えたことを（ある程度まで）共有できるのです。


大脳半球に栄養分を供給する血管もまた、明確なパターンを示しており、前と真ん中と後ろの大脳動脈が、二つの大脳半球のそれぞれに血液を送っています。こういった動脈の支流のどれが損傷しても重い障害が引き起こされるでしょうし、特定の認知能力を失うことになります（もちろん、脳の右半球の損傷と左半球の損傷には、かなりの差があります）。次頁のイラストは、脳の左半球の中大脳動脈の領域を示しており、この領域に、わたしの脳卒中が起きた場所があります。中大脳動脈の主な支流のどれが損傷しても、どんな兆候が出るかは比較的容易に想像がつきます。

脳の外側の表面に張り付いている皮質の表面層はニューロンで満ちており、これは

中大脳動脈
（領域と主な支流）

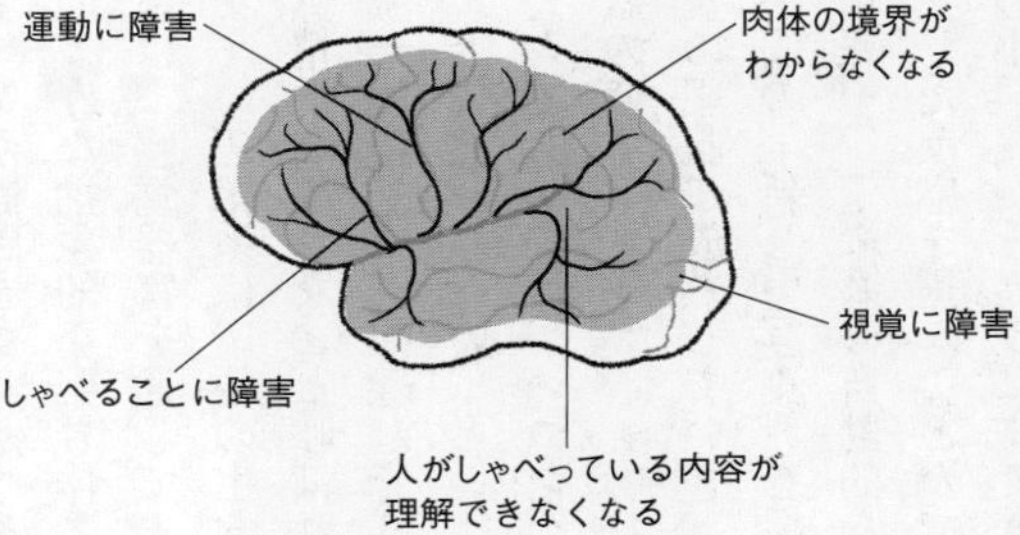

大脳辺縁系
（情動）　　（右半球）

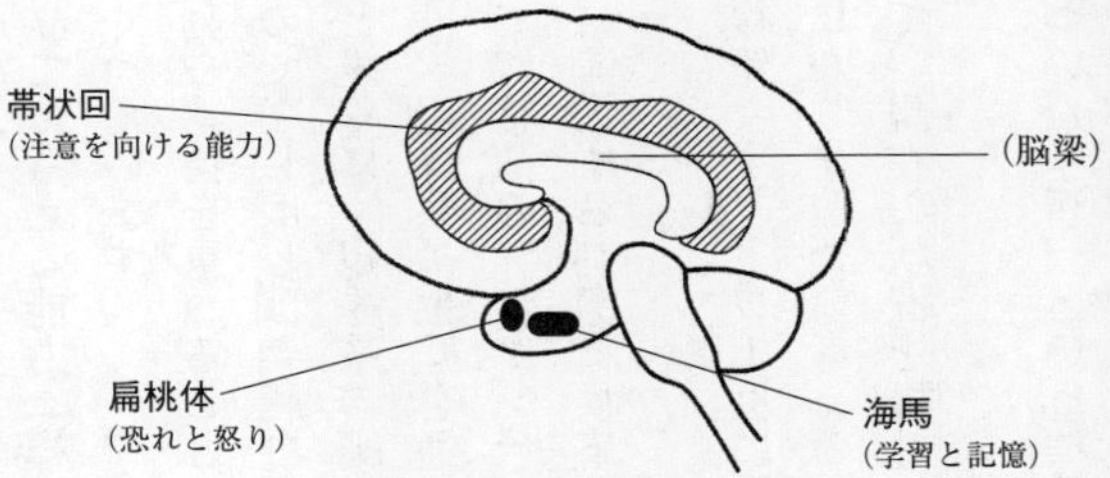

人間特有のものだといわれています。進化の過程でつい最近に「付け足された」機能であるニューロンが回路をつくり、それが、直線的に筋道立てて考える能力（複雑な言語や数学のような抽象的な記号体系で考える能力）をつくっています。

大脳辺縁系《へんえんけい》は、感覚器官を通して入ってくる情報に、情動や感情を重ねることによって機能します。辺縁系は、他の生き物にも共通しているので、しばしば「爬虫類の脳」とか「感情的な脳」などと呼ばれています。産まれるとすぐに、辺縁系の細胞は感覚的な刺激に反応して、配線ができます。注目したいのは、辺縁系は生涯を通じて機能するけれど成熟はしない、ということ。その結果として、感情の「ボタン」が押されると、大人であっても、いつだって二歳の子供みたいに流入する刺激に反応することができるのです。

高度な皮質の細胞が成熟していき、他のニューロンとの複雑なネットワークに統合され、この瞬間の「新しい写真」を撮ることができるようになりました。考える心による新しい情報を、辺縁系の自動的な反応と比較することで、現在の状況を再評価し、意図的に成熟した反応を選ぶことができます。

アメリカの小学校から高校にまで普及している「脳に基づいた学習」という興味深いテクニックがありますが、このテクニックは、神経科学者たちが解明した辺縁系の機能を用いています。この学習テクニックによって、わたしたちは学校の教室を、安全と親しみを感じる環境に変えようとします。それは、扁桃体《へんとうたい》で脳の恐怖・激怒の反応が引き起こされないような環境をつくるため。扁桃体の主な役目は、ほんの一瞬のうちに外部から入ってくるすべての刺激をスキャンして、安全のレベルを決定すること。辺縁系の帯状回は脳が注目する焦点を絞る役割も持っています。

入ってくる刺激が安心だとわかると、扁桃体はおとなしくなり、隣りに位置する海《かい》馬《ば》が新しい情報を学んで記憶することができます。ですが扁桃体は馴染《なじ》みのない、あるいは脅威的な刺激にさらされると、不安のレベルを上げて、焦点を目の前で起きている情況に合わせていきます。こうした情況下では、注意は海馬から逸《そ》れ、今この瞬間に必要な生き残りの行動に、焦点が絞られることになります。

感覚情報はわたしたちの感覚系を通って流入し、ただちに辺縁系によって処理されていきます。ですが、外界からのメッセージが大脳皮質に届いて、高度な思考に入る前から「これは苦痛だろうか、それとも喜びかしら？」という具合に、その刺激をどうとらえるかを感じています。みなさんの多くは、人間は考える生き物だけれど感じもするのだと考えているかもしれませんが、生物学的には、わたしたちは感じる生き物だけれど考えもするのです。

「感じる」という言葉は漫然と使われているので、ここでは、脳内で起きる「感じる」の違いをハッキリさせたいと思います。まず第一に、悲しみ、喜び、怒り、欲求不満、あるいは興奮した「感じ」は、辺縁系の細胞によって生じる情動がもたらすもの。第二に、あなたの手の上で何かを「感じる」ことは、触ることを通して感じる触覚、あるいは運動感覚の体験を意味します。この種の感じは、接触の感覚系を通じて起き、大脳皮質の中心後回に関係しています。そして最後に、直観的な感じ（しばしば「肚《はら》の底から湧《わ》き起こる感じ」と表現される）を理性的な判断と比べる場合。この、直観という新たな発見に満ちた知覚は、大脳皮質の右半球がもとになっている、高いレベルの認知なのです（「Ⅱ　右脳と左脳はちがう！」で、脳の左右の半球の働きのちがいについて、よりくわしく論じています）。

情報処理マシンであるわたしたちが、外部の世界の情報を処理する能力は、感覚を「感じる」レベルで始まります。ほとんど自覚している人はいませんが、実は感覚受容器は、エネルギーのレベルで情報を検知するようにできています。まわりのあらゆるものは――吸う空気から、物をつくるのに使う材料まで――回転し、振動する原子からできていますから、あなたとわたしは文字通り、電磁場の荒れ狂う海の中を泳いでいるようなもの。わたしたちはその一部であり、その内部に包まれながら、感覚受容器を通してそれが何であるかを体験するのです。

感覚系は、複雑な「滝のように連なった」ニューロンからできています。受容器のレベルから脳の内部の特定の領域に届くまで、ニューロンが入ってくる神経の暗号を処理してくれます。滝の各段に位置する細胞グループは、暗号を変えたり増幅したりしながら、メッセージをどんどんハッキリさせて、次の一連の細胞に引き渡します。より高いレベルの大脳皮質である、脳の最も外側の部分にその暗号が到達すると、わたしたちはその暗号を刺激として意識するのです。しかし、経路に沿った細胞のどれかが正常に機能しないと、最終的な知覚は、現実から歪《ゆが》められたものになってしまいます。

視野、つまり世界を眺めるときに、わたしたちが見ることができる全視界は、数十億のちっぽけな点、すなわちピクセル（画素）に分かれています。それぞれのピクセルは振動する原子と分子で満たされていて、眼の後ろの網膜細胞は、そうした原子や分子の動きを検出します。異なる周波数で振動する原子は、異なる波長のエネルギーを放出しており、この情報は最終的に、脳の後頭部の視覚野によって、異なる色として暗号化されます。

脳は、ピクセルのグループを一緒に束ねて物体の境界線とし、それにより視覚的な

大脳新皮質の構成

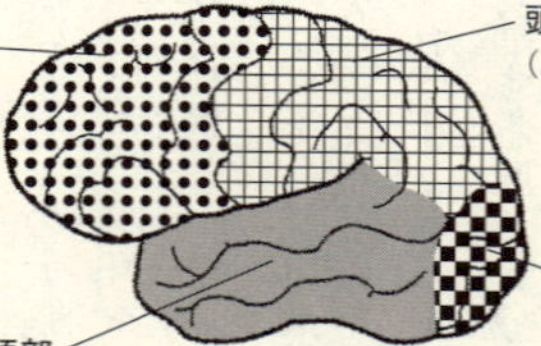

映像がつくられます。異なる方向――垂直、水平、斜め――の異なる境界線が結びついて、複雑な映像をつくっていきます。脳の細胞の各グループが、見ているものに深みと色と動きを加えてくれるのです。

書かれた文字を正常に認知できなくなる失読症は、正常な感覚の「滝のように連なった」インプットが一部変わってしまったことにより起きる、機能的な異常の典型的な例です。

視覚と同じように、音を聞く能力もまた、異なる波長で進むエネルギーの検出に依存しています。音は、空気中の分子が互いに衝突してエネルギーのパターンを放出することでつくられます。衝突する分子によってつくり出されたエネルギーの波長は、耳の鼓膜を揺らします。音の異なる波長は異なる特性をもって、鼓膜を振動させるのです。そのしくみは網膜の細胞によく似ていて、耳の中に入ってきたエネルギーの振動を、聴覚のコルチ器官の有毛細胞が神経の暗号に翻訳してくれます。これが最終的に（側頭部にある）聴覚野に到達して、音を聴くことができるのです。

原子や分子の情報を感じ取る能力のうちでもっともわかりやすいのは、匂《にお》いと味の化学的な感覚でしょう。これらの受容器は、個々の帯電した粒子に敏感で、それらの粒子が鼻をかすめたり味蕾《みらい》（味覚の感覚器）をくすぐると鋭く反応します。ですが、何かの匂いを嗅《か》いだり味わったりするには、どれくらいの刺激が必要かについては、人によって違いがあります。これらの感覚系もまた、複雑な滝のように連なった細胞からなっており、そのどこか一ヶ所が損傷を受けただけで知覚異常を引き起こします。

最後に皮膚。皮膚は最も大きな感覚器官です。皮膚には、圧力、振動、軽い接触、苦痛、あるいは温度といったものを体験するための特殊な感覚受容器が、斑点《はんてん》のように広がっています。知覚する刺激に対する受容器の種類はハッキリ決まっていて、たとえば冷たい刺激は冷たい感覚専用の受容器で知覚されますし、振動は振動専門の受容器で検出されます。感覚器官としての皮膚の表面は、細かく専門的に区分けされているのです。

いろんな種類の刺激にどれくらい鋭敏に反応するかは、先天的な差異があり、その違いは、わたしたちがどのように世界をとらえ、知覚するかということに大いにかかわっています。もしほかの人の話し声を聞くのに困難があれば、会話の断片や一部だけを聞いて、その最小限の情報に基づいた決定や判断を下すほかありません。もし視力が乏しかったら、細かいところには焦点が合いませんから、わたしたちと世界とのかかわりもまた、影響を受けるでしょう。もし匂いの感覚に欠陥があれば、衛生的な環境と不衛生な環境の区別もできず、生命を危険にさらすことになります。

しかし逆に、もし刺激に敏感過ぎると、その刺激を避けんがために環境との相互作用を避けるようになり、人生の素朴な喜びさえ見逃してしまうことにもなりかねません。

一般的に、哺乳類《ほにゅうるい》の神経系の病状や疾患は、その哺乳類の種を決定づける、特定の脳組織に関連して起こります。ですからヒト科であるわたしたちの場合、ヒト科に特徴的な大脳皮質の外側の層が、疾病《しっぺい》に罹《かか》りやすいのです。脳卒中は、人間を社会の中で無力にする元凶のナンバー・ワンで、殺人鬼としてはナンバー・スリーですね。

神経学上の疾患は、大脳皮質の高度の認知層に影響を及ぼすことが多く、特に脳卒中は、脳の左半球のほうが右側より四倍も多く起きるので、言語を創造したり理解したりする能力がしばしば危険にさらされてしまいます。脳卒中という言葉は、酸素を脳細胞に運んでいる血管に問題があることを指しており、基本的に二つのタイプがあります。虚血性《きょけつせい》と出血性です。

全米脳卒中協会によれば、虚血性脳卒中は全体の脳卒中のほぼ八三パーセントを占めています。動脈は血液を脳に運びます。ニューロンをはじめとする細胞たちの生命を支える酸素をたくさん含んだ血液を運ぶのです。この血管は心臓から遠くまで運ぶにつれて、だんだん先細りになってゆきます。

虚血性脳卒中では、かたまった血の塊が動脈の中を進んでいき、しまいに血管が細くなったところで詰まってしまいます。血の塊は、細胞へ送られるはずの酸素の豊富な血液の流れを妨げます。その結果、脳の細胞は傷つけられ、死滅することも多々あるのです。ニューロンは一般的に再生されませんから、死んだニューロンは置き換えられることがありません。死滅した細胞の機能は、他のニューロンが肩代わりしてくれないかぎり、永久に失われるでしょう。どんな脳も、神経学上の「配線」は独特ですから、傷害から回復する能力も、人によってちがってきます（317頁の図を参照）。

出血性脳卒中は、血液が動脈から漏れて脳に流れ込むときに起こります。脳卒中全体の一七パーセントが出血性です。ニューロンにとって、血液との直接的な接触は有害ですから、どんな血液の漏れ、あるいは動脈瘤《りゅう》の破裂も、脳に破壊的な影響を与えてしまいます。脳卒中のひとつの形態である動脈瘤は、血管の壁が弱くなり、そこが膨らんで突出してしまうことにより起こります。弱くなった部分には血液が溜《た》まり、そこが破れたときには大量の血液を脳内に噴出するのです。どんなタイプの出血も、往々にして命取りになってしまいます。

脳動静脈奇形（ＡＶＭ）は、出血性脳卒中の中では珍しい形態で、生まれつき動脈の形状に異常がある、先天的な障害です。正常な状態では、心臓は圧力の高い動脈を通して全身に血液を送り出し、圧力の低い静脈を通して全身から血液を回収します。高圧の動脈と低圧の静脈の間の緩衝システム、すなわち中立地帯としての機能を果たすのが毛細血管床です。

ＡＶＭの場合、動脈はじかに静脈とつながっていて、その間には緩衝する毛細血管床がありません。時間が経《た》つにつれ、静脈は動脈からの高い圧力を受け止めきれなくなってゆき、ついには動脈と静脈の間の結合部分が壊れ、血液が脳に流れ出てしまいます。ＡＶＭは、出血性脳卒中全体のうち二パーセントだけしか占めていませんが、[*9] 人生の最盛期（二五─四五歳）に当たる人たちを直撃する脳卒中の中では、一番割合が高いのです。

ＡＶＭが破裂したとき、わたしは三七歳でした。

虚血性凝血塊

（動脈はふさがれ、酸素が細胞に届かない）

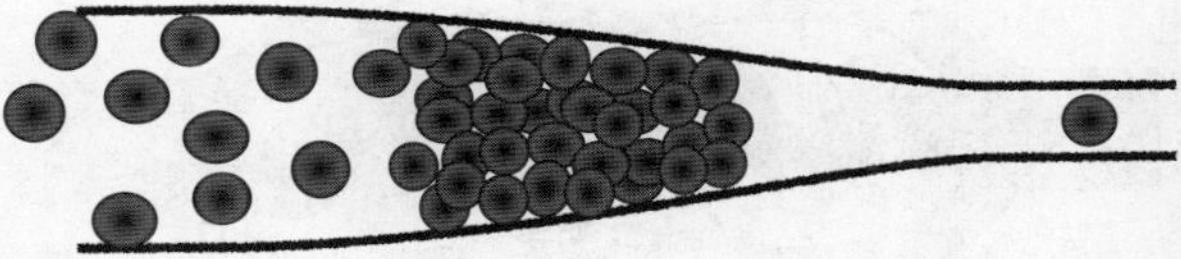

動脈瘤

（血管の薄い壁が風船のように膨らむ）

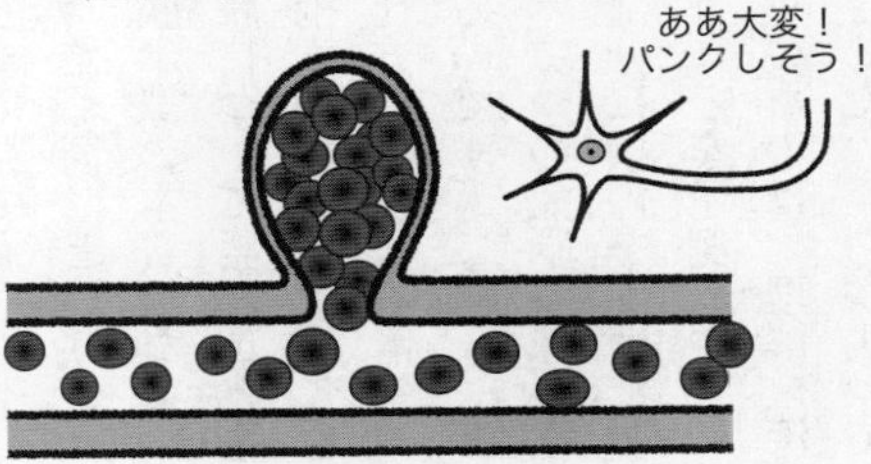

正常な血液の流れ

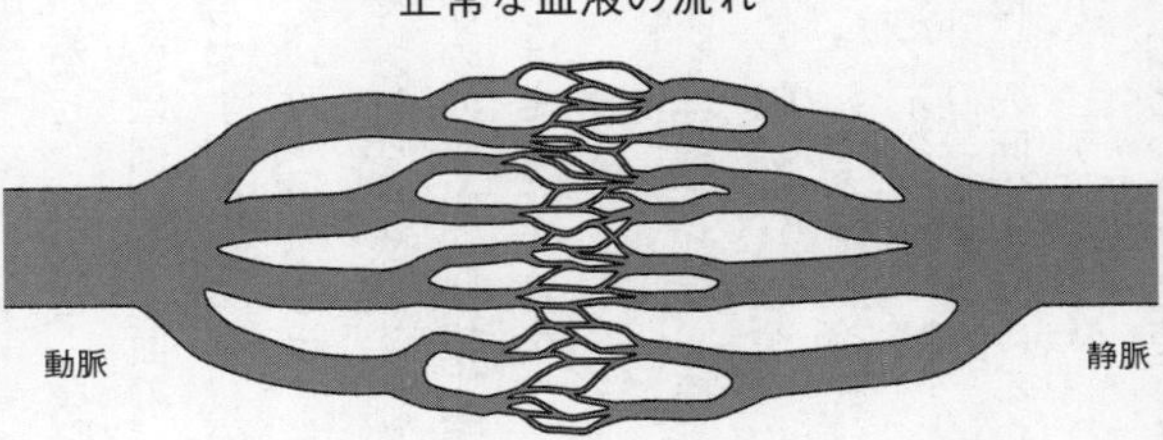

動脈と静脈の、つなぎ部分の奇形

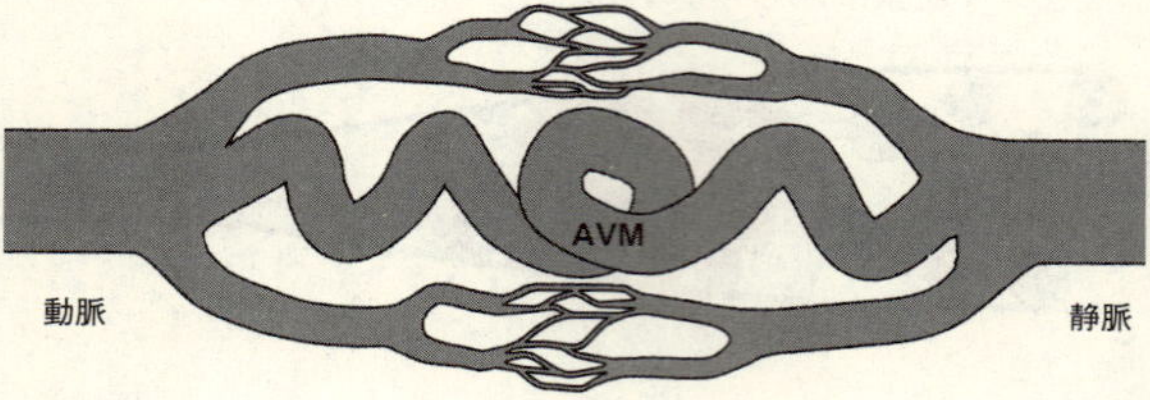

脳卒中の原因が凝血塊であれ出血であれ、人によって脳卒中の症状は変わってきます。なぜなら、どんな脳をとって見ても、構造、配線、あるいは回復力の面で、まったく同じということはないからです。また、左右の大脳半球の本質的な違いを無視して、脳卒中から起きる症状について語ることも不可能です。二つの大脳半球の解剖学的な構造はそこそこ対称的なのですが、情報処理の仕方や処理する情報の種類の面ではまったく異なっているのです。

二つの大脳半球の機能をより深く理解すれば、特定の部分に損傷を受けたときにどんな欠陥が生じるか、ということを予測しやすくなります。でも、それよりさらに重要なのは、理解を深めることで、脳卒中で一命をとりとめた人たちが失ってしまった機能の回復を助けるために、わたしたちに何ができるのか、どうすればいいのかという答が得られるかもしれない、ということでしょう。

脳卒中（のうそっちゅう）警報！

の = のろのろと身体《からだ》がだるい
う = うまく話せない
そ = そんな身体の変化に注意する
つ = つらい頭痛がある
ち = ちかちか眼がおかしい
ゆ = ゆらゆらしてバランスがとれない
う = うろんな記憶

脳卒中(のうそっちゅう)は緊急事態！
119番をダイヤルしましょう！

Ⅱ 右脳と左脳はちがう！

科学者たちは二〇〇年にわたり、人間の脳の左右の大脳皮質の機能的な違いを研究してきました。記録の上で、左右の大脳半球が実はそれぞれに心を持っている、と主張した最初の人物は、わたしの知るかぎりではマイナール・シモン・デュ・ピュイです。デュ・ピュイは一七八〇年に、人類は二重人間（Homo Duplex）だと主張しました。それは、人間が二重の心と二重の脳を持っていることを意味します。*10

その一世紀ほど後、一八〇〇年代の後半に、アーサー・ラドブローク・ウィガンが、ある男性の検死解剖の結果を公表しました。その男性は、歩いたり、話したり、読んだり、書いたりすることができ、正常な人となんら変わりがないように見えました。しかしウィガンが彼の脳を調べてみると、その男性はたったひとつの大脳半球しか持っていなかったのです。ですからウィガンは、脳が半分しかない男性がきちんとひとつの心を持ち、一人前の男としてふるまえたのだから、二つの大脳半球をもつ人たちは二つの心を持っているに違いない、という結論を下しました。ウィガンは熱狂的に、

「心の二重」理論を擁護していたのです。

左右の大脳半球は、どのように情報を処理し、新しい素材を学ぶのでしょう。左右の大脳半球の相違点と類似点については、数世紀にわたって、さまざまな結論が導かれてきました。この話題は、一連の分離脳実験のせいで、一九七〇年代にアメリカでとても有名になりました。ロジャー・W・スペリー博士が、重症の癲癇《てんかん》の発作を起こす患者たちの脳梁《のうりょう》の横断線維を外科的に切断する手術を行なったのです。一九八一年のノーベル賞受賞の記念講演で、スペリーは次のように述べています。

脳の右と左の半球を切り離す手術をした被験者で、他の条件に差がなく、左右の脳の緻密《ちみつ》な比較が可能な同じ被験者が同じ問題を解く場合、些細《ささい》な左右の半球の差でさえ重要な意味をもってくる。同じ一人の人間が、脳の左半球と右半球のどちらを使うかにより、二つの精神的アプローチと戦略のどちらか一方を一貫して使い続け、まるで二人の別人であるかのように見えることが観察される。*11

このような分離脳の患者たちについての初期の研究以来、脳科学者たちは、二つの大脳半球は外科的に分離された時よりむしろ、互いにつながっている時に違った働きをするということを学んできました。*12 正常につながっている場合には、二つの大脳半球は互いに補い合い、互いに能力を高めています。外科的に分離された二つの大脳半球の場合は、まるでジキル博士とハイド氏のように、まったく違った個性を持つ二つの独立した脳として機能するのです。

今や科学者は、機能的磁気共鳴映像法（ｆＭＲＩ）を含む非破壊性の現代的な技術を利用して、どのニューロンがどんな機能を果たすのかを、リアルタイムで見ることができます。左右の大脳半球は脳梁を通じ、神経単位として極めて強く統合されているので、あらゆる認知行動は両方の大脳半球の活動に由来しています。ただし、左右の働きは異なるのですが。

そんなわけで、左右の大脳半球の関係は二つの別々な存在というよりは、左右が互いに補い合ってひとつになるというほうがより適切だ、と科学者たちは考えています。二つの大脳半球が、それぞれ独自の方法で情報を処理することにより、人間の脳は、よりよく周囲の世界を認知することができ、種《しゅ》としてのわたしたちの生存のチャンスも高くなったにちがいありません。二つの大脳半球は、継ぎ目のないひとつの世界として知覚を織り上げるのが上手なので、わたしたちが意識的に左右の大脳半球の間で起きていることを区別するのは、事実上、不可能なのです。

ところで、左右の大脳半球の役割の違いを左右の手の役割の違いと混同してはダメで、これはとても大切なことです。どちらの脳が支配的であるかは、どちらの半球がしゃべる言葉をつくり出して理解する能力を持つか、によって決まります。そして統計上では、多少のばらつきはあるものの、(アメリカの人口の八五パーセント以上を占める)手が右利《き》きの人のほとんどは、大脳の左半球の方が機能的に優れています。でも、同時に、左利きの人の六〇パーセント以上も、右利きの人と同じように、大脳の左半球の機能が優れている方に分類されるのです。そこで、二つの大脳半球の非対称性について、もっと詳しく調べてみましょう。

(からだの左半分を制御する)大脳の右半球は並列プロセッサーのように機能します。さまざまな情報のシャワーが、視覚や聴覚といったそれぞれの感覚系を経由して、脳の中へ一気にどっと流れ込んできます。その一瞬ごとに、右脳マインドは、この瞬間がどう見え、どう聞こえ、どんな味でどんな匂《にお》いでどう感じるのか、という厖大《ぼうだい》なコラージュをつくります。瞬間は、あわただしく来てあっという間に去るのではなく、情動や思考や感情、また時には生理的な反応であふれているのです。このように処理される情報によって、わたしたちは瞬間ごとに周囲の空間を把握し、その空間との関係を築くことが可能なのです。

右脳マインドのおかげで、驚くほど明快かつ正確に、個々の瞬間を記憶することができ、ほとんどの人が、初めてケネディー大統領の暗殺を耳にしたり、あるいは世界貿易センターの惨状を目にしたりしたとき、自分たちがどこにいてどう感じたかを憶《おぼ》えています。（教会の結婚式で）「誓います」という言葉を発した瞬間や、初めてあなたの赤ちゃんが微笑《ほほえ》んだ瞬間を憶えていますか？

大脳の右半球は、物事同士の「関係」を憶えるようにできているので、個々の存在物の間の境界はぼやけています。心の中の複雑なコラージュはことごとく、イメージ、運動感覚、そしてその他の生理機能と結びついて思い出されるのです。

右脳マインドには、現在の瞬間以外の時間は存在しません。そしてそれぞれの瞬間が、情感で彩《いろど》られています。生や死も、今この瞬間に起きています。歓《よろこ》びの体験も、そしてわたしたちを包む大いなる存在との結びつきを知り、実感することも。右脳マインドにとっての「今」の瞬間は、一瞬にして永遠なのです。

正しい方法も規則も規制も持たない右脳マインドは、なにものにも束縛されず、あるがままに考える自由を持っています。そして新たな一瞬の数々が与えてくれる可能性を、どこまでも自由に求めていくのです。右脳マインドはあらかじめ、自発的に、気ままに、そして想像的につくられていて、だからこそわたしたちの芸術的な活力が、抑制や思慮分別なんてものに縛りつけられることなく、自由に迸《ほとばし》るのを可能にしてくれるのです。

今、ここにある一瞬は、あらゆるもの、あらゆる人々を「ひとつのもの」に結びつけ、それによって、右脳の心はわたしたちみんなを、人類という家族の対等なメンバーとして知覚します。つまり、わたしたちの類似性を知り、生命を支えてくれるこの素敵な惑星とのつながりを理解するということ。それは、この世界にあるものたちがどんな関係にあり、どうやって一緒に集まって全体を作り上げているのか、その全体像を描くことでもあります。共感したり、他人の身になって考えてみたり、感情移入したりする能力は、右の前頭皮質のおかげなのです。

それに対し、大脳の左半球は情報を処理する方法が全く異なっています。左脳は、右脳によってつくられた内容豊富で複雑な瞬間のそれぞれを取り上げて、時間的に連続したものにつなぎ合わせます。それから左脳は、この瞬間につくられた詳細と、一瞬前につくられた詳細を次々と比較し、きれいな直線上に並び換える作業を行ないます。こうやって、左脳が「時」の概念を明らかにしてくれ、瞬間は過去、現在、未来に分けられていくのです。

予測できる時間リズムの中で、わたしたちは「あることが起きる前にはこれが起きる」と予測できます。たとえば靴と靴下を見る。そこで、靴を履く前に靴下を履く、という段階があることを完全に知っているのが、わたしの大脳の左半球だというわけです。こういった時系列での予測は、ひとつのパズルのようなもの。パズルの全《すべ》ての詳細を見て、配列のパターンを明確に理解するために、色、形状、大きさの手がかりを利用します。大脳の左半球は、AがBより大きく、BがCより大きいならばAはCより大きい、といった演繹《えんえき》的推理を用いて、あらゆるものを完全に理解していきます。

大脳の右半球が、ひとつのイメージを思い描いて現在の瞬間の全体像を認知するのとは全く逆に、左脳マインドは、まさに微に入り細をうがつように、細かく細かく、細部にこだわり続けます。だから、大脳の左半球の言語の中枢《ちゅうすう》はあらゆることを説明し、定義し、分類し、伝えるために、言葉を利用するのです。

言語をつかさどる中枢は、現在の瞬間の全体像をバラバラにし、他の誰かとそれを分かち合えるように、管理しやすく、比較しやすいデータの断片にしてしまいます。

大脳の左半球は花を見ると、その全体を構成する異なる各部分に名称をつけていきます——花弁、茎、雄蕊《おしべ》、花粉といった具合に。虹《にじ》を見れば、そのイメージを赤、オレンジ、黄色、緑、青、藍色《あいいろ》といった言葉に細かく分けていく。わたしたちのからだも、腕、脚、胴体、そして、想像できるかぎりの解剖学的、生理学的、生化学的な細部にわけて説明してしまう。

こうして事実と細部を織り上げ、ひとつの物語をつくりあげます。左脳は学者みたいに、研究し尽くした細部の権威と化すのです。

心が働くスピードには、大きな個人差があります。脳の対話が速すぎて、考えていることについて行けない人もいるでしょう。かと思えば、言語で考えるのが非常に遅くて、きちんと理解できるまでにかなりの時間がかかったり、あることに焦点を合わせ、集中を保って考えることが苦手という人もいます。特に障害などがない場合、こうした処理速度の違いは、脳細胞の基本的な配線が人によって違うから生じるのです。

左脳にある言語中枢の役目のひとつは、「わたしは」と言うことにより、「自己《セルフ》」の意味を明確にすること。脳はおしゃべりをすることで、人生の細部を何度も反芻《はんすう》します。だからあなたは、自分の人生で起きたことを憶えていられるのです。それはあなた自身の中の生まれ故郷のようなもの。このおかげで、あなたは、自分の名前や持っている資格や住んでいる場所などが、心の中でわかるのです。

左脳の細胞がきちんと役目を果たさなければ、あなたは自分が誰であるかも忘れてしまうし、人生と個性の軌跡も失ってしまうことでしょう。

言語で考えることに加え、大脳の左半球は入ってくる刺激に対してパターン化された反応を見せます。それは感覚的な情報に対して、ほぼ自動的に働く神経学的な回路をつくっています。このような回路によって、多くの時間を個々の情報の断片に焦点を当てるのに費やすことなく、大量の情報を処理できるのです。神経学的な観点からは、ニューロンの回路が刺激されるたびに、より少ない外部刺激で半自動的な特殊回路が機能するようになると言えます。この種の反射的な回路設計が、わたしが左脳の「思考パターンのループ」と名づけたものをつくり出します。これによって、最低限の注意力と計算力で、大量の流入情報をあっという間に解釈することができるのです。

左脳は、こうした生得のパターン認知のプログラムで一杯で、このプログラムは過去の体験にもとづき、わたしたちが何を考えるか、どう行動するか、あるいは、将来どんなことを感じるか、ということを、見事に予測してくれるのです。わたしは赤い色が大好きで、なんでもかんでも赤いものを集める癖があります。車は赤、着る服も赤。とにかく赤が好き。なぜなら、わたしの脳の中のある回路が、何か赤いものが手に入るとすごく興奮し、なかば自動的に働いてしまうから。神経学的な見地から考えれば、わたしが赤を好きな理由は、左脳の細胞が、赤が好きなんだよね、とささやくからだと言えるでしょう。

大脳の左半球の働きの中でも特別なのは、わたしたちを魅惑する（好みの）、あるいは、不快にする（嫌いな）ものを分別して、階層的に情報を分類する働きです。これは、わたしたちが好むものには良いという判断を下し、嫌うものには悪いという判断を下します。批判的な判断や分析を通じて、左脳は常に自分を他人と比較します。それによって、自分がどれくらい金持ちで、どれくらい学識があり、どれくらい正直で、どれほど寛容で、その他想像できるかぎりのさまざまな尺度のうえで、自分の立ち位置がどこかがわかるのです。自我《エゴ》の心は個性にのめり込み、他人とちがうことを褒めたたえ、独立心をあおるのです。

左右の大脳半球は、それぞれ独特な方法で情報を処理しますが、行動に関しては、左右の二つは密に連携して事を運びます。たとえば言語についていえば、左脳は文章の構文や、意味をつくりあげる細部を理解し、そして、単語の意味も理解します。文字とはどんなもので、それがどのように組み合わされて、概念（意味）をもつ音（単語）から文章が作り出されるのかを理解するのは、左脳マインドです。そして左脳は、単語を直線的に並べ、非常に複雑なメッセージを伝えることができる文章や節をつくります。

右脳は、言葉以外のコミュニケーションを解釈することによって、左脳の言語中枢の働きを補います。右脳マインドは声の抑揚や顔の表情、からだの身振りなどの微妙な言葉の「あや」を評価し、コミュニケーションの全体像を見て、その表現全体のつじつまがあっているかどうかを判断します。相手の姿勢、表情、声の調子、伝えようとしているメッセージのどれかが矛盾している場合、次のどちらかでしょう。つまり、その人が神経学的に異常か、あるいは、嘘《うそ》をついているか。

大脳の左半球に損傷を負っている人は、言葉をつくったり理解したりすることができません。言語中枢の細胞が傷ついているからです。でも、彼らは大脳の右半球の細胞のおかげで、相手が嘘をついているかどうかがわかるという、天才的な能力をしばしば発揮するのです。逆に、もし大脳の右半球に損傷を受けていたら、その人はメッセージの感情的な内容を適切に判断できない可能性があります。

たとえばあるパーティで、わたしがブラックジャックをやりながら「ヒット・ミー！」と言ったとします。右脳に損傷を負っている人は、わたしが「カードをもう一枚ちょうだい！」という意味で言ったと理解できず、物理的に「わたしを叩いて！」と頼んでいると解釈するかもしれません。全体像を把握してコミュニケーションを評価するという、大脳の右半球の能力がなくては、大脳の左半球はあらゆることを「杓子定規《しゃくしじょうぎ》」にしか解釈できなくなってしまいがちなのです。

二つの大脳半球がどんなふうに、機能面で互いに補い合っているかを示すには、音楽を例にあげるとわかりやすいでしょう。教則本などで、細かく音階をくりかえし練習するとき、楽譜の約束事を学んでいるとき、楽器の演奏でどの指遣いがどの名前の音を出すのかを憶えようとしているときには、主に、左脳の技能をうまく利用しています。そして人前で演奏したり、即興演奏をしたり、耳コピで奏《かな》でたり、といったことを瞬間的にしているときには、右脳が猛烈ないきおいで働いているのです。

脳が、空間に占めるからだの拡《ひろ》がりを明確に把握している、というのはどういうことか、ちょっとでも考えたことがありますか？　実は、左脳の方向定位連合野に、からだの境界を明確にする細胞があり、それによって、からだがまわりの空間と相対的にどこから始まり、どこで終わっているかがわかるのです。同時に右脳の方向定位連合野には、空間でのからだの向きを決める細胞が存在します。その結果、左脳は、からだがどこで始まってどこで終わるかを教えてくれ、そして右脳が、わたしたちを好きな方へ向かわせてくれるのです。[*6]

わたしは心から願っています。脳について教えてくれ、脳についての学習に役立ち、そして二つの大脳半球の非対称性について説明してくれる数多くの最新の文献に、あなたが手を伸ばしてくれることを。左脳と右脳の連携プレーにより、どうやって現実認識がつくられるのかがわかればわかるほど、脳が自然の賜物《たまもの》であることがわかるでしょう。また、神経学的な痛手から立ち直る人たちの手助けがもっとうまくできるようになるでしょう。

わたしが体験した脳卒中は、未発見だったＡＶＭによって引き起こされた脳の左半球でのひどい出血でした。脳卒中の朝、この大量の出血のせいで、まるで母親のお腹《なか》の中の胎児に戻った気がするほど完全に無力になってしまいました。脳卒中の二週間半後、本格的な手術を受け、脳の情報伝達を妨げていたゴルフボール大の凝血塊を取り除きました。

手術のあと、肉体的および精神的な機能を完全に回復するのに八年もかかりました。わたしは、他人《ひと》より有利な点があったから、完全に回復できたのだと思います。

神経解剖学の専門家として、わたしは脳の適応性を信じていました。損傷した神経回路を修復し、交換し、保持する能力を！ それに加え、学者生活のおかげで、脳の細胞が回復するにはどのように治療すればいいかを教えてくれる、道案内の「地図」まで持っていましたから。

この本は、わたしが脳卒中で人間の脳の美しさと回復力を発見した物語です。それは、左脳が衰え、ふたたび回復するのを体験するのがどんな感じか、一人の神経科学者の眼を通して見た、個人的な記録でもあります。この本が、健康な脳と病気の脳の働きについて新しい発見（insight）を提供することを心から望んでいます。

この本は一般の読者向けに書いたものですが、できれば、脳の外傷から回復中の方や、そういった患者さんを看護する方々に、この本のことを教えてあげてください。

Rause, *Why God Won't Go Away* (NY: Ballantine Books, 2001)　邦訳版『脳はいかにして〈神〉を見るか―宗教体験のブレイン・サイエンス』(茂木健一郎訳・PHPエディターズ・グループ)。

＊7　Second College Edition (Boston: Houghton Mifflin Company, 1985)

＊8　Derek E. Wildman, et al., Center for Molecular Medicine and Genetics and Department of Anatomy and Cell Biology, Wayne State University School of Medicine (Accessed September 10, 2006), 〈pnas.org/content/100/12/7181.full〉

＊9　National Institute of Neurological Disorders and Stroke (Accessed September 10, 2006), 〈www.ninds.nih.gov〉

＊10　G. J. C. Lokhorst's *Hemispheric Differences before 1800* (Accessed September 10, 2006), 〈www.tbm.tudelft.nl/webstaf/gertjanl/bbs1985/html〉

＊11　Roger W. Sperry's December 8, 1981 lecture (Accessed on September 10, 2006), 〈www.nobelprize.org/nobel_prizes/medicine/laureates/1981/sperry-lecture.html〉

＊12　Sperry, M. S. Gazzaniga, and J. E. Bogen, "Interhemispheric Relationships: The Neocortical Commissures; Syndromes of Hemisphere Disconnection" in *Handbook of Clinical Neurology*, P. J. Vinken and G. W. Bruyn, eds. (Amsterdam: North-Holland Publishing, 1969), 177-184.

注釈

＊1 R.B.H Tootell and J.B. Taylor, "Anatomical Evidence for MT/V 5 and Additional Cortical Visual Areas in Man" in *Cerebral Cortex*（Jan/Feb 1995), 39-55.

＊2 www.nami.org or 1-800-950-NAMI

＊3 www.brainbank.mclean.org or 1-800-BrainBank

＊4 www.drjilltaylor.com

＊5 長年にわたって、わたしの体験を多くの視聴者と分かち合う機会に恵まれました。それは、ディスカバー誌（*Discover Magazine*）とオプラ・ウィンフリーのオー・マガジン（*Oprah Winfrey's O Magazine*）の読者から、アメリカ脳卒中協会の、ストローク・コネクション誌（*Stroke Connection Magazine*）および全米脳卒中協会（National Stroke Association）のストローク・スマート誌（*Stroke Smart Magazine*）の読者にまで及んでいます。わたしの回復の物語はPBSの「無限なる心」（The Infinite Mind）で特集されており、WFIUのプロフィール番組（wfiu.org/profiles/2005/09/）で聴くことができます。さらに「理解する心：驚くべき脳」（Understanding: The Amazing Brain）というタイトルのPBSの素晴らしい番組もあり、これは世界的に放映されています。脳の可塑性《かそせい》について教えてくれる素晴らしい番組です。ぜひ、ご覧ください。

＊6 Andrew Newberg, Eugene D'Aquili, and Vince

♬1-800-BrainBank!

Oh, I am a brain banker,
Banking brains is what I do.
I am a brain banker,
Asking for a deposit from you!

Don't worry, I'm in no hurry!
Have you considered the contribusion you can make
When you are heaven bound, your brain can hang around,
To help humanity, find the key to
Unlock this thing we call insanity.
Just dial 1-800-BrainBank for information please,
Educate then donate, it's free!

Oh, I am brain banker,
Banking brains is what I do.
I am a brain banker,
Asking for a deposit from you!

＊電話番号はアメリカ国内のものです。

訳者あとがき　ことばを失った科学者の本

この本の原書を読んだとき、どうしても自分の手で翻訳してみたいという思いにかられました。なぜだかわかりませんが、リハビリによって取り戻されたテイラー博士の「ことば」のニュアンスをそのまま日本語に写し取りたいと感じたのです。

子供のころ、父親の仕事のせいでアメリカの小学校に転校させられたことがあります。そのとき、私は一時的にことばを失い、ゼロから英語を学ばなくてはなりませんでした。そのせいかどうか定かではありませんが、帰国後、私はひどい吃音《きつおん》に悩まされ、自分なりの「リハビリ」をしなくてはいけませんでした。

もしかしたら、そんな幼少時の体験が、脳卒中によりことばを失ったテイラー博士の生き方に私が深い共感を覚えた理由かもしれません。

それにしても、テイラー博士の「新たな発見《インサイト》」には驚かされます。脳卒中という悲劇に見舞われながら、不思議な幸福感に充《み》たされ、それまで抑圧されてきた右脳マインドの存在に気がついた。それにより、人類全体の平和と幸福を希《こいねが》う、宗教的ともいえる世界観に目覚めたというのですから。

本書の前半部分は、脳科学者の目から見た脳卒中の発症と手術とリハビリの様子が、生々しいタッチで描かれています。ところが後半になると、ムードが一転し、「右脳マインドのススメ」とでもいうべき内容になります。

もしかしたら、後半の調子についていかれない、と感じた読者もいるかもしれません。でも、本書は宗教書でもなければ神秘主義の本でもありません。れっきとした科学書であり、科学者の自伝なのです。むしろ、神秘体験にも脳科学的な根拠があることを自らの体験により「証明した」という意味で、本書はこれまでタブー視されてきた領域に果敢に科学のメスを入れたと評価できるでしょう。

この日本語版では、テイラー博士の同意を得た上で、脳科学の解説部分を本文から切り離して附録としてまとめました。科学好きの読者は、附録から読まれるといいかもしれません。あと、著者のミドルネームは正確には「ボルティ」という発音に近いのですが、日本語表記は「ボルト」とさせていただきました。

本書の翻訳にあたっては、いつものように、父、竹内聖《せい》に下訳をつくってもらい、そこに私が手を入れていく方法をとりました。また、妻かおりには女性の言葉の表現を直してもらい、専門用語は正確を期するため、東京大学の水谷治央《はるお》さんと理化学研究所の丸山篤史さんにチェックしてもらいました。新潮社の足立真穂さんには版権の交渉から出版まで全面的にお世話になりました。

翻訳を終えるのに半年近くかかってしまいましたが、テイラー博士の渾身《こんしん》の作品に見合う訳書にすべく、私も力を振り絞ったつもりです。ひとりでも多くの読者が「新たな発見」を追体験できることを願いつつ、翻訳の筆を擱《お》くことにします。

二〇〇九年一月　横浜の書斎にて

竹内　薫

解説——神経解剖学者が右脳に「目覚めた」時

養老孟司

気鋭の女性神経解剖学者が、脳血管の生まれつきの異常があったために、ある日脳卒中を起こす。なにしろ自分の専門領域なので、脳の機能がしだいに侵されていくのを、自分で体験する破目になる。「四時間という短い間に、自分の心が、感覚を通して入ってくるあらゆる刺激を処理する能力を完全に失ってしまうのを見つめていました。（中略）そして、人生のどんな局面をも思い出すことができなくなってしまったのです」

その発作の間も、さすがに科学者である。自分の認知力が壊れていく様子を、しっかり記憶しておくように、必死で自分にいい聞かせる。そういう人だから、回復した後で、こういう本が書けたのである。

病巣《びょうそう》ははっきりしていた。左脳の中央部から、出血がはじまったのである。それによって、典型的な左脳の機能である言葉や、自分を環境から区別し、自分の位置を把握する方向定位連合野が働かなくなっていく。そうすると、残る右脳の機能が正面に表れてくる。それはどういう世界であったか。なんと著者はそれをまさに「悟り」の境地、ニルヴァーナと呼んでいる。自分が宇宙と一体化していく。脳が作っている自分という働き、それが壊れてしまうのだから、いわば「自分が溶けて流体となり」、世界と自分との間の仕切りが消えてしまう。つまり宇宙と一体化するのである。

いわゆる宗教体験、あるいは臨死体験が脳の機能であることは、いうまでもない。しかしそれが世間の常識になるまでには、ずいぶん時間がかかっている。神秘体験としての臨死体験が世間の話題になった時期に、私は大学に勤めていたから、取材の電話に何度お答えしたか、わからない。あれは特殊な状態に置かれた脳の働きなんですよ。

脳卒中の結果、著者はすっかり変わってしまう。いわば右脳の働きに「目覚めた」のである。無理な理屈をいい、批判的になり、攻撃的になる。それはしばしば左脳の負の機能である。もちろん左脳の機能がなければ、さまざまなことができない。しかしリハビリを続け、左脳の機能を回復していく過程で、著者はそうした負の部分を「自分で避ける」ことができると気づく。

個人的にお付き合いするとしたら、私は病後の著者と付き合いたいと思う。発作前の著者は、おそらく典型的な、米国の攻撃的な科学者だったに違いないからである。本書の後半を、ほとんど宗教書のようだと感じる人もあるかもしれない。でも、脳から見れば、宗教も特殊な世界ではない。脳がとりうる一つの状態なのである。

本書を「科学的でない」という人もあるかもしれない。それは科学の定義によるに過ぎない。科学をやるのは脳の働きである意識で、意識は一日のうちのかなりの時間「消えてしまう」ていどのものである。その意識という機能の一部が、科学を生み出す。しかも科学を生み出す意識という機能は、「物理化学的に定義できない」。

科学的結論なら信用できる。そう思っている人が、いまではずいぶんいるらしい。しかしその科学を生み出す意識がどのくらい「信用できるか」、本書を読んで、ご再考いただけないであろうか。

訳文はこなれていて、じつに読みやすい。専門的な部分を最後に解説としたのも、親切な工夫だと思う。脳研究やリハビリの専門家に限らず、人生を考えたい人なら、だれでも読んでいい本である。

（解剖学者）

『毎日新聞』平成二十一年三月八日朝刊に掲載された書評を再録しました。

解説——失われて初めて分かること

茂木健一郎

人間、生きている以上、健康でいたいと思う。いつかは死ぬものとわかってはいても、せめて今日が、そして明日が無事平穏でありますようにと祈るのは、人間として当然のことであろう。しかし、ふしぎなことに、何かを失うことが、発見や成長につながることがある。「喪失」することと、「獲得」することはしばしば同じである。ここには、どんなバランスでさえ、それを「生きる」ことへの糧《かて》としてしまう、生命というもののしたたかさ、強靭《きょうじん》さがある。

『奇跡の脳』は、脳卒中にみまわれた脳科学者が、自分に起こりつつあることを冷静に見つめ、さらにはその回復の過程で得られたさまざまなインスピレーション、生きる上での智恵《ちえ》について語る本である。著者自身が述べているように、「脳科学者が、自分にまさに起こっている脳卒中の詳細なプロセスを観察すること」は、そう何度もあることではない。病気にはならないことが望ましいが、たとえ不幸にしてなってしまったとしても、そこから何かを学ぶことができるということが、人間の素晴らしさ。不幸を学びのきっかけとする著者の力強い生き方から、読む者は深い感動を受け取る。『奇跡の脳』は、さまざまな「恵み」を届けてくれる本である。脳のはたらきの不思議をつたえる「科学本」であり、脳卒中にならないために、万が一なったときのために、あるいはなった後の回復のために心がけるべきことを学ぶことができる「健康本」でもある。著者の力強い生き方に勇気づけられる「啓発本」でもあるし、不幸な病気とそこからの回復の過程を通して得られた著者の深い洞察を受け取る、インスピレーションに満ちた「人生論」ともなっている。ぜひ、多くの方に読んでいただきたい、十年に一度の良書であると思う。

脳のはたらきは、本当に不思議である。私たちが日々生きる中で、あたかも一つの「心」があるように感じている。しかし、この一つの「心」は、実際には脳の中のさまざまな回路がプログラムとして働くことで、初めてできあがる複雑でゆたかな一つのシステムである。脳内出血や脳梗塞《こうそく》で神経細胞が損傷するなど、何らかのきっかけで回路の一部が失われると、私たちの心の中の、その回路によって担《にな》われていた「部品」がなくなってしまう。

私たちの直観としては、あたかも物質的存在としての「私」とは別に、「心」があるように感じられる。そのような「二元論」的な印象を持つことは無理もないことだけれども（だからこそ、脳から心がどのようにして生まれるのかといういわゆる「心脳問題」が深刻な知的課題として人類の前に立ちはだかっているわけだけれども）、心は、あくまでも物質である脳のはたらきとして生み出されている。つまり、心は一つの「脳内現象」であって、脳の一部が壊れてしまえば、それによって支えられている心の働きも失われてしまう。

健康であることの有り難さは、それが失われて初めてわかるとはよく言われることである。脳のはたらきも同じこと。いつもはあたりまえに思っている心の働きが、ある日突然失われてしまうこともある。その時、私たちは自分が今まで知らなかった世界に、投げ込まれてしまう。

全米を駆けまわる第一線の脳科学者だったジル・ボルト・テイラーさん。ある朝、彼女の脳の血管が破れ、脳内に出血してしまう。彼女を襲った「ひどく奇妙な感じ」。身体《からだ》の調子が悪いのかと思い、そこから回復しようと運動をしたり、お風呂《ふろ》に入ろうとするが、異変はますます深刻になるばかりである。

「自分が無防備だと」感じたり、「奇妙な孤独感」を抱いたり、あるいはいつも心の中にあった「流れるようなおしゃべり」が消えてしまったり。さすがに何かがおかしいと、テイラーさんは「何が起きているの？」と自問し始める。「集中しようとすればするほど、どんどん考えが逃げて行く」異常事態。そんな中、テイラーさんはあくまでも冷静に、自分自身の心のありようを、見つめ続ける。「うわ、わたしって、すごく変でびっくりしちゃう生きもの。生きてる！　これって生きてるってことよね！」

やがて、それでも仕事に行こうと、アパートの部屋の中をゆっくりと歩いていたときに、テイラーさんは「文字通りバランスを崩し」、「右腕が完全に麻痺《まひ》してからだの横に垂れ下がって」しまう。

この瞬間、テイラーさんは気付く。「ああ、なんてこと、のうそっちゅうになっちゃったんだわ！　のうそっちゅうがおきてる！」

そして、次の瞬間、テイラーさんの心に閃《ひらめ》いたのは、「あぁ、なんてスゴイことなの！」「そうよ、これまでなんにんのかがくしゃが、脳の機能とそれがうしなわれていくさまを、内がわから研究したことがあるっていうの？」という思い。

自分の心の働きが失われてしまう「脳卒中」という悲劇に見舞われながらも、なおもその科学的意義を考えてしまう。ここには、科学者という生き方のすさまじさが表れているとともに、テイラーさんという一人の人間の、すばらしい生命力が感じられる。

『奇跡の脳』はまさに「奇跡」の本。脳科学者として専門的なトレーニングを受けた著者が、脳卒中が起きて「壊れて」いく自分の心を冷静に見つめる。そこには、人間の脳が持っている、外から見たように自分を見つめる「メタ認知」という高度な機能が、十二分に発揮されている。宇宙に行った飛行士が、帰還後どんな体験をしたか「デブリーフィング」するように、自身の体験を詳細につづった本書は、まさに脳のはたらきについての第一級の資料。今後何十年、何百年にわたって読み継がれていくことになるだろう。

テイラーさんが、活躍する脳科学者であると同時に、一般向けに歌って、講演するなど、もともと表現力に満ちた人であることも、幸いした。さまざまな偶然が積み重なって、『奇跡の脳』という一つの本が出来上がった。悲劇にも負けずにこのような本を世に送り出して下さったことに対して、テイラーさんに心からの感謝と、尊敬の念を表明したいと思う。

『奇跡の脳』において、読後忘れがたいことの一つは、不幸にも脳卒中に見舞われたテイラーさんが、その結果得た一つの「洞察」、「世界観」である。

人間には、失われて初めて分かることがある。言葉を通して世界を認識し、分析する左脳のはたらきが脳卒中によって失われることによって顕在化した右脳のはたらき。右脳が「脱抑制」することで初めて見えた世界観の深さ、広がりは、『奇跡の脳』の大いなる読みどころである。

もともと、人間の脳は個体自身と、そして種としての人間の生存と繁栄のために進化してきた。まずは「自己」と「他者」を峻別《しゅんべつ》し、「自己」の利益を図らねばならぬ。そのためには世界を冷静に、戦略的に分析するという必要がある。そうでなければ、この生存競争のきびしい世界の中で、生き残っていくことなどできない。

一方で、私たちには、他者と共感する心のはたらきがある。「自己」と「他者」を峻別するのではなく、むしろ「自己」と「世界」が一体となって溶け合うような、そんな至福の感情は日常生活の中でも味わうことがある。宗教体験は没我の境地の極限である。テイラーさんに起こった脳卒中が、たまたま左脳の言語野を含む領域だったことから、自他を峻別して分析する左脳のはたらきが弱まり、それまで抑えられていた右脳のはたらきが表面に出ることとなった。その結果かいま見えた世界観は、著者であるテイラーさんの人生を変えてしまったし、また読者である私たちのものの見方も変える力があるように思う。

自分が脳卒中に見舞われていると気付いた直後に、テイラーさんは「幸福な恍惚《こうこつ》状態に宙吊《ちゅうづ》りになっているように」感じた。だからこそ、病院で、治療を受け始めたときに、自分が「生き延びてしまった」ことに対して、強い違和感を抱き始める。「神さま、いまわたし、宇宙とひとつなの。ずーっとつづく流れのなかにとけちゃった。これまでの人生と、さよなら。なのにまだ、ここにしばられてる。……わたしの魂は自由に、しゅくふくのかわのながれにのるはずなの。ここから出して！」

テイラーさんが感じた、「宇宙との一体感」。そして、「生き延びて」しまって、ふたたび有限の肉体に閉じ込められてしまうことへの失望。このような感情は、病気や事故などで死に瀕した方が、そのあと生還して報告するいわゆる「臨死体験」においてて、しばしば見られるところである。

私たちにとって、死は最大の恐怖であるはずである。それなのに、その死に近づいたときに、人はむしろ深い幸福を感じる。これまであくせく生きてきたことがばからしくなってしまうような、宇宙との一体感、没我の境地。冷静で分析的な脳科学者のテイラーさんもまた、そのような感情に包まれたということに、私たちは深い驚きと感動を覚える。

いつかは死んでしまう私たち。生と死のミステリーは深い。地上の生活は、さまざまな面倒なできごとに満ちている。その中で私たちは一生懸命自分の利益を図り、いろいろはかりごとを巡らせているけれども、死とは、ひょっとしたら、そのようなすべてからの「解放」なのかもしれない。そんな大いなる慰めを、テイラーさんの証言は与えてくれる。

もちろん、死に急ぐ必要などない。放っておいても、いつかは死ぬのだから。むしろ、一日も長く生き延びたい。それは、生命としての動かしがたい本能である。『奇跡の脳』を読みおえて込み上げてくるのは、生きていること、日々何気なく体験している心のはたらきに対する深い感謝と喜びの感情であろう。

テイラーさんは、ある日大切なものを失った。そして、還《かえ》ってきた。だからこそ、私たちがふだん日常の中で当たり前だと思っていることが、無限の福音だということを伝えてくれる。

何気ない心のはたらきよ、ありがとう。私たちの生命と日々に感謝。私たちの脳は、一つ残らず「奇跡の脳」である。『奇跡の脳』は「福音書」。「奇跡」は、どこか遠いところにあるのではない。「奇跡」は、まさに「今、ここ」にこそあるのだ。

（平成二十四年二月、脳科学者）

この作品は平成二十一年二月新潮社より刊行された。

Title: MY STROKE OF INSIGHT
Author: Jill Bolte Taylor,Ph.D.

奇《き》跡《せき》の脳《のう》

—脳科学者の脳が壊れたとき—

新潮文庫　シ－38－21

Published 2012 in Japan
by Shinchosha Company

平成二十四年四月一日発行
令和五年四月二十日十六刷

訳者　竹《たけ》内《うち》薫《かおる》

発行者　佐藤隆信

発行所　株式会社　新潮社

郵便番号　一六二―八七一一
東京都新宿区矢来町七一
電話　編集部(〇三)三二六六―五四四〇
　　　読者係(〇三)三二六六―五一一一
https://www.shinchosha.co.jp

価格はカバーに表示してあります。

乱丁・落丁本は、ご面倒ですが小社読者係宛ご送付ください。送料小社負担にてお取替えいたします。

印刷・錦明印刷株式会社　製本・錦明印刷株式会社

ISBN978-4-10-218021-1 C0198